KB181166

발화의 힘,

― 최하림 시연구

발화의 힘,
— 최하림 시연구

손현숙 지음

국학자료원

책을 펴내며

나에게 박사논문은 시쓰기의 연장선상에서 이루어졌다. 사진을 전공했던 내가 문학으로 장르를 갈아탄 것처럼 그것은 다만 도구를 바꾸어서 대상을 고민하는 작업이었다. 시인의 입장에서 출발했던 박사논문은 애초의 계획과는 달리 처음부터 난관에 부딪치고 말았다. 시의 어법과 논문의 어법은 한 몸에서 싹트는 전혀 다른 생각이자, 지향점이 판이한 타자의 모습이었다. 시와 논문은 모두 문자로 이루어졌지만 저마다 지켜야 할 규범이 다른 고유한 영역과도 같은 것이었다. 두 어법은 합일점을 찾기가 힘들어서 훈련에 의한 두뇌의 스위치를 적절하게 조정해야만 했다. 그것은 내용과 형식의 싸움처럼 감정의 기복이 심한 나에게는 참으로 어려운 소명이었다. 이 말은 시쓰기가 감정의 과잉 노출이라는 뜻이 아니다. 다만 시쓰기에 있어서 감정의 표출이 어느 정도 용인된다면 논문의 쓰기는 철저한 분석과 함께 형식의 장르라는 것이다. 결국 나는 학문과 예술이라는 상이한 길 앞에서 심각한 딜레마에 빠지게 된다. 고민은 침묵으로 이어지면서 내 안의 고독은 깊고 애매하고 모호한 목소리들로 아수라장이 되었다. 또한 논문의 특성인 논리와 형식의 문제뿐만이 아니라 텍스트 앞에서도 나의 갈등은 심하게 꼬이게 된다. 그것은 텍스트로 정한 최하림의 시가 내 시의 세계를 어떤 방식으로든 간섭과 함께 영향을 끼친다는 것이었다. 그만큼 최하림의 시는 강력했고, 시를 쓰는 시인으로서 나는 환영할 수만은 없는 현상이었다. 나는 과감하게 시를 버릴 수도, 학문만을 꽉 움켜쥘 수도 없었다. 왜냐하면 나에게 허락된 미래의 시간은 너무나 가혹하게도 서쪽으로 빠르게 걸음을 걷고 있었기 때문이다. 여기까지 생각이 미치자 나의 바람은 박사논문이 어떤 방법으로든 내 시작법에 기여해 주기를 원했다. 그렇게 몸부림친 고민의 끝자락에 '시의 발화'라는 구조의 문제가 구원처럼 도래하게 된다. 고백하건데, 비겁한 나는 역사 앞에서 고민하고 고통스러웠던 최하림의 깊은 내면의식을 감당할 자신이 없었던 것이다. 나는 방대한 지식을 요구하는 내용적인 측면 보다는 화자와 비유법의 특징이라는 형식의 틀을 마련하게 된다. 시인이 고민했던 발화의 방법을 형식의 틀로 삼아 마침내 나는 시인의 내용적인 내면으로 깊이 들어갈 수 있는 행운을 얻게 된 것이다.

본고는 최하림의 시에 나타난 화자와 비유법의 특징을 살피고, 그의 시 세계가 지니는 예술적 가치와 미학적 의의를 밝힌 연구이다. 또한 최하림의 시를 전기와 후기로 나누어서 분석하면서, 그의 시에 드러난 화자와 비유법을 통해 정신세계와 역사의식까지도 연계하여 살폈다. 본고에서 탐구한 화자와 비유법의 두 잣대는 최하림 시의 예술적 가치와 미학적 특징을 밝힐 수 있을 뿐더러, 시인이 갖고 있는 내면의 의식구조와도 긴밀하게 맞물려 있다. 최하림은 말할 수 있는 것과 말할 수 없는 것에 관하여 고민했던 시인이다. 특히 최하림이 시작활동을 했던 1960~70년대는 말이 통제되던 시절이었다. 그가 정확한 언어로 시대를 표출할 수 없었던 시기에 그가 선택한 말들은 뚜렷하게 감별할 수 없는 대상에 대한 예민한 반응이었다. 최하림이 전 생애를 통해 천착했던 언어에 대한 고민은 결국 내적으로 반응하는 인간에 대한 근원적인 질문과 상통한다. 그는 혼란한 시기에 참여와 진보 어느 쪽에도 가담하지 않았으며, 병증 발발 이후에는 비가시적인 대상의 세계를 가시화하는 것에 주력한다.

본고에서는 최하림 시에 나타나는 화자와 비유법을 전기와 후기로 나누어서 작품에 따라 유형화하고, 각 유형에 따른 성격을 분석하였다. 여기에서는 화자와 비유법라는 시의 고유한 형식이 시인의 시의식과 역사의식에 어떻게 연계되었고, 본질적이고 근원적인 세계 인식 태도와는 어떻게 관련을 맺는 것인지에 관심을 기울였다. 특히 주목하는 것은 최하림의 시를 전반적으로 놓고 보았을 때 병증 발발 이전과 이후를 경계로 시의 발화방법에 많은 변화를 보였다는 점이다. 등단 초기의 최하림은 언어와 시의 본질에 각별한 문제의식을 갖고 있었다. 그의 시는 역사와 사회의 변화에 예민하게 반응했다. 병증의 발발 이후에는 비가시적인 세계에서 가시적인 세계를 드러내는 작업에 골몰한다. 그리고 그 핵심에는 '광주'라는 역사의 현장에서 행동하지 못했다는 죄의식이 시인의 내면에 깊이 각인되었다.

본고는 제2장에서 최하림의 전기시와 후기시에 해당하는 현상적 화자와 함축적 화자의 성격을 유형별로 살폈다. 최하림은 전기를 지나 후기를 거치면서 역사에 대한 저항의식과 '광주'라는 특정 지역에서의 역사적인 대 사건에 대하여서는 여전히 문제의식을 갖는다. 그럼에도 불구하고 그는 방법적으로 전기와는 변별되는 말하기의 방법을 택하게 된다. 이때부터 그는 가시적 세계의 비가시화와 비가시적 세계의 가시화를 통합하는 현실적인 작업에 몰두한다. 그는 전기에서 도입했던 현상적 화자의 모습을 후기에는 화자가 시의 뒤에 숨어있는 함축적 화자의 모습으로 변환한다.

제3장에서는 최하림 시가 갖고 있는 비유의 특징을 살폈다. 그리고 그 속에 내재하고 있는 미학적인 면을 구조적으로 밝히고자 했다. 따라서 여기에서는 유사성과 인접성의 사유방식의 차이점에 따라 관계망 속에서 주체의 자리와 관련이 깊은 전기시를 유사성의 은유로, 고립된 삶 속에서 자아의 자리와 연관성이 높은 후기시를 인접성의 환유로 나누어서 탐구했다. 또한 본고에서 기준점으로 잡는 시기에 관하여서도 기표가 일정한 기의를 상정하면서 기표와 기의의 관계가 일치를 보여주었던 전기시와는 달리 병증으로 인하여 기표와 기의의 불일치로 작용하는 후기시를 최하림 시의 변곡점으로 보았다. 여기에서는 비유법의 유형에 따라 시기별로 나누어서 살폈다.

최하림은 한평생을 말할 수 있는 것과, 말할 수 없는 것에 관하여 고민했던 시인이다. 또한 그는 '광주'라는 역사의 현장 속에서 행동하지 못했다는 죄의식으로 평생을 고통스럽게 살았던 시인이다. 그러나 최하림은 시인의 사명이면서 책무였던 자기만의 문체로 시대의 변화를 통섭하려는 각고의 노력을 기울인다. 그는 순수와 참여, 혹은 가시적인 세계와 비가시적인 세계 어디에도 가담하지 않는 것으로 자발적인 고독과 허무적인 미의식을 발현했다. 이에 본고에서는 존재의 근원을 찾아가려고 애썼던 한 시인의 아름다운 내면의식을 화자의 성격과 비유의 방식을 동원하여 구조적으로 살펴봄으로써 최하림 시의 시사적 가치를 새롭게 조명해보았다.

최하림은 삶의 외압으로부터 굳건하게 자기의 삶과 시정신을 지켜냈던 시인이다. 그는 정치적인 노선과는 무관하게 자기만의 문체로 시작방법을 모색했다는 점에서 후대의 많은 시인들에게 귀감이 된 것과 동시에, 서정시를 새롭게 읽는 방법적인 면을 열어놓았다.

　나는 서문이라는 지면의 힘을 빌려서 내가 하고 싶었던 말을 하고 있다. 그만큼 나는 이 자리를 빌려서라도 고마운 분들께 감사의 마음을 전하고 싶었기 때문이다. 하루도 빠짐없이 밥 먹고 해라, 걱정해주셨던 엄마. 사랑의 이름으로 강심장을 달아주고 돌아가신 아버지. 특히 체력 조절 잘하면서 끝까지 완주하라는 격려와 함께 단 한 줄도 쉽게 넘어가 주지 않았던 이혜원 지도교수님께는 말로는 감사함을 전할 길이 없다. 부족한 시인 친구를 위해 모든 것을 허락해 주었던 내 생의 멘토. 그리고 내 오랜 벗들과 어린 친구들. 대놓고 보약을 지어주었던 오빠와 오빠들. 남쪽으로 창을 열어주셨던 선생님과 선생님들, 고맙습니다. 집에서 큰 방을 선뜻 서재로 꾸며준 아이 아빠. 무조건의 믿음으로 엄마를 기다려준 아들 도혁이. 그렇게 따뜻한 가족이 있어서 이 작업은 마무리될 수 있었다. 무엇보다 조건 없이 왔다가 가는 저 무위한 꽃, 달, 별, 비, 시, 에게 많은 빚을 졌다. 오늘도 일상에 감사한다.

2018년 가을, 꽃 앞에서

저자

목 차

제3장 비유법의 특징　143

본고는 최하림(1939~2010) 시에 나타난 화자와 비유법의 특징을 살피고, 그의 시세계가 지니는 예술적 가치와 미학적 의의를 밝히는 연구이다. 최하림은 1962년 조선일보 신춘문예에 「灰色手記」가 입선하고, 1964년에 다시 조선일보에 시 「貧窮한 올페의 回想」가 당선된다. 그 후 2010년 4월 22일 영면에 들 때까지 왕성하게 시작활동을 한다. 최하림은 1962년 김현, 김승옥, 김치수와 함께 동인지 『산문시대』를 발간하는 등, 의욕적인 문학 활동을 전개한다.

제1장
서 론

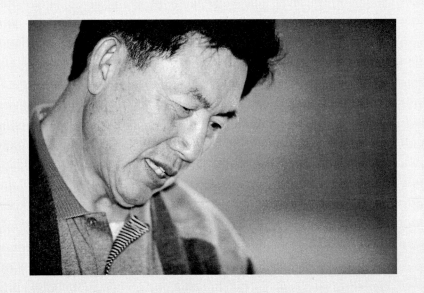

1. 연구 목적

본고는 최하림(1939~2010) 시에 나타난 화자와 비유법의 특징을 살피고, 그의 시세계가 지니는 예술적 가치와 미학적 의의를 밝히는 연구이다. 최하림은 1962년 조선일보 신춘문예에 「灰色手記」가 입선하고, 1964년에 다시 조선일보에 시 「貧窮한 올페의 回想」가 당선된다. 그 후 2010년 4월 22일 영면에 들 때까지 왕성하게 시작활동을 한다. 최하림은 1962년 김현, 김승옥, 김치수와 함께 동인지 『산문시대』를 발간하는 등, 의욕적인 문학 활동을 전개한다.

그는 7권의 시집과 1권의 시 전집[1]이 있다. 그리고 5권의 시선집, 8권

1) 최하림, 『우리들을 위하여』, 창작과비평사, 1976.
_____, 『작은 마을에서』, 문학과지성사, 1982.
_____, 『겨울 깊은 물소리』<개정판>, 열음사, 1987: 문학동네, 1999.
_____, 『속이 보이는 심연으로』, 문학과지성사, 1991.
_____, 『굴참나무 숲에서 아이들이 온다』, 문학과지성사, 1998.
_____, 『풍경 뒤의 풍경』, 문학과지성사, 2001.
_____, 『때로는 네가 보이지 않는다』, 랜덤하우스 중앙, 2005.
_____, 『최하림 시 전집』, 문학과지성사, 2010.

의 산문집과 1권의 시론집, 그리고 김수영 평전을 내놓는 등 창작 활동을 지속한다. 그는 정치적으로 혼란한 시대에 시단에 나와 40년 동안 시에 몰두하면서 우리 현대시사에 의미 있는 족적을 남긴 시인이다. 등단 초기부터 시기별로 존재론적 감각을 구현한다. 여기서 말하는 시기별이란, 병중2) 이전과 이후를 말하는 것이다. 그는 병중 발발의 이전과 이후를 경계로 시의 발화법에 많은 변화를 보여준다.3)

최하림은 "4·19는 표면적으로는 부정에 대한 항거이고 민주주의 이념의 실현에 있는 것처럼 보이지만 사실은 그 부정을 낳는 모든 것에 대한 항거이며 민족의 당면한 문제에 대한 본질적인 대응였다."4)고 한 것으로 미루어보아 누구보다도 역사에 대한 소명의식이 뚜렷했던 시인으로 보인다. 하지만 시 속에서 역사의 현장에 대해서는 일정한 거리를 두었다.

그는 시쓰기에 있어서 때로는 침묵을 지키고 때로는 여백을 활용한다. 이를 두고 김명인은 "그는 시적 엄결성에 대한 믿음, 혹은 범속한 것을 정련시켜 보다 높은 깨우침으로 이끌어 올리려는 열망과 의지"5)가 돋보이는 시인이라고 기술했다. 김수이도 "언어에 대한 최하림의 고민은 김춘수와 김종삼이 행한 작업의 연장선상에 있다. 특히 젊은 시절의 최하림은 언어와 시의 본질에 대해 각별한 문제의식을 갖고 있었다"6)라고 했다. 그러나 최하림의 시를 이미지로만 판단하기에는 역사와 사회의 변화에 예민하게 반응한 면도 간과할 수는 없다. 또한 최하림의 시가 하나의 선명한

---

2) 이 부분은 연구방법 26쪽 참조.
3) 최하림은 1991년 지병인 고혈압으로 인한 뇌졸중이 발생한다.
4) 최하림, 『詩와 否定의 정신』, 문학과지성사, 1984, 27쪽.
5) 김명인, 「시간 속을 소용돌이치는 말들의 풍경」, 『한국학연구』 제15집, 고려대학교 한국학연구소, 2001, 34쪽.
6) 김수이, 「눈과 빛의 상상체계~최하림의 시세계」, 『시작』 1, 천년의시작, 2002, 96쪽.

어휘로 요약되기 힘든 이유를 김수이는 "언어에 대한 자의식과 세계의 미학적 천착을 중시하는 시, 현실인식과 역사적 책무를 강조하는 시가 문학사적으로 분리되고 평가되는 동안, 최하림의 시는 어느 한쪽으로 분류되지 않는 중간지대로 여겨져"[7]온 것으로 이해했다. 최하림이 역사적인 책무를 느낌에도 불구하고 경계인적인 자세로 중간지대에 머물러 있었던 이유 중 하나가 고통을 내면에 각인시켰던 '광주'가 작용했으리라는 점은 의미가 깊다.

최하림이 초기 시작활동을 펼쳤던 1960~1970년대는 역사적으로 매우 혼란한 시기였다. 4·19 혁명의 실패와 5·16 군사정변을 거쳐 군사정권이 들어서고, 이후 경험한 유신시기에 최하림은 역사를 표출할 수 있는 말에 관하여 고민을 한다. 최하림이 젊은 시절 활동을 했던 1970년대는 말이 통제받던 시절이었다. 정확한 언어로 역사를 반영할 수 없었던 시기에 최하림이 선택한 '말'에 대한 증상이란, 분별지로 감별할 수 없는 대상에 대한 예민한 반응이었다. 최하림이 생의 전반에 걸쳐 몰두했던 언어에 대한 고민은 근원적인 내용과 연결된다. 최하림은 혼란한 시기에 순수와 참여 어느 한 곳에도 가담하지 않으며 비가시적인 세계를 가시화하는 것에 몰두한다. 이 점이 바로 본고가 최하림의 시에서 주목하는 부분이다. 본고에서는 화자의 성격과 비유의 수단이 드러내는 특징을 통해 최하림 시를 살펴보고자 한다.

최하림은 평생을 말할 수 없는 것들과 말해야 하는 것들 사이에서 갈등했다. 그의 고민은 집단 속에서 죄의식의 지배를 받던 전기를 지나, 병중의 발발과 함께 현실을 고민하는 후기에 이르기까지 지속되었다. 그것은 언어에 대한 천착과 함께 시기별로 변용되는 화자의 모습으로 나타난다.

---

7) 위의 글, 97쪽.

그리고 비가시적인 것을 가시화 하는 발화의 상징성은 비유법과 동등한 의미의 차원에 놓인다. 그러한 발화 형식은 최하림 시가 지니는 역설과 부정의 시학을 드러낸다. 최하림은 말할 수 없는 상황에 대하여 말해야 할 때 현상적 화자나 함축적 화자를 등장시킨다. 그리고 발언하기 어려운 부분을 말해야 할 때 비유의 방법을 동원한다. 이 점이 바로 본고에서 화자와 비유법을 잣대로 삼아 최하림의 시를 보고자 하는 이유이다. 또한 정치적으로 첨예하게 부딪쳤던 양대 구도 속에서 어느 진영에도 휩쓸리지 않고 자기만의 미학적인 면을 구현했던 최하림 시의 연구는 시사적으로도 의미가 있는 것으로 보인다.

최하림의 시세계를 포괄적으로 살펴보면 첫 번째 시집『우리들을 위하여』(1976)와 두 번째 시집『작은 마을에서』(1982)는 시대적 아픔에 동참하면서 관념 대신 이미지의 형식을 통해 시대의식을 드러낸다. 세 번째 시집『겨울 깊은 물소리』(1999)는 1980년 '광주'라는 특정지역의 대사건에 대한 목소리가 짙게 담겨 있다. 최하림의 시세계는 1991년 발표된『속이 보이는 심연으로』(1991)를 계기로 내면으로 침잠하는 변화를 보여준다. 이때부터 가시적 세계와 비가시적 세계에 대한 문제의식을 노출한다. 그 이후로『굴참나무 숲에서 아이들이 온다』(1998)에서『풍경 뒤의 풍경』(2001)과『때로는 네가 보이지 않는다』(2005)와『최하림 시선집』(2010)에 이르기까지 끊임없이 주위의 풍경과 사물들, 그에 관계된 사람들의 삶을 관찰한다. 그는 단순히 원본을 모방하고 재현하는 것이 아니라, 가시적 현상의 이면에 놓인 심층적 관계를 들여다본다. 데이비드 크리스탈8)의 "어떤 언어도 고립 속에서 존재할 수 없다. 모든 언어는 접촉하면서 서로

---

8) 본고에서는 외국의 저자 이름을 각주에서 한 번씩 명시를 하고 참고문헌에서는 한국식 책 표기를 그대로 따른다.

에게 영향을 주고받는다."9)는 발언에서 알 수 있듯이 최하림이 관심을 기울였던 역사와 현실적 삶은 그의 마지막 시집에 이르기까지 꾸준하게 영향을 주고 있다. 본고에서는 이렇게 형성된 최하림의 시를 객관적으로 분석하고, 이 논문이 지향하는 시의 형식에 어떻게 관여하는지를 파악하려 한다. 특히 본고에서는 최하림 시의 화자와 비유법을 살피는 동시에 그의 정신세계와 역사의식까지도 연계하여 살핀다.

본고는 최하림의 시가 함의하는 특징을 보다 분명하게 이해하기 위하여 화자의 성격과 비유의 수사법을 통하여 시의 특징을 규명하는 방식으로 접근한다. 본고가 탐구하는 화자와 비유법이라는 두 개의 잣대는 최하림 시의 의미 구조와 미학적 특징을 어느 정도 밝힐 수 있을 뿐더러, 그것은 최하림 내면의 의식 구조와도 긴밀하게 맞물려있는 것으로 보인다. 따라서 본고는 화자와 비유법이라는 두 개의 수단을 통해 최하림이 지니는 세계관과 역사관을 어느 정도 밝힐 수 있으리라 기대한다.

최하림은 시작 활동을 하는 동안 목소리를 높여서 역사의 현장 속으로 직접 뛰어들지는 않았지만, 역사적 현실을 외면하지도 않았다. 최하림의 두 번째 시집 『작은 마을에서』에 대한 해설을 쓴 김치수는 "우리 시단을 주도해 온 두 경향 사이의 어느 쪽에 완전히 치우치지 못한 결과를 가져왔"10)다고 기술했던 것처럼, 최하림은 정치적 노선의 경계인적 위치로 인하여 시단에서 상대적으로 각광을 받지는 못한 것으로 보인다. 최하림은 작가 특집 산문에서 "나는 시론을 가진 시인이 되고 싶지 않다. 나는 시를 가까이 느끼는, 그것을 따라가는 시인이고 싶다. 그렇게만 할 수 있다면, 나의 시는 욕심을 얼마쯤 면할 수 있을 거다. 영원히 시인이 될 수 있을 거

---

9) 데이비드 크리스탈(David Crystal), 『언어혁명』, 김기영 역, 울력, 2009, 61쪽.
10) 김치수, 「고통의 인식과 확대」, 『작은 마을에서 시집 해설』, 문학과지성사, 1982, 99쪽.

다."[11]라고 밝힌 바 있다. 즉 시를 대하는 태도에 있어서 어떤 경향으로 노선을 잡는 것을 거부하고 있음을 알 수 있다. 그는 "E. H 카는 진보, 발전, 유토피아 같은 말들이 니체와 도스토옙스키를 거쳐 러시아 혁명에 이르면 실질적으로 폐기되었다고 본다. 즉, 인간을 구원하고 위로해 주는 것은 결국 예술뿐이라는 결론에 도달한다."[12]고 피력한다. 결과론적으로 그는 시대적 상황 속에서의 순수와 참여의 노선에 관하여 우회적으로 사회 역사의 발언을 한다. 그는 정치의 어느 한쪽으로 기우는 일은 또 다른 형태의 구속이라고 인식했다. 그는 순수나 참여의 정치적인 노선에서 벗어나서 시인이라는 개인적이면서도 자유로운 신분으로 역사와 삶의 현장에 관한 시를 쓰고 싶어 했다. 그러는 과정에서 그는 시인의 사명이면서 책무였던 자기만의 문체로 시대적 현실을 담으려는 노력을 기울인다. 그리고 그러한 문체는 화자, 비유법의 시적 방법론을 통해 구체화되었다. 즉 시적 방법론에 사회적 역사적으로 편향되지 않는 태도를 유지하려 했던 시인의 의도가 반영되어 있는 것이다.

그동안 최하림에 대한 연구는 문예지의 평론들과 몇 편의 소논문, 그리고 석사 학위논문 4편 정도에 머물러 있어, 왕성하게 이루어졌다고 보기 어렵다.[13] 본고는 최하림 시에 대한 본격적인 논의가 필요하다고 본다. 특히 최하림 시의 가치를 구조적으로 재조명할 필요성을 느낀다. 이에 본고는 그의 시가 시대적 상황과 절연하지도, 함몰되지도 않으면서 고수했던 미학적 가치를 조명하려 한다. 본고에서는 서정적 시어로 역사에 대응했던 한 시인에 대한 새로운 시각과, 삶의 현장을 살펴보고자 한다. 최하림 시의 가치와 미학적 의미를 기존 연구에서 주목했던 이미지나 시의식과

---

11) 최하림, 「작가특집(최하림) 신작산문」, 『작가세계』 18, 작가, 2006, 11쪽.
12) 최하림, 『멀리 보이는 마을』, 작가, 2002, 20쪽.
13) 이 부분은 연구사 검토 26쪽(여기 발화의 힘, 최하림을 기준으로) 참조.

달리 화자와 비유법이라는 객관적인 잣대를 사용하여 구조적으로 재조명할 것이다. 본고는 최하림의 시가 내포하는 문학적 의미를 효과적으로 규명하기 위하여 시를 분석적으로 보고자 한다.

본고에서 다루고자 하는 화자의 문제는 시 읽기에서 의미 있는 수단으로 21세기에 들어와서도 여전히 주목받고 있다. 그것은 언어 미학의 문제이기도 하고 시인이 갖고 있는 인식의 문제와도 깊은 관계를 맺는다. 김준오에 의하면 화자의 문제는 "문학은 말들로 이루어지며 작가에 의해 구성이 되며 퍼소나에 의해 말해진다. 화자는 시의 배후가 아니라 바로 시의 내부에 존재한다"[14]고 한다. 이는 화자가 갖는 중요한 의미이다. 한 편의 시는 곧 하나의 스토리를 지니고 있다. 거기에는 반드시 내용을 품고 말을 하는 화자가 존재한다. 화자는 의미의 전달자이며 실제 환경 안에서 행동하지는 못한다. 그러나 결국 화자는 언어로 사실상의 행동을 하는 것이다. 시인은 시대와 환경과 인물에 대하여 시에 적합한 화자를 선택할 수 있다. "그리하여 시를 통해 우리에게 접근하는 시인의 사상은 때때로 시인이 어떤 존재인가를 제시하는 것이 아니라 시인 자신이 어떤 존재이며, 되고자하며, 어쩔 수밖에 없는가라는 문제에 대해 그가 생각하고 있는 것을 제시"[15]하는 것이다. 본 연구는 최하림 시에서 화자가 시기별로 느끼는 존재의식의 변화를 구조적으로 검토한다. 그 속에서 드러나는 화자의 기능과 존재의식의 상관관계를 살펴서 그 변화가 화자의 기능에 어떤 영향을 미쳤나를 추적한다.

본고에서 주목하는 화자의 여러 가지 모습은 주체의 문제의식까지도 염두에 두고 논의를 전개한다. 본고에서 선택한 시의 화자는 최하림 시의

---

14) 김준오, 「시인의 얼굴들」, 『가면의 해석학』, 이우출판사, 1984, 288쪽.
15) 위의 책, 295쪽.

시대적 특징을 반영한다. 이 논문에서 사용하는 화자는 요즘 대두되고 있는 주체의 문제에 앞서 '시인이 내세운 창조된 자'[16]로 간주한다. 그것이 시의 구조로 보아 최하림 시의 시대적 특징을 나타내는 데 보다 효과적인 방법으로 여겨진다. 또한 이 논문에서 연구하는 여러 가지 비유법은 최하림 시에 내재하고 있는 미학적인 면을 구조적으로 밝히고자 하는 의도를 염두에 두고 논의를 전개한다. 본고에서 선택한 비유법은 유사성과 인접성에 따라 사유방식의 차이점을 드러내며 삶의 관계망 속에서 시인의 인식론을 살필 수 있게 한다.

본고에서 최하림 시의 구조와 형식을 파악하기 위하여 사용하는 화자와 비유법의 목표는 다음과 같다. 문장의 구성은 화자와 청자가 갖고 있는 내면을 드러낸 것이며, 인간 심리에 관한 주장으로 이해할 수 있다. 시기 구분과 관련하여서 최하림은 부정적 현실 인식의 발로였던 역사 저항이라는 굴곡의 담론 시기와, 병증의 발발 이후 내면의 존재론적인 인식의 태도가 시쓰기 방식에도 영향을 끼치게 된다. 그는 1991년 발병으로 시대적 현실을 노래하던 시쓰기의 전략에서 시학의 확립이라는 지점으로 관심이 이동한다. 최하림 시에서 형상화된 화자와 비유법의 특징에는 시대를 인식하는 고뇌와 병증으로 인해서 발현되는 허무주의적인 세계관이 자리를 잡는다. 여기서 말하는 화자와 비유법의 특징은 단순한 기법을 넘어 시가 지니는 근원적인 세계 인식 태도와 관련이 된다. 그것은 최하림이 말을 통제 당했던 시대의 말하기 방법으로 화자와 비유법이라는 수사법을 동원했던 이유와도 상관이 있다.

본고에서 최하림 시의 개성과 특이성을 밝히기 위하여 화자[17]와 비유,

---

16) 연구 방법 46쪽 참조.
17) 본 논문의 2장 화자에 대한 분석 중 일부는 필자의 논문 「최하림 시 연구~ 화자의 특징을 중심으로」(『한국문예창작』 제42호, 한국문예창작학회, 2018)를 참조하였

즉 말하는 방법에 주목하는 까닭도 그의 시를 구조적인 방법으로 살핌으로써 단순한 표현 기법에 그치는 것이 아니라, 그가 표현하는 언어의 본질적인 양상을 파악하기 위함이다. 이 논문에서는 시를 언술 차원으로 보았고, 시는 화자가 말을 하는 한 형식으로 기능한다고 보았다.

는데 이에 대해서는 전반적인 수정, 보완 과정을 통해 논의를 심화, 확대하였다.

2. 연구사 검토

최하림 시에 대한 기존 연구는 평론 10편, 소논문 8편, 학위논문 4편이 있다. 지금까지 연구된 최하림의 시는 크게 두 갈래의 유형으로 나누어 볼 수 있다. 첫째, 내용적인 측면에서 바라본 시인의 의식에 관한 연구가 있다. 둘째, 기법적인 측면에서 바라본 시의 형식에 관한 연구가 있다. 시인의 의식에 관한 연구가 대부분을 존재론적인 의미를 파악하는데 집중되어 있다면, 형식적인 측면에서의 연구는 시행 엇붙임이나 이미지의 특성 규명에 편중되어 있다. 무엇보다 그간의 연구에서는 내용과 형식을 따로 구분하여 논구했을 뿐, 두 가지 측면을 통합하여 바라본 경우가 극히 드물다.

본고에서는 최하림의 시를 조금 더 포괄적으로 탐구하기 위해서는 의식적인 측면과 형식적인 측면을 통합적으로 이해해보려는 노력이 필요하다고 판단했다. 두 잣대의 상관관계는 서로 긴밀한 시의 얼개를 형성하고 있으며, 최하림의 시 세계를 미학적으로 규명할 수 있는 최적의 계량 수단이라고 본다. 그간의 연구자들에 의해 밝혀진 시인의 정서에 관한 존재론적인 의식과 형식론적인 방법에서 드러난 이미지의 확산도 중요하지만, 그 이상으로 최하림의 시는 화자와 비유법에서도 강한 개성을 보여주고 있다. 따라서 최하림의 시를 형식적인 방법으로 조명해 보는 것으로 내용적인 측면을 함께 살펴보는 작업이 반드시 필요하다고 판단한다. 이것이 본고가 제시하는 화자와 비유법을 중심으로 최하림의 시를 바라보는 이유이기도 하다.

본고는 최하림의 연구사 검토에서 내용적인 의식의 측면과 기법적인 형식의 측면을 유형별로 분류하여 연대기 순으로 기술하되, 내용면의 연구를 다시 세 갈래로 나누어 논구한다. 즉 첫째 현실과 역사의식을 살핀 글들, 둘째 풍경과 관련된 글들, 셋째 의식의 변화를 살핀 글들이 그것이다.

먼저 내용면의 연구 중에서 현실과 역사의식을 살핀 글들은 다음과 같다.

평론가 김명인은 최하림이 발간한 『김수영 평전』을 우리 문학사의 소중한 성과로 보았다. 최하림의 『김수영 평전』은 연구사적, 지성사적 요구에 적절한 것이라 평했다.[18] 우리 기록문화의 한계에 비추어 볼 때 김수영에 관한 전기적 기록으로는 아마도 유일한 정전의 자리에 놓이게 될 것이라는 해석이다.

정과리는 최하림이 그의 전집에서 등단작 「빈약한 올페의 초상」을 습작시로 분류한 것에 대하여 등단 이후 돌발적인 세계관의 변모가 개입되었다고 추정했다. 또한 정과리는 최하림의 시적 변모를 제4시집 『속이 보이는 심연』부터로 나누었는데, 그것은 최하림이 민중에 대한 각성에서 민중적 삶과 고통을 거쳐 매우 복합적이고 복잡한 방법적 세계로 진입했다고 본 것이다.[19] 이 논의는 본고가 최하림의 시세계의 시기를 전기와 후기로 나누는 데에 동기를 부여했다.

전병준은 최하림이 '산문시대'를 통해 문학 활동을 펼쳤지만, 한국문단의 양분하는 그룹 어디에도 속하지 않은 탓에 많은 관심을 받지는 못했다고 지적했다. 그는 보수 혹은 진보 어디에도 환원될 수 없는 시학의 완성이라는 주제에 집중을 하면서 비평계나 학계의 이분법적 논리를 거부했다는 것에 큰 의미를 두었다.

전병준은 인칭대명사 '우리' 화자에 주목을 한다.[20] 이는 본고에서 화자

---

18) 김명인, 「한 시인의 뜨거웠던 삶에 바치는 각고의 헌정~최하림」, 『김수영 평전』, 『실천문학』 11, 실천문학사, 2001, 350~355쪽.
19) 정과리, 「어떤 시인의 매우 오래된 과거의 깜박임~최하림 시인의 영전에서」, 『문학과사회』 23, 문학과지성사, 2010, 431~445쪽.
20) 전병준, 「최하림 시의 사회·역사적 상상력과 존재론적 탐구의 의미 연구」, 『한민족문화연구』 제43집, 한민족문화학회, 2013.

를 동원하여 최하림 시의 다양성을 탐구하고자 하는 논의와도 많은 부분 궤를 함께 한다. 그러나 전병준의 논의는 초기의 역사나 후기의 풍경 시학에 대한 풍부한 함의를 밝히는 데는 다소 아쉬움이 있다.

내용면의 연구 중에서 풍경과 관련된 논구들은 다음과 같다.

김신정에 의하면 최하림 시의 초기 풍경은 바깥과 안이 서로 혼재하며 갈등을 이루었다면, 제4시집 『속이 보이는 심연』부터 제5시집 『굴참나무 숲에서 아이들이 온다』까지의 뚜렷한 특징은 안과 밖의 분리이다. 이 무렵 최하림은 작은 파동에 주목한다. 파동은 '나'의 내면이 아닌 비인칭의 존재로서 최하림은 사물, 즉 풍경에 집중한다. 보이는 세계와 보이지 않는 세계가 서로 어울리며 창조하는 풍경의 역동, 혹은 존재의 공간, 바로 그 자리에 최하림이 다다르고자 하는 풍경의 깊이가 자리한다.21) 김신정의 해석은 최하림 시에서 느껴지는 파동의 문제를 존재론적으로 끌어올리는 데에 직접적인 단초를 제공한다.

박시영은 최하림 후기시에 나타난 풍경에서 기억의 시간이 현재를 통과해서 풍경을 이루는 것에 초점을 두었다. 최하림 시의 근원적인 중심은 역사성에 있으며 이는 후기시에서도 드러난다는 논지를 펼쳤다. 박시영은 최하림의 시는 초기의 역사성을 벗어나지 않고 후기시에서도 내면화된 역사적 현실인식의 특징을 피력한다고 보고 있다.22) 이는 최하림의 시를 초기시와 후기시로 단절된 시각에서 보고자 하는 선행 연구에 비해 새로운 논지의 출발점이라는 관점에서 주목의 대상이 된다.

내용면의 연구 중에서 의식의 변화를 살핀 글들을 연대순으로 살펴보

---

21) 김신정, 「시인, 바라보는 자의 운명~최하림 시의 시선에 대하여」, 『시작』 1, 천년의시작, 2002, 78~95쪽.
22) 박시영, 「최하림 후기시 풍경의 양상과 현실인식 연구」, 『현대문학이론연구』 제63집, 현대문학이론학회, 2015.

면 다음과 같다.

먼저 성민엽은 최하림의 전기시집에 해당하는 『겨울 깊은 물소리』에서 '우리'로부터 '나' 혹은 '개인'으로 시각 조정을 한 것으로 보았다. 즉 최하림의 변모는 1980년 봄과 관련된 존재의식의 변화에서 비롯된 것으로 이해했다. 그는 최하림이 인식했던 인간존재의 근원적인 조건인 절망과 고통이 곧 최하림이 보는 우리시대의 삶의 내용이라고 기술했다.[23] 같은 글에서 성민엽은 최하림의 두 번째 시집 『겨울 깊은 물소리』를 관통하는 이미지는 겨울의 삶에 대한 상승, 즉 정신의 높이로 보았다.

백지연은 최하림의 후기시집에 해당하는 『굴참나무 숲에서 아이들이 온다』의 정체성은 언어를 향한 고집스러운 탐구정신이 깃들어 있는 것으로 읽었다. 최하림의 초기시편들이 사회현실에 대한 절망으로부터 뻗어나온 관념적인 말들의 직조였다면, 그 이후 최하림의 시는 언어에 대한 관념적 탐사를 넘어 밝은 사물의 말을 찾아가는 과정이라고 했다.[24] 특히 『굴참나무 숲에서 아이들이 온다』는 사물 뒤에 숨겨진 말을 찾는 실험이며 사물과 풍경 속에 잠긴 고요와 정적을 이끌어내려는 시인의 성과로 인식했다.

손진은은 최하림이 고요와 정적으로 표상되는 사물의 표상을 최하림의 후기시집에 해당하는 『굴참나무 숲에서 아이들이 온다』에서 읽었다. 그는 최하림이 이 시점에서는 '파동'을 풀어놓고 있는 것으로 추정했다. 또한 최하림의 시들은 분별지로는 파악할 수 없는 세계임을 피력했다. 즉 시에 나타난 아이와 굴참나무는 모두 열린 생명의 존재로 파악한다.[25] 손진

---

23) 성민엽, 「겨울의 삶과 상상력」, 『문학과사회』 1, 문학과지성사, 1988, 806~812쪽.
24) 백지연, 「고요의 시간 정적의 언어」, 『창작과비평』 26, 창작과비평사, 1998, 379~382쪽.
25) 손진은, 「우리시의 한 경지」, 『오늘의문예비평』 3. 산지니, 1999, 281~289쪽.

은은 그것을 최하림 시의 미학으로 보았다. 손진은의 논의는 최하림 시를 생명의 시학으로 읽을 수 있는 최초의 문을 열어놓은 것에 의의를 둔다.

김명인의 논구는 최하림을 대상으로 한 본격적인 연구라는 것에 의의가 있다. 그는 최하림의 시에서 가장 빈번하게 사용되는 '말' '역사' '시간' '인간' 등과 관계되는 언표들을 표명하면서 특히 최하림의 관심사는 '말과 시간'에 대한 유난한 집착이라는 것을 중심으로 논의의 폭을 넓혔다.[26] 김명인은 특히 "역사의 소용돌이 속으로 회오리치며 흘러가던 것이 최하림 시의 초기시간이라면 후기시로 올수록 그의 시에는 텅 빈 공간을 울리는 미명의 시간으로 가득찬다"[27]하여 본고의 최하림 시 시기 구분에 단초를 제공했다.

박상옥은 『우리들을 위하여』, 『작은 마을에서』, 『겨울 깊은 물소리』, 『속이 깊은 심연으로』, 『굴참나무 숲에서 아이들이 온다』, 『풍경 뒤의 풍경』 6권을 대상으로 최하림 시의 변모양상과 미적 특질을 규명하고자 했다. 그는 6권의 시집을 1기와 2기와 3기로 나누어서 초기시 중기시 후기시로 구분했다. 박상옥의 견해로는 최하림은 시적 대상을 대하는 태도나 주제의 변화가 비교적 일관된 시세계를 견지해온 관계로, 뚜렷한 변화의 양상을 보이는 것은 아니지만 어느 정도 차별성을 둔다고 밝혔다.[28] 박상옥의 논문은 최하림을 학술적으로 논한 최초의 학위논문이다.

김춘식은 최하림의 시를 규정하는 핵심어를 역설과 부정으로 정의했다. 그것을 김춘식은 '비애의 미학'으로 명명했다. 이런 고통의 고백에는 역사를 개인의 내면에 고스란히 각인시키게 했던 '광주'가 자리하고 있던 것을 재인식한다. 최하림의 80년대 시편들은 문명의 폭력과 부정에 대

---

26) 김명인, 앞의 논문, 35쪽.
27) 위의 논문, 70쪽.
28) 박상옥, 「최하림의 시세계 연구」, 고려대학교 인문정보 대학원 석사논문, 2003.

한 대칭으로 자연을 소환하는데, 그것들은 자연을 그대로 대상화 한 것이 아니라 그림자로 존재하는 것으로 파악한다. 그것은 더 이상 집단적인 것과 개인의 접점이 아닌, 심연을 넘어 풍경이 되고 시가 되고 고요가 고스란히 시의 몫이 되는 것으로 이해했다.[29] 김춘식의 그림자 논의는 최하림의 시를 역사나 풍경에 한정 짓지 않고 폭넓게 논의하게 하는 지평을 마련했다.

임영봉은 최하림이 동인이었던 『산문시대』에 주목한다. 그는 『산문시대』가 갖는 의미로서 4·19 혁명 세대 고유의 시대정신과 문학 이념을 대변하고 있다는 점을 중심으로 논구를 펼친다. 『산문시대』 동인들은 세계를 관념의 형태로 파악하고 자신의 존재와 의식을 자유 속에 정립해 놓았다.[30] 『산문시대』 동인들의 정신은 본고가 바라보는 최하림 시에 나타난 내밀성과 많은 부분 교집합을 이룬다.

김미미는 최하림 시인의 전체 시세계를 살펴보고 특히 90년대를 기점으로 시세계가 크게 양분화 된다는 점을 간과하지 않았다. 최하림은 1990년도 전까지는 당위와 기질 사이의 갈등, 시대적 현실에 대한 성찰과 시인의 성향 사이에서 시적 형성의 방식을 탐구한 시기라면, 90년대 이후의 시기는 병증의 발발로 인한 시인 특유의 내면의 시학을 확립하는 시기로 분류한다.[31] 김미미의 논문은 최하림의 시 전체를 조망할 수 있는 계기를 마련했다는 점에 의미가 있다. 그러나 최하림의 시를 역사전기적인 관점으로 바라본 김미미의 연구는 시 속의 화자가 실제 시인과 동일시되는 경향이 있다. 이것은 최하림의 전체 시가 자전적인 것으로 축소 해석될 우려가 있다,

---

29) 김춘식, 「시대의 숲과 풍경의 고요~최하림론: 시적 자의식의 변화를 중심으로」, 『작가세계』 18, 작가, 2006, 61~75쪽.
30) 임영봉, 「동인지 『산문시대』 연구」, 『우리문학연구』 제21집, 우리문학회, 2007.
31) 김미미, 「최하림 시세계 연구」, 전남대학교 석사논문, 2003.

최하림 작고(2010) 이후 가장 최근에 쓰여진 김정순의 석사논문에서는 최하림의 시가 현실적 관념의 세계에서 내면 성찰의 관념세계로 변모하는 과정에 시인이 처한 시대적, 개인적 상황이 어떠한 양상으로 영향을 미쳤는지를 밝히고자 했다. 그는 최하림이 자연을 통해 존재의 내면을 집요하게 탐구했던 점과, 풍경의 묘사를 통해 역사적 현실과 개인이 처한 상황을 미학적으로 보여주었다는 것에 주목을 했다. 그는 최하림 시에서 초기의 역사의식이 후기에는 존재론적 인식으로 변화됨을 도식화했다. 그것은 역사발전과 공동체라는 관계 속에서 '우리'를 통해 '나'를 찾는 과정과 풍경 속에서 '나'를 통해 '우리'를 찾는 성찰의 과정임을 논구했다. 즉 '우리'라는 공동체 속에서 '나'라는 개체를 함께 밝히는 것에 집중을 했다. 이를 통해 김정순은 최하림이 추구했던 불분명한 시세계의 정체를 가시적으로 드러내는 것에 주력했다. 김정순은 최하림의 시세계의 변모 양상이 '우리'를 통해 '나'로 회귀 하는 초점화의 과정과, 풍경 속에서의 '나'는 궁극에는 '우리'로 흡수되는 자연친화적인 내면 의식으로의 전도 과정이었다는 논지를 펼쳤다.[32]

이상으로 최하림 시에 나타난 내용면의 연구들을 연대순으로 살폈다.

다음은 형식면에서의 연구들을 연대순으로 살핀다. 형식면의 연구들은 다시 이미지에 대한 연구들과 그 밖의 형식에 대한 연구들로 나누어볼 수 있다.

김제욱은 최하림 시에 드러난 물과 바다, 바람과 소리, 새와 하늘, 어둠과 빛, 산과 나무 등 자연물 중심의 이미지는 시인이 지닌 내면의 흐름을 나타내며, 그에 따른 세계관의 반영으로 보았다. 김제욱도 최하림의 전체 시집 6권을 대상으로 초기, 중기, 후기의 시기별로 규정했던 박상옥의 시

---

32) 김정순, 「최하림 시의 변화 양상 연구」, 목포대학교 석사논문, 2017.

기 구분을 받아들였다. 김제욱은 최하림의 시에서 일관되게 표출되는 자연 이미지의 특성을 파악하는 것으로 의미와 상징성을 부여했다. 김제욱이 제시하는 최하림 시에 나타난 자연이미지는 내면의 의식과 자연친화적인 무의식을 넘나드는 매개의 역할을 한다. 그것은 물활론적 상상력으로 세계를 움직이는 힘으로 간주했다.[33] 김제욱이 논구한 최하림 시의 미학적인 관점은 최하림 시 연구의 또 다른 방법을 제시했다는 점에 의미가 있다.

박형준은 최하림의 시에서 겨울나무 이미지를 역사와 자연 그리고 풍경에 대한 사유의 변모과정과 상징체계를 분석하였다. 최하림의 초기시에서는 '역사'와 '우리'에 강조점이 있었고, 후기시에 이르면 '풍경 속의 나'를 통해 '우리'에 대한 성찰이 두드러지는 점을 발견한다. 시기별 구별에 있어서도 "초기의 시를 극기의 시학이라고 명명할 수 있다면, 『속이 보이는 심연』 이후 후기시는 '자애의 시학'으로 넘어가는 과정으로 여겨진다."[34]고 보았다. 박형준은 『속이 보이는 심연』 이전은 사회와 자아의 결합을 모색했다면, 이후는 5월 광주를 겪으면서 죄의식이 극대화되었다고 본다.

김제욱은 다른 논문에서 최하림 후기시에 나타난 집, 창, 물, 바람에 나타난 공간적 상징체계의 미학적 특징을 규명하고자 했다. 이는 최하림 시의 미학적 측면을 새롭게 밝히는 하나의 길을 마련한다는 점에서 매우 의미가 있다. 김제욱에 따르면 최하림은 일생에 걸쳐 풍경을 사유하면서 존재의 근원을 찾아가려 애썼던 시인으로 표상된다. 또한 역사의 아픔으로 희생된 사람의 목소리를 개인의 시선으로 내밀하게 표현하고자 했다. 결국 그가 풍경을 사유하고자 하는 궁극적 의미는 타자를 향한 따스한 시선

---

33) 김제욱, 「최하림 시의 이미지 연구」, 고려대학교 인문정보 대학원 석사논문, 2005.
34) 박형준, 「최하림 시의 겨울나무 이미지」, 『한국문예비평연구』 제46집, 한국문예비평학회, 2015, 28쪽.

이다.35) 풍경을 바라보는 자의 시선을 역사와 결합시키면서, 내면의 의식을 일깨운다는 김제욱의 논의는 최하림 시의 지평을 넓히는 또 하나의 방법적 모색이다.

다음은 형식면의 연구 중에서 시행엇붙임과 또 다른 형식에 관한 논의들을 살펴보겠다.

먼저 문혜원은 최하림의 시에서 '가다'와 '흐르다'에 관심을 보였다. 그는 최하림 시에 나타난 '가다' 동사는 이곳에서 저곳으로 장소를 옮기는 실제적인 행위를 묘사하는 것이 아니라, 더 깊은 어둠으로 들어가고자 하는 암시의 표현으로 읽었다. 문혜원도 최하림 시의 시적 변화의 분기점을 시집 『속이 보이는 심연』으로 보았다. 그의 시는 풍경 속으로 더 깊이 침잠하며 현실적인 세계와는 반대방향으로 깊어진다고 설명했다. '흐른다'는 것은 곧 살아있다는 것이며, 삶의 모든 과정을 시간의 흐름 속에 기록되는 것으로 간주한다. 그것은 '가다'에 비해 유연함, 자연스러움, 자발성을 품고 있다는 것에 집중했다.36) 이것은 최하림의 시를 동사 '가다'와 '흐르다'를 통한 시간의 변모과정이라는 시 읽기의 새로운 미학을 형태적으로 모색했다는 점에 의의가 있다.

이문재는 최하림이 1976년 첫 번째 시집 『우리들을 위하여』에서 칼의 시대로 선회했다면, 네 번째 시집 『속이 깊은 심연으로』와 다섯 번째 시집 『굴참나무 숲에서 아이들이 온다』에서는 물의 시대로 커브를 그린다고 보았다. 초기시에서 최하림은 한 곳에 정착해 있는 관찰자가 아닌 유랑하는 관찰자로 묘사가 된다. 이문재는 최하림의 칼의 시대에서 시의 주체들이 불행한 이유는 저마다 고유한 시간, 장소를 상실한 것으로 추론했다.

---

35) 김제욱, 「최하림 후기시의 공간의식 연구」, 『우리문학연구』 제49집, 우리문학회, 2015.
36) 문혜원, 「'가다'에서 '흐르다'로」, 『시작』 1, 천년의시작, 2002, 64~77쪽.

그것을 이문재는 최하림이 분절시키는 주체를 권력으로 보았기 때문이다. 즉, 최하림의 전체 시세계는 시간과 장소를 빼앗긴 칼의 시대를 떠나, 내가 나일 수 있는 원초적인 시간과 장소를 회복하기 위한 물의 시간으로 돌아가는 여정이다. 이문재는 최하림 시에 나타난 전체의 시간은 최하림 자신의 세계에 던지는 근원적 질문으로 이해했다.37) 이문재의 논지대로 시간을 아우르는 칼과 물이라는 명사의 대입은 본고가 추구하는 최하림 시의 시기별 구분을 확정짓는 계기를 마련해 주었다.

신익호는 최하림의 시가 널리 회자되지 못한 이유를 형식미학적인 접근 없이 정신사적 관점에서만 다뤄졌기 때문으로 보았다. 신익호는 최하림의 시를 형식적으로 접근하여 분석하고자 했다. 그는 최하림의 시에서는 거의 모든 작품에서 통사적 시행 배열이 아닌 껄끄러운 리듬과 부조화가 두드러지는 것을 지적했다. 신익호는 이것을 특별한 운율적 효과, 즉 기존 운율에 대한 낯설게 하기를 위한 의도적 장치로 이해했다. 대부분 시행엇붙임은 통사적 본질과 행 사이의 분절이 일치하지 않을 경우 호흡의 변화가 일어나고, 그에 따라 의미 변화의 애매성으로 시적 효과를 나타내는 것으로 인식했다. 특히 시에서 언어의 의미를 소리가 수정을 한다는 사실을 중요시했다.38) 신익호의 형식의 미적 구조에 관한 관심은 최하림 시연구에 있어서 화자와 비유법을 중심으로 형식을 논구하고자 하는 본고의 의도와도 매우 밀접한 관련이 있다.

위의 연구들에서 살핀 것들을 종합해 보면 주로 내용과 형식면을 양분하여 살핀 글들이 주를 이룬다. 그런데 최하림의 시를 내용과 형식을 함께

---

37) 이문재, 「칼의 시대, 물의 시간~최하림 시전집의 한 읽기」, 『문학과사회』 23, 문학과지성사, 2010, 446~457쪽.
38) 신익호, 「최하림 시의 '시행 엇붙임' 양상 고찰」, 『한국언어문학』 제82집, 한국언어문학회, 2012.

통합하여 보려는 시도가 없지는 않았다.

다음은 최하림의 시를 내용과 형식을 함께 통합하여 탐구한 연구들이다.

김수이는 최하림의 시세계를 모호한 것과 고요한 것의 형태로 존재하는 것으로 읽었다. 즉 그의 시가 풍경을 묘사할 때는 풍경이 아니라 잔상의 효과로 드러나는 것으로 이해를 했다. 특히 언어에 천착했던 최하림의 언어 감각은 김종삼과 김춘수의 연장선상에 놓여있는 것으로 파악했다. 그 이유로 최하림 시가 선명한 어휘로 요약되기 힘든 것을 들었다. 최하림이 초기에는 역사의 파행과 폭력에 고민을 했다면, 후기에는 존재와 시간의 현상학인 실존과 내면의 문제로 전도되는 것으로 구분했다. 김수이는 최하림의 시세계를 관통하는 언어와 풍경에 관하여 전기는 언어의 풍경으로 비판적 현실을 노래했다면, 후기에는 풍경의 언어로 전도되면서 시간에 대한 사유를 노래한 것으로 판단했다.[39] 이는 최하림의 시를 김종삼의 여백과 김춘수의 모호함 사이에서 '우리'와 '나'를 아울렀던 새로운 시 해석의 독법으로 읽어낸 점에 많은 의의가 있다.

이송희는 최하림 시를 끌고 가는 상상력의 동인을 존재의 생명력으로 읽었다. 최하림의 시는 풍경에 상상의 세계를 덧씌움으로써 미학적 풍경을 연출하는 서정적 존재로 표상된다. 이송희에 의하면 최하림은 고백적 구성, 확산적 구성, 매개적 구성에 의해 배치된 정보들을 존재 내부로 향하는 방향감각을 철저하게 인식하면서 내면세계 깊은 곳에 다양한 의미를 생성시키는 것으로 간주했다. 고백적 정보 구성은 살아남은 자라는 죄의식을 벗어버리고 싶은 성찰적 존재로서의 의미를 생성시킨 것으로 읽었다. 확산적 정보 구성은 무의식적 확산성과 몽환적 풍경을 연출한다는 특징을 보여주었고, 매개적 정보 구성은 두 개 이상의 정보가 매개물을 사

---

39) 김수이, 앞의 글, 96~110쪽.

이에 두고 구성되는 방식을 예로 들었다.[40] 본고는 이송희의 매개적 특징을 논한 논지에 동의를 하면서, 최하림 시에 나타난 환유적 특징에도 많은 부분 동의를 한다. 그러나 이송희의 논의는 존재론적인 부분에 편중되어 있다는 점이 아쉬움으로 남는다.

이상으로 내용과 형식을 통합적으로 논구했던 김수이와 이송희의 글들을 검토해 보았다. 김수이와 이송희는 최하림의 시세계를 확장시켰다는 점에서는 일정 부분 성과를 보였다고 판단한다. 대부분의 연구자들이 최하림의 시를 내용면이나 형식면으로 나누어서 편중되게 읽어낸 것에 비해 김수이와 이송희의 연구는 최하림의 시를 형식이나 내용을 아우르는 더욱 더 풍부한 함의의 잣대를 사용하여 읽어 낼 수 있다는 단초를 제공했다. 이 점은 본고가 형식의 잣대를 사용하여 최하림 시의 내면적인 부분을 읽어내려는 방법론적인 부분과도 맥을 함께 한다. 그러나 김수이와 이송희의 논지는 새로운 잣대를 적용했음에도 불구하고 존재론적인 측면으로 좀 더 기울어진 부분이 못내 아쉽다. 그런 점을 간과하지 않으면서 본고는 화자와 비유법을 중심으로 하되, 형식과 내용의 측면을 통합하여 최하림의 시를 읽을 것이다. 이 논문에서는 화자의 성격과 비유의 수단을 통하여 최하림 시에 나타난 미학적인 면을 보다 분명하게 규명할 수 있으리라 판단을 한다. 이상으로 최하림 시에 대한 평론 10편과 소논문 8편, 학위논문 4편을 읽었다. 이들 대부분의 연구자와 평자들은 최하림의 시를 인식적인 관점이나 형식적인 관점으로 한정하여 보았다. 지금까지 살펴본 바와 같이 최하림의 시에 대한 기존 연구에서는 시의식에 대한 존재론적 탐구가 압도적으로 많은 것을 알 수 있다. 이것은 최하림의 시를 존재론적으로 파

---

40) 이송희, 「최하림 시의 미적 구성과 존재 인식」, 『현대문학이론연구』 제33집, 현대문학회, 2008.

악하려는 의도가 과도하게 표출된 탓이다. 형식적인 측면의 연구들 역시 그것과 시의식의 관련성을 살피는 데까지 나가지 못해 협소한 논의에 그치고 있다. 물론 최하림의 시를 역사와 시간과 언어와 풍경을 바탕으로 의식과 형식의 두 잣대로 풀어나간 통합적인 관점의 선행연구도 있었다. 그간의 연구는 나름의 중요한 성과를 보이고 있지만 의식적인 측면과 형식적인 측면을 모두 통합하는 연구가 다양하게 행해지지 않았다는 점에서는 아쉬움이 남는다. 왜냐하면 의식적인 측면과 형식적인 측면을 함께 수렴하면서 통합하는 연구는 그 두 가지 면모를 포괄적으로 볼 때 훨씬 풍부한 함의를 드러내는 최하림 시를 제대로 살필 수 있는 방법이자, 보다 더 객관적이고 포괄적인 관점에서 최하림 시의 미학을 투명하게 드러내 보일 수 있는 수단이기 때문이다.

이 논문에서는 최하림 시의 근원정서까지 의식과 형식을 통합해 분석하여 규명해 볼 것이다. 본고는 화자와 비유법을 통해 최하림의 시에 나타난 예술적 의미와 미학적 가치를 구조적으로 논구할 수 있으리라 판단한다.

3. 연구 방법

이 논문에서 논의하고자 하는 화자와 비유법은 언술차원의 화자와 비유이다. 화자와 비유에 대한 방법적 관점은 그 시인의 시세계를 이해하는 방식과 깊은 관련이 있다. 보이지 않는 세계에서 보이는 세계를 구축하고자 했던 최하림은 화자와 비유법의 측면에서 특이한 개성을 보여준다. 본고에서는 최하림 시의 말하는 방법이 내면의 의식과 긴밀하게 맞물려 있다는 판단 아래 그의 시를 내용적인 측면을 염두에 두면서 형식적인 측면에서 분석한다. 이로써 그가 지향했던 미학적 특징을 밝힐 수 있을 뿐더러, 그의 의식과 세계관까지도 밝힐 수 있으리라 본다. 레미드 구르몽은 사람이 글을 쓰는 유일한 이유는 "자기의 거울에 비친 어떤 특수한 세계를 타인에게 제시하기 위한 것이다."[41]라고 기술한 바가 있다. 이혜원도 "시의 진정한 가치는 진지한 내면 의식을 드러내는 시적인 구조에 있다"[42]라고 밝혔다. 본고에서 논하고자 하는 최종의 목적은 최하림이 시 속에서 발화했던 비가시적 세계를 가시화하는 현상의 세계를 화자와 비유법에 기대어서 어느 정도 투명하게 밝히는 것이다. 본고에서는 수많은 언술과 수사법의 유형 중에서도 화자와 비유법으로 범위를 한정하여 최하림 시의 세계를 밝히고자 한다. 이를 통해 그가 왜 시를 썼고, 어떤 태도로 역사에 저항했으며, 어떤 세계관을 갖고 최종의 문학적 성과를 거두었는가에 대하여 객관적으로 밝히는 계기를 마련할 수 있을 것으로 본다. 또한 최하림 시의 특징은 어떠하며, 그것이 시인의 세계관과 어떻게 연계되며, 어떠한

41) 필립 윌라이트(Philip Ellis Wheel Wright), 『은유와 실재』, 金泰玉 역, 문학과지성사, 1982, 11쪽.
42) 이혜원, 「윤동주 시의 운율 연구」, 『한국학연구』 제15집, 고려대학교 한국학연구소, 2001, 73쪽.

내면 의식의 변화를 일으켰는가에도 집중한다. 그리고 그런 변화의 양상이 언술차원에서는 어떠한 의미를 획득했는가에 주목한다. 이를 통해 최하림의 생애 전반에 걸친 시의식의 전개양상과 미학적 특징을 검토하고자 한다.

최하림 시의 특징인 화자와 비유법을 보다 정확하게 이해하기 위해서는 언어적 층위에 대한 이해가 필요하다. "언어는 그 모든 다양한 기능에 관하여 연구되어야 한다."[43] 화자와 비유법은 이러한 언어적 층위에 있는 것으로 시에서는 다른 어떤 문학의 장르보다 훨씬 더 함축적이고 체계적인 것으로 활용된다. 츠베탕 토도로프는 "언어는 단순한 하나의 약호가 아니다. 이는 늘 그가 기술하고 분석하는 언어와 대화적인 관계"[44]에 있다고 했다. 최하림도 산문에서 직접 기술한 것처럼 "시는 구체적인 세계를 묘사"[45]하는 것으로 이해했다.

언어를 매개수단으로 하는 시쓰기에 관하여 롤랑바르트는 "시쓰기의 심층에는 언어의 어떤 '상황'이 있으며 이미 더 이상 언어의 의도가 아닌"[46] 다른 어떤 태도가 있다고 설명했다. 즉, 시쓰기란, "단순히 지시하는 것과는 거리가 멀다. 그것은 표현적 측면에서 말하는 사람이나 글을 쓰는 사람의 어조와 태도를 전달한다."[47]로 보아 시인이 시를 쓰는 목적은 단순히 사물에 대한 분석이나 지시적인 측면이 아니라 "시인은 어떤 존재인가 하는 질문과 동일하다. 이것은 원인으로서의 시인과 결과로서의 작

---

43) 로만 야콥슨(Roman JaKobson), 『문학속의 언어학』, 신문수 역, 문학과지성사, 1989, 54쪽.
44) 츠베탕 토도로프(Tzvetan Todorov), 『바흐찐: 문학사회학과 대화이론』, 최현무 역, 까치글방, 1987, 44쪽.
45) 최하림, 『붓꽃으로 그린 시』, 문학사상사, 1982, 44쪽.
46) 롤랑 바르트(Roland Barthes), 『글쓰기의 영도』, 김웅권 역, 동문선, 2007, 23쪽.
47) 르네 웰렉·오스틴 워렌(Rene Wellek·Austin Warren), 『문학의 이론』, 이경수 역, 문예출판사, 1987, 25쪽.

품과의 관계, 곧 시인의 경험적 자아와 시적 자아의 일치를 표명한 표현론"[48]이다. 본고에서 화자와 비유법의 잣대로 바라보는 최하림의 시를 시인과 따로 떼어놓을 수 없는 이유가 바로 여기에 있다. 본고에서는 "시쓰기란 언어학적 문제나 문학적 문제를 모두 함께 재고해야 한다."[49]라는 로만 야콥슨의 말에도 주목한다. 여기에서는 최하림이 구축했던 시의 세계를 발신자인 화자와, 그것을 실질적으로 입증하는 비유법을 도구로 삼아 그의 시를 탐구하는 것에 목적을 둔다.

본고에서 잣대로 삼는 시의 구조에 관한 개념은 노암 촘스키의 "언어학 탐구의 궁극적인 목적은 언어의 구조에 관한 이론"[50]이라는 언어구조에 관한 이론을 참조하기로 한다. 촘스키는 인간 사고의 범주는 언어분석에서 얼마든지 고려될 수 있다고 생각한다. 본고는 촘스키의 "우리의 내적 상태를 나타내기 위해 외적으로 작용하는 모든 것에 언어라는 이름이 붙여질 수 있다."[51]는 정언에 기대어서 언어 분석에 천착했던 구조주의 언어학의 방법론적 이론을 수용한다.

또한 언어의 본질에 대한 연구를 거듭해온 야콥슨의 "「언어 본질에 대한 연구」에서 인간의 정신작용이 언어의 구문 형태에 반영된다."[52]라는 논의도 포괄적으로 수용한다. 본고는 야콥슨의 언어전달에 관여하는 "여섯 가지 기능"[53] 중에서 발신자, 즉 화자에 주목하여 논의를 전개한다. 그

---

48) 김준오, 『시론』, 삼지원, 1996, 24쪽.
49) 위의 책, 186쪽.
50) 노암 촘스키(Noam Chomsky), 『촘스키의 통사구조』, 장영준 역, 알마출판사, 2016, 11쪽.
51) 위의 책, 59쪽.
52) 로만 야콥슨, 앞의 책, 56쪽.
53) 위의 책, 55쪽. "발신자(addresser)는 수신자(addressee)에게 메시지(message)를 보낸다. 메시지가 전달되기 위해서는 그것이 지칭하는 관련사항(context)이 요구되는 바, 이것은 수신자가 이해 가능한 것이어야 하고 언어라는 형식을 취하거나 언어화

리고 그 화자를 설명하는 도구로서 비유법을 사용하고자 한다.

본고에서 사용하는 은유와 환유의 포괄적인 범위로는 "아리스토텔레스에서 발생하는 중세까지의 은유와 니체와 레이코프와 존슨, 윌라이트의 은유와 야콥슨의 은유와 환유"[54]가 있다. 이 논문에서 사용하는 은유와 환유의 개념은 야콥슨과 레이코프와 존슨[55]과 윌라이트[56]의 견해에 동의를 하여 이를 적극 참조한다. 레이코프와 존슨은 은유가 세계를 인식하는 방법이라고 지각했다. 이들의 은유개념은 단순한 언술 차원의 은유가 아니라 깨달음의 차원이다. 즉, 개념의 은유이다. 저들에게 있어서 은유나 환유는 확연하게 구별이 되는데, 은유가 하나의 사물을 다른 사물에 의하여 인식하는 방법이라면, 반면에 환유는 지시적 기능을 갖는다. 이러한 맥락으로 윌라이트는 은유의 종류를 둘로 나눈다. 전통적 은유의 개념을 치환은유라 부르고, 병치은유는 병치와 통합에 의해 새로운 의미를 창조하는 일을 대표한다. 치환은유의 역할은 의미를 암시하는 데 있고, 병치은유의 역할은 존재를 만들어내는 데 있다. 결국 윌라이트의 병치은유는 레이코프와 존슨이 말한 존재론적 은유와 가까운 셈이다. 이 점이 바로 본고가 최하림 시에 나타난 은유를 주목하는 이유이다.

또한 본고에서는 야콥슨의 "유사성이 인접성 위에 중첩될 때, 시는 철두철미하게 상징적, 복합적, 다의적 본질을 표출한다. 인접성 위에 유사성이 중첩 되는 시에서 환유는 모두 다소가 은유적이며 은유는 모두 환유적

될 수 있는 것이라야 한다. 그러기 위해서는 부분적으로라도 약호 체계(code)가 필요하다. 마지막으로 발신자와 수신자 사이의 심리적인 연결인 접촉(contact)으로서 양자가 의사전달을 시작하여 이를 지속할 수 있게 하는 요소가 되는 것이다."
54) 권혁웅, 『한국 현대시의 시작방법 연구』, 깊은샘, 2001, 14~27쪽.
55) G. 레이코프·M. 존슨(George Lakoff·Marc Johnson), 『삶으로서의 은유』, 노양진·나익주 옮김, 박이정, 2006.
56) 필립 윌라이트, 앞의 책.

색깔"57)을 갖는 데에 주목한다. 그리고 이러한 경향과 함께 존재의식을 파악하는 하나의 기제로서 작용하는 증상에 관하여 라캉은 "억압된 기의를 나타내는 기표이다. 증상은 모래에 쓰여진 상징이며 언어를 통해 나타난다. 증상은 곧 은유이다."58)라고 정리를 한다. 본고가 사용하고자 하는 또 하나의 이론인 라캉의 은유와 환유의 개념은 "은유란 의미화의 연쇄 속에서 '대체'로 이루어지는 '의미효과'이고 환유는 의미화 연쇄 속에서 '생략'으로 발생하는 '의미의 교란'"59)이라고 말할 수 있다. 라캉의 은유와 환유의 개념인 증상과 결여와 생략과 대체의 개념은 최하림 시에 나타난 내면을 분석하는 데 매우 유용하므로 은유와 환유의 분석에서는 많은 부분 라캉의 견해를 참조한다.

이 논문에서는 최하림의 시를 형식적으로 파악하기 위하여 화자와 비유법의 테두리 안에서 그의 시를 탐구한다. 또한 본고에서 상징을 비유법에 포함시켜 파악하는 이유는 최하림 시에서 발화하는 상징은 "구체적인 사상들이 시인 내부의 특정한 사상이나 감정이 아니라 현실세계가 불완전하게 나타내고 있을 뿐인 광대하고 보편적인 이상세계의 씸볼로써"60) 사용되고 있기 때문이다. 정치적으로 혼란한 시기에 방외인적인 태도를 고수했던 최하림의 시에서는 많은 부분 상징의 발화로 시의식이 표출된다. 이런 최하림의 상징을 방법론적으로 파악하여 미학적 가치를 드러내는 것이 본고의 또 하나의 목적이기도 하다. 최하림은 현상적인 세상과 비가시적인 세상의 존재를 통섭하면서 자발적인 주변인 의식을 구축한다.

---

57) 권혁웅, 앞의 책, 78쪽.
58) 위의 책, 272쪽.
59) 오형엽, 『문학과 수사학』, 소명출판, 2011, 80쪽.
60) 찰스 체드윅(Charles Chadwick), 『상징주의』, 박희진 역, 서울대학교출판부, 1979, 7쪽.

본고에서는 최하림의 상징 발화를 통하여 그가 궁극에 닿고자 했던 자기 성찰의 세계를 보다 깊이 있는 시각으로 검토한다. 즉 최하림의 상징 발화는 구체적인 현실의 의미망을 언어를 사용하여 새롭게 창조해 내는 작업이다.

본고에서는 최하림의 시집 전체를 대상으로 작품에 나타난 화자와 비유법의 특징을 검토 분석한다. 또한 "수사학은 인간 존재 자체를 결정하는 중요한 하나의 속성을 드러내는 도구"[61]가 된다는 금동철의 이론과 바흐쩐의 이론도 참조하여 최하림 시의 언술적 특징을 규명할 틀을 마련하려 한다.

특히 화자에 관해 본고에서는 츠베탕 토도로프의 『바흐쩐: 문학 사회학과 대화이론』에서 "시학의 대상은 문학작품의 구조이다."[62]와 함께 "시인의 언어는 시인에게 속해 있는 언어이다. 시인은 그 언어 속에 완벽하게 존재하며, 시인의 의도의 순수하고 직접적인 표현처럼 사용하면서 이 요소들을 개인적인 것으로 만든다. 개인의 단어는 즉각적이고 직접적으로 시인의 의도를 표현해야 한다."[63]를 지표로 삼아 최하림 시를 논의의 대상으로 삼는다. 화자에 있어서 주목하는 또 다른 푯대로는 "시는 담화의 한 형식이다. 시는 화자가 말하는 한 형식이기 때문에 서사 양식에서 서술자의 존재와 그 기능이 항상 문제가 되듯이 시의 화자는 심상과 운율과 더불어 시의 중요한 구성요소이면서 문학적 장치이다."[64]라고 말한 김준오의 이론을 방법적으로 차용한다.

---

61) 금동철, 「1950~60년대 한국모더니즘 시의 수사학적 연구」, 서울대학교 박사논문, 1999, 11쪽.
62) 츠베탕 토도로프, 앞의 책, 65쪽.
63) 위의 책, 99쪽.
64) 김준오, 앞의 책, 1쪽.

화자의 특징에서 제시하는 분석의 틀은 노창수의 『한국 현대시의 화자 연구』도 함께 참조했다. 노창수는 문학의 전반적인 현상은 화자와 청자의 상호 부름의 관계 속에서 형성됨과 동시에 존재 자체도 성립이 되는 것이라고 밝혔다. 이는 본고가 구조적으로 밝히고자 하는 최하림 시에 나타난 화자의 특징에 많은 부분이 적용된다. 본고는 "모든 인간은 화자와 청자의 관계 속에 있다. 심지어 독백의 경우에도 자기 자신이 바로 청자"[65]로 존재한다는 노창수의 논의를 개념화하면서 분석의 틀로 삼아 전반적인 화자의 논의를 전개한다. 또한 시적 화자가 "시의 표면에 드러나는 현상적 화자와 직접 표면에 드러나진 않지만 시 전체의 흐름을 주관하거나 제어하는 함축적 화자"[66]를 분석의 틀로 삼아 논의를 전개한다.

가시적 세계와 비가시적 세계가 상호 혼용되는 최하림의 시세계에서는 현상적 화자의 역할과 함축적 화자의 역할은 언어 체계의 의미를 변별한다. 여기서 말하는 현상적 화자란, 노창수에 의하면 "시인이 창조해 낸 화자, 즉 여성, 남성, 어린이, 시골사람, 도시사람, 아버지, 등 그 시적 분위기나 어조에 어울리는 역할을 수행"[67]한다. 현상적 화자는 작품 현상에 드러나는 것이 특징이다. 함축적 화자란, "시속에서 화자의 모습이 뚜렷이 잡히지 않으면서도 시 전체의 흐름과 이미지를 조절"[68]하면서 대상 깊숙이 자신의 정서를 담고 있다. 또한 관찰자적 화자란 "화자가 직접 표면에 노출되지 않은 관찰자로서 그 위치가 고정되어 있지 않다."[69] 그러나 화자는 시 전체의 분위기를 통제 또는 제어한다. 함축적 화자는 화자가 작품

---

65) 노창수, 「한국 현대시의 화자 유형 연구」, 조선대학교 석사논문, 1989, 12쪽.
66) 위의 논문, 49쪽.
67) 위의 논문, 39쪽.
68) 위의 논문, 103쪽.
69) 위의 논문, 49쪽.

뒤에 숨는 것이 특징이다. 본고는 상당부분 노창수의 논의에 기대어서 화자의 특징을 논의한다.

이 외에 본고에서 사용하는 화자 개념은 다음의 논의들을 참조할 것이다. 이숭원은 「백석 시의 화자와 어조 연구」[70]에서 화자의 유형을 네 가지로 제시했다. 첫째, 시인이 직접 나서는 '시인 화자' 둘째, 다른 사람을 내세워서 시인의 생각을 간접적으로 전달하는 '다른 사람화자' 셋째, 복수를 지칭하는 '우리 화자' 넷째, 사건이나 정황이나 인물을 그대로 드러내는 '중립적 화자'를 제시했다. 이는 본고에서 밝히려 하는 '나 화자' 곧 '시인 지향적 화자'와 '우리 화자'를 규명하는 부분에서 많은 참조를 했다. 노창수는 「한국 현대시의 화자 유형연구」에서 시 속에서 창조되는 시인, 곧 화자는 어떤 퍼소나로 자신의 목소리를 내게 할 것인가에 관심을 기울였다. 노창수의 현상적 화자와 함축적 화자의 논의는 본고에서 다루고자 하는 화자 유형의 큰 틀을 제시해주었다. 송성헌은 「현대시 화자 태도 분석 연구」[71]에서 화자의 감정에 대하여 화자가 처한 환경에 맞게 표현하는 것에 집중을 했다. 그의 화자 태도 분석은 본고에서 화자의 감정을 분석하는 방법과도 관계를 맺는다. 정끝별은 「21세기 현대시 화자 유형에 관한 사례 분석 연구」[72]에서 화자를 창작과 읽기를 위한 시적 기술의 차원에만 머무는 개념에 대해 반박했다. 정끝별의 논지는 본고에서 밝히려는 화자의 역할에 대한 도구로 작동한다. 오형엽은 「김수영 시의 언술과 구조화 원리 연구」에서 '반복'과 '변주'의 언술 구조와 구조화 원리를 규명하고자

70) 이숭원, 「백석시의 화자와 어조 연구」, 『한국시학연구』 제1집, 한국시학회, 1998.
71) 송성헌, 「현대시 화자 태도 분석 연구」, 『한국시학연구』 제29집, 한국시학회, 2010.
72) 정끝별, 「21세기 현대시 화자 유형에 관한 사례 분석 연구」, 『현대문학의 연구』 제46집, 현대문학이론학회, 2012.

했다.73) 이는 본고에서 사용하는 반복과 변형이라는 70년대 한국 사회구조를 분석하는 방법적인 측면에서 유용하게 사용한다. 이상으로 본고와 밀접한 화자에 관한 논문을 살폈다. 불안의식이 투영된 제시적 화자에 관해서는 황정산의 『한국 현대시의 운율론적 연구』74)를 잣대로 삼아 논의를 전개했다. 시행엇붙임에 관하여 황정산은 "행 사이의 분절이 일치하지 않을 경우 호흡의 변화가 일어나고 그에 따라 의미의 변화가 생겨나는 일정한 시적 효과를 발휘"75) 한다고 보았다. 같은 맥락에서 신익호는 시행엇붙임을 "시에서 언어의 의미를 소리가 수정한다는 사실을 나타내는 단적 증거"76)로 제시한다. 최하림의 많은 시에서도 "통사적으로 볼 때 자연스런 시행 배열이 아닌 껄끄러운 리듬과 부조화가 두드러진다. 그것은 특별한 운율적 효과, 즉 기존 운율에 대한 '낯설게 하기'를 시도한 장치"77)라 할 수 있다. 이와 더불어 최하림의 시편들 가운데 나타나는 시행의 불연속 장면에서는 많은 변조가 일어난다. 본고는 이것을 불안한 시대의 삶을 살아야 했던 최하림의 시적 발화로 보고 함축적 화자의 미학적 관점에 집중하여 살폈다.

본고에서 비유법의 특징을 설명하기 위해 사용하는 분석의 틀은 금동철의 「1950~60년대 한국 모더니즘 시의 수사학적 연구」를 기준점으로 삼았다. 금동철은 시의 본질을 보다 더 정확하게 파악하기 위해서는 언어적 층위에 대한 이해가 필요하다고 피력했다. 그는 언어에 대한 객관적인 논구를 펼칠 수 있는 방법적 연구를 수사학으로 보았다. 이러한 수사학은

---

73) 오형엽, 「김수영 시의 언술과 구조화 원리 연구」, 『한국시학연구』 제43집, 한국시학회, 2015.
74) 황정산, 「한국 현대시의 운율론적 연구」, 고려대학교 박사논문, 1997.
75) 위의 논문, 50쪽.
76) 신익호, 앞의 논문, 371쪽.
77) 위의 논문, 371쪽.

주체와 대상을 바라보는 본고의 관점과도 밀접하다. 또한 본고가 추구하는 최하림 시의 인식적 차원과 세계의 구성요소를 파악하는 수사적 방법과도 맥을 잇는다. 본고는 금동철의 논의를 개념화하면서 분석의 틀로 삼아 수사법과 관련된 전반적인 논의를 전개한다. 본고에서는 "수사학은 단순한 시적 기교로서의 수사법에 대한 것이 아니라, 시의 언어와 문학, 그리고 세계에 대한 시인의 인식론"78)이라는 점을 강조한 금동철의 개념에 동조한다. 또한 주체에 대한 관심에서 드러나는 은유와 환유는 "은유가 주체와 대상 사이의 일체화, 총체화를 목표로 한다면, 환유는 이러한 총체성이나 동일시를 부정하는 수사학이다."79)를 분석의 틀로 삼아 최하림의 시를 탐구한다.

　　본고에서 참조할 비유법에 관한 논의는 다음과 같다. 권혁웅은 「백석시의 비유적 구조」80)에서 은유적인 대상들은 본질적으로 타자를 동일자로 만드는 것으로 이해했다. 이것은 본고에서 다루는 병렬은유에서 이루어지는 의미의 확산이라는 분석의 틀을 제시해주었다. 정끝별은 「현대시에 나타난 시적 구조로서의 병렬법」81)에서 현대시가 내재하는 반복과 확산과 해체적 병렬이라는 구조유형을 살폈다. 이는 최하림의 시가 내재하고 있는 연상진행에 따라 발화하는 의미의 율격과 일맥상통한다. 금동철의 「현대시에 나타난 수사학적 세계관 연구」82)에서 최근의 수사학적 논의는 말하기 기술이라는 관점을 넘어 인간 경험의 깊은 차원까지 관통하는 인

---

78) 금동철, 앞의 논문, 156쪽.
79) 위의 논문, 159쪽.
80) 권혁웅, 「백석시의 비유적 구조」, 『한국문학이론과비평』 제14집, 한국문학이론과
　　비평학회, 2002, 316쪽.
81) 정끝별, 「현대시에 나타난 시적 구조로서의 병렬법」, 『한국시학연구』 제9집, 한국
　　시학회, 2003.
82) 금동철, 「현대시에 나타난 수사학적 세계관 연구」, 『국제언어문학』 제10집, 국제
　　언어문학회, 2004.

식론적인 관점이 주를 이룬다는 점을 다룬다. 금동철은 인식론적인 관점을 "인간이 언어를 사용하여 사유할 수밖에 없고 언어는 또한 수사적일 수밖에 없다면, 수사학은 언어의 본질적 조건임과 동시에 인식론의 한 영역"[83]이라고 보는 것이다. 또한 박현수는 "은유란 어떤 사물을 다른 사물의 관점에서 보는 태도라는 점에서 사물의 실재성을 강화시켜주는 '관점'과 연관된다. 환유는 추상적이고 무형적인 것을 구체적이고 유형적인 것의 관점에 입각하여 설명하는 것이기 때문에 과학적 실재론을 추구하는 환원과 연계된다"[84]라고 했다. 이는 본고에서 최하림의 시세계를 병중 이전과 이후를 기준점으로 전기와 후기로 나누어서 논구하는 분석의 초석이 되었다. 임상훈은 「현대 언어학에 기여한 야콥슨의 은유와 환유에 관한 연구, 그리고 문제점」[85]에서 야콥슨은 은유와 환유를 하나의 개념이 다른 하나의 개념으로 대치시키는 관계로 보는 관점을 피력했다. 이는 본고에서 환유적인 은유와 은유적인 환유를 논구할 때 분석의 틀을 마련해 주었다. 윤의섭은 「1960년대 초기 모더니즘 시의 수사학적 인식」[86]에서 『현대시』 동인들의 수사학적 태도를 주체의 자리를 견고하게 하기 위한 인식의 드러냄으로 파악했다. 이런 세계인식에 대한 미학적 관점은 본고의 미학적 가치와도 많은 부분이 닿아있다. 신용목은 「백석 시의 은유와 환유 구조」[87]에서 하나의 기표인 은유가 다음에 오는 기표와 결합

---

83) 위의 논문, 33쪽.
84) 박현수, 「수사학의 3분법적 범주:은유, 환유, 제유」, 『한국근대문학연구』 제17집, 한국근대문학회, 2008, 300쪽.
85) 임상훈, 「현대 언어학에 기여한 야콥슨의 은유와 환유에 관한 연구, 그리고 문제점」, 『수사학』 제1집, 한국수사학회, 2004.
86) 윤의섭, 「1960년대 초기 모더니즘 시의 수사학적 인식」, 『한국시학연구』 제26~34집, 한국시학회, 2006.
87) 신용목, 「백석시의 은유와 환유 구조」, 『한국시학연구』 제33집, 한국시학회, 2012.

하여 환유가 되었다가, 다시 그 환유도 다음에 오는 기표와 결합하는 순간에 스스로 더 큰 은유로 이동하는 구조에 관심을 기울였다. 이는 본고의 존재론적인 의미를 살펴야 하는 은유와 상징 부분에서 주체가 욕망의 자리로 이동하는 환유의 경로를 분석하는 데 많은 참조가 되었다.

다음은 본고에서 상징을 비유법과 대등하게 위치시키는 이유이다. 이것은 라캉의 전언대로 "상징화의 원리란 어떤 기표로 다른 기표를 대신"[88] 하는 것을 근간으로 한다. "상징은 그 안에 도상 혹은 지표를 포함할 수 있다."[89] 곧 상징이란, 발화된 하나의 의미가 은유처럼 하나의 사물로 치환되기도 하는데 야콥슨은 이에 대해 "상징은 어떤 조건이 충족 된다면 어떤 것이 확실히 체험될 것이라는 현실적 사실 속에 존재한다. 다시 말하면, 상징은 그것의 해석 당사자의 사고와 행동에 영향"[90]을 미친다고 보았다. 또한 라캉은 상징의 개념을 우리가 일상에서 차용하는 일반 원칙과 끊임없이 대입시킨다. 본고에서는 라캉의 상징을 푯대로 삼아 최하림의 시에서 구원의식과 소멸의식이 드러나는 개인상징과 원형상징에 관하여 논구한다. 본고에서 사용하는 개인상징은 최하림의 시 속에서 발화하는 화자의 고유한 시선으로 원관념을 지운 특수한 의미를 표출하는 방법이다. 원형상징도 최하림 시에서 밖으로 드러나는 특정 표상에 대한 새로운 이미지 창출이다. 즉, 최하림 시에 나타난 상징은 원관념을 지우면서 새로운 관념을 앞세워서 현실의 의미망을 새롭게 창조한다. 무엇보다 본고에서는 최하림 시에 나타난 존재론적인 의미를 논하는 자리에서 레이코프와 존슨의 삶의 은유에 많은 부분을 기대었다. 레이코프와 존슨은 "우리의 사고를 지배하는 개념들은 우리가 지각하는 것, 우리가 이 세계 안에

88) 아니카 르메르(Anika Lemaire), 『자크 라캉』, 이미선 역, 문예출판사, 2004, 327쪽.
89) 위의 책, 259쪽.
90) 로만 야콥슨, 앞의 책, 361쪽.

서 살아가는 방식, 그리고 다른 사람과 관계를 맺는 방식 등을 구조화 한
다."91)라고 했다. 본고에서는 레이코프와 존슨의 일상을 규정하는 은유적
인 태도를 받아들여 이론을 원용한다. 또한 원활한 논구를 위해 라캉의 대
체와 생략에서 발생하는 은유와 환유의 개념도 함께 수용한다.

　다음은 본고의 논지 전개와 관련되는 시기구분에 관하여 살핀다. 최하
림 시의 시기 구분에 관하여서는 전기와 후기로 나누기도 하고, 초기, 중
기, 후기로 나누기도 한다.92) 최하림은 1991년 지병인 고혈압으로 병증이
발생하는데 "신체가 경험하는 모든 것들은 언어에 둘러싸이고 그 대가로
언어는 신체를 만든다."93)라는 라캉의 말로 미루어보아 그 시기부터 최하
림은 가시적 세상과 비가시적 세상이 서로 혼용되면서, 그의 언어체계는
이전의 언어 층위와는 구별되는 변별점을 갖는다고 볼 수 있다. 그는 병증
인 신체의 변화로 인하여 오히려 독특한 언어층위를 형성한다. 병증 이전
에 역사의식에 전도된 세계의 외면이라는 초월의 세계를 꿈꾸었다면, 병
중 이후는 내면의 존재의식에 관심을 기울이면서도 현실의 세계를 증명
하고자 노력한다. 이에 본고는 전기시에서는 "은유에 의하면 기표는 기의
를 구현하기 위한 것이므로 기표는 기의와의 밀접하고 필연적인 관계에
의해 조직되기 마련이다. 즉 기표와 기의는 서로 대응하는 동일성의 원리
가 작용"94)하는 것으로 보았다. 반면에 기표에 의한 기의의 관계가 불일
치하는 후기시에서는 "환유는 시가 결국 은유임을 부정하는 것으로서 기
의와 기표 사이의 고리를 끊어버리는 작용을"95) 하는 것으로 판단했다.

---

91) G. 레이코프·M. 존슨, 앞의 책, 21쪽.
92) 시기구분에 관하여서는 연구사 검토 30쪽 참조.
93) 아니카 르메르, 앞의 책, 225쪽.
94) 송기한, 「정현종 초기시의 환유적 성격과 그 의미 구조 연구」, 『한국문학이론과 비
　　평』 제34집, 한국문학이론과비평학회, 2007, 149쪽.
95) 위의 논문, 150쪽.

그리고 그 모든 것은 다채로운 이미지와 리듬감 있는 언어의 형식이라는 대원칙 속에 포괄되어 운영된다. 본고에서는 연구사 검토에서 면밀히 밝힌 선행연구자들의 연구를 바탕삼아 최하림 시의 예술적 의미와 미학적 가치를 병증의 발생 이전과, 이후로 나누어서 전기와 후기로 분류하여 논구하기로 한다.

제2장 화자의 특징은 크게 두 유형으로 분류한다. 현상적 화자의 유형에서는 화자가 겉으로 드러나는 '역사에 저항하는 비주류적 화자'와 '소명의식이 불러오는 반항적 화자' 그리고 '자유를 추구하는 복합적 화자'를 탐구한다. 함축적 화자의 유형에서는 화자가 내면의 의식으로 등장하는 '세계 내면으로 향한 인식과 관찰자적 화자'와 '방외인적 현실인식과 확산적 화자' 그리고 '불안의식이 투영된 제시적 화자'를 탐구한다. 특히 본고에서 화자의 동태를 살피는 목적은 화자의 역할 기술이 본고가 추구하는 최하림 시의 미학적 의미를 밝히는 데 중요한 단초가 되기 때문이다.

제2장 1절 현상적 화자의 유형에서는 전기의 시를 살핀다. 2절 함축적 화자의 유형에서는 후기의 시를 살핀다. 이는 화자의 유형 변화가 전기에서 후기에 감에 따라 발생하기 때문이다.

제3장 비유법의 특징에서는 크게 두 유형으로 분류한다. 세계구성 방식으로서의 은유와 인유에서는 '의미 재생으로서의 존재론적 은유'와 '세계인식으로서의 구조적 은유' 그리고 '세계를 형성하는 비유적 인유'를 탐구한다. 이에 환유의 방식으로 드러나는 세계에의 인식과 세계를 형성하는 비유적 인유를 통한 시인의 인식을 분석적으로 논의한다. 의미 확장 방식으로서의 환유와 상징에서는 '공간의 인접성에 따른 연접환유'와 '시간의 지시성에 따른 이접환유' 그리고 '구원의식과 소멸의식이 드러나는 상징'을 탐구한다. 본고에서 비유법 안에 상징을 대등한 자리에 위치시키는 것

은 앞의 연구목적에서 밝힌 것처럼 최하림 시에서 발화하는 상징은 현실 세계가 불완전하게 나타내고 있는 광대하고 보편적인 이상세계의 씸볼로써 사용되고 있다는 촬스 체드윅의 이론에 근거를 둔다. 특히 본고에서 전기와 후기의 시를 은유와 환유로 나누는 이유는 병중의 이전과 이후를 살폈을 때, 기표와 기의의 관계가 일치에서 불일치로 넘어오는 하나의 커다란 변곡점을 형성했다고 보았기 때문이다.

제3장 비유법의 특징에서도 제3장 1절 세계 구성 방식으로써의 은유와 인유를 전기로, 2절 의미 확장 방식으로서의 환유와 상징을 후기로 나누어서 논의한다.

본고는 시기별로 변모하는 최하림의 시세계를 규명하기 위하여 최하림 시 전체를 대상으로 논할 것이다. 시기별로 1권『우리들을 위하여』와 2권『작은 마을에서』3권『겨울 깊은 물소리』를 전기로, 4권『속이 깊은 심연으로』5권『굴참나무 숲에서 아이들이 온다』6권『풍경 뒤의 풍경』, 7권『때때로 네가 보이지 않는다』를 후기로 나누어서 논의한다.

이 논문에서 최하림의 시집 전체를 연구 대상으로 전개하는 이유는 시기별로 유의미한 존재의식의 변화를 보였던 최하림의 시세계를 구조적으로 심도 있게 파악할 수 있으리라 판단하기 때문이다. 또한 한 평생 서정시를 써오면서 역사에 저항했던 한 시인에 대한 내적 성과와 역사의 장면을 학술적으로 재고하기 위함이다. 또한 본고 연구방법론이 적용하는 이론가는 야콥슨, 레이코프 등을 중심으로 하고 다른 방법론은 필요에 따라 보완적으로 참조한다.

본고는 이 모든 과정을 통해 아직 다양하게 연구되지 않았던 최하림 시가 지닌 의미의 맥락과 미학적 가치를 그 형식적 특징을 통해 체계적으로 추적하여 그가 추구했던 내면의 미의식을 심층적으로 파악해 보려 한다.

　　본고는 최하림(1939~2010) 시에 나타난 화자와 비유법의 특징을 살피고, 그의 시세계가 지니는 예술적 가치와 미학적 의의를 밝히는 연구이다. 최하림은 1962년 조선일보 신춘문예에 「灰色手記」가 입선하고, 1964년에 다시 조선일보에 시 「貧弱한 올페의 回想」가 당선된다. 그 후 2010년 4월 22일 영면에 들 때까지 왕성하게 시작활동을 한다. 최하림은 1962년 김현, 김승옥, 김치수와 함께 동인지 『산문시대』를 발간하는 등, 의욕적인 문학 활동을 전개한다.

제2장
화자의 특징

이 장에서는 최하림 시에 나타난 화자의 특징을 검토하여 그것이 지니고 있는 시적 기능과 미학적 가치를 살핀다. 화자의 문제는 21세기에 들어와서도 여전히 시의 중요한 원리로 작동한다. 그것은 시의 정서적인 문제뿐만이 아니라, 미학적인 관점과도 매우 밀접하다. 시 속에 등장하는 화자는 시인의 의식 혹은 무의식이 시의 형식에 기대어서 밖으로 드러난 모습이다. 즉, 어떤 행동이 그 사람을 규명해주듯이 화자의 문제는 인간의 본질과도 맥이 닿아있다. 화자의 역할은 "나는 이것이 진실이고 너에게 말하며 그리고 나는 이런 방식으로 그것을 느낀다"[1]처럼 인간이 인간에게 말을 거는 방법적인 기제, 즉 수단이다. 결국 시인이 시 속에서 창조해낸 화자는 시의 배후가 아니라 시의 내부에 존재하게 된다. 그러나 화자는 시인이 시속에서 창조한 자라는 전제에 따라 시인과 화자의 문제는 별개로 받아들여져야 한다. "우리가 시에서 추상해 내는 퍼소나나 시인은 그 어느

---

1) 김준오, 『가면의 해석학』, 281쪽.

것도 결코 실제의 인물이 아니다."2) 시가 시인의 내부 심상에서 겉으로 드러나는 함축적 개성이라는 것을 인정할 때 "시인은 작품 '밖'에 존재하지만 화자는 작품 '안'에 존재하는 것이다."3) 그리고 시인이 시 속에서 창조한 인물을 시인과 구분할 때 화자를 퍼소나(persona)라 불린다. 퍼소나의 의미는 이제 단순히 가면을 가리키는 연극의 용어가 아니라, 인간의 심상을 대변하는 하나의 상징기제이다. 그리고 그것은 시의 화자와 실재하는 시인을 변별해주는 장치로 구분이 된다. 즉, 화자를 통해 시인의 경험적 자아와 시적 자아가 일치를 표명하면서 예술성을 부여받게 된다. 따라서 시인은 시에 적합한 퍼소나를 선택하여 시인이 발화하는 개성을 청자가 상상하거나 추상할 수 있도록 돕는다.

본고가 관심을 갖는 시인의 개성이나 사상은 "시인이 어떤 존재인가를 제시하는 것이 아니라 시인 자신은 어떤 존재이며, 되고자 하며, 어쩔 수밖에 없는가, 라는 문제에 대해 그가 생각하고 있는 것을 제시하는 것이다."4) 궁극적으로 시란, 시인이 오래 갈구했던 시인 내면의 얼굴, 즉 퍼소나의 형태로 드러나는 것이다. 그리고 그것은 시적 화자로 작동한다. 한 편의 시에는 언제나 담화의 형식으로 말을 하는 방법이 있어야 하고, 그 속에는 말을 하기 위한 화자, 즉 퍼소나가 존재하게 된다. "한 편의 시는 특정한 상황과 관계 속에 있는 화자가 실현하는 하나의 발화행위의 결과물이다. 그리고 화자는 그가 화자로 나섬과 동시에 자기 앞에 대화자로서의 타자를 도입"5)하게 된다. 시 속에서 행해지는 발화행위를 청자를 향하는 것으로 상

---

2) 위의 책, 295쪽.
3) 김준오, 『시론』, 282쪽.
4) 김준오, 『가면의 해석학』, 295쪽.
5) 조별, 「이형기 시에 나타난 자기 인식적 언술의 특징~중기시를 중심으로」, 『돈암 어문학』 제25집, 돈암어문학회, 2012, 164쪽.

정할 때 화자의 위치는 청자를 향한 담화형식으로 분류가 된다.

본고에서 참조할 노창수의 화자 개념은 의식과 무의식에 의해서 판가름이 나는 것이다. "무의식은 영원한 미지의 세계로 명확한 규명이 없고, 의식 세계 또한 무의식의 연장선상에 위치하므로 이 양자를 엄밀하게 구분해 내기란 어려운 것이다. 자아는 의식 속에 내재하고 있으며 동시에 무의식에 대한 잠재적 지향을 하고 있다."[6] 이렇게 자아가 외부세계와 상응하면서 의식은 자연스럽게 집단세계에 필요한 여러 가지 의식들과 관계를 맺게 된다. 이런 활로를 통해 시적 자아는 세계와 명맥을 유지하게 되는데, 그 대응책으로 시에서는 화자라는 실체를 차용하게 된다. 즉, 화자에 관하여 노창수는 "퍼소나는 내가 나로서 있는 것이 아니고 다른 사람에게 보여지는 나를 더 크게 인식하는 특징을 갖고 있다."[7]고 인식했다. 시인이 시 속에서 화자를 내세울 때는 자신이 의도하는 의식과 무의식의 발화의 방법으로 퍼소나를 사용한다는 것이다. 이렇게 형성된 화자는 "시에서 발화(발성, 언술, 담론, 담화)를 이끄는 주체로서 시의 구조를 보다 효과적으로 이해하기 위해 반드시 거쳐야 할 시적 장치"[8]이기도 하다. 시인은 화자의 여러 특성을 이용하여 자신이 발화한 내용을 좀 더 쉽게 청자에게 전달을 한다. "시인이 어떤 화자를 선택하느냐의 문제는 시점의 문제와 연동되어 있으며, 시적 발화는 이 시점과 목소리에 의해"[9] 결정된다.

이 논문에서는 시 속의 주인공이 누구인가가 아니고, 화자의 역할은 시 속에서 어떤 영향을 미쳤는가에 주목을 한다. 현재 연구되고 있는 화자의 특징은 실체화된 화자를 시에서 직접 논구하고 있다는 것이다. 그것은 "자

---

6) 노창수, 앞의 논문, 11쪽.
7) 위의 논문, 11쪽.
8) 정끝별, 「21세기 현대시 화자 유형에 관한 사례 분석 연구」, 535쪽.
9) 위의 논문, 560쪽.

신이 곧 화자인 경우, 시인과 화자가 별개이나 퍽 닮아 있는 경우, 시인의 의지가 개입된 경우, 화자가 대상을 객관적으로 묘사하는 경우, 메시지나 형태만을 제시하는 화자의 경우"10) 등으로 분류가 된다. 이숭원도 화자의 유형을 네 가지로 나누어 분류했다.11) 본고에서는 시의 열린 해석을 위하여 현상적 화자이든, 함축적 화자이든 시의 본질에 입각하여 시인과 화자는 변별되는 존재로 인식한다. 시인이 시 속에서 내세우는 화자의 위치란, 인위적이면서도 반항적으로 존재한다는 것을 간과하지 않는다.

이런 맥락에서 본고가 관심을 갖는 야콥슨의 언어전달 체계에서도 "언어는 그 모든 다양한 기능에 관해서 연구되어야 한다. 발신자는 수신자에게 메시지를 보낸다. 메시지가 전달되기 위해서는 또한 그것이 지칭하는 관련 상황이 요구되는 바, 이것은 수신자가 이해 가능한 언어라는 형식"12)을 취하여야 한다고 했다. 본고에서는 야콥슨의 언어전달의 이론을 바탕 삼아 발신자에 해당하는 화자가 수신자, 즉 청자를 향하여 작품 표면에 드러난 현상적 화자와 작품 뒤에 숨어있는 함축적 화자를 중심으로 최하림의 전기시와 후기시를 나누어서 살핀다.

본고에서 주목하는 화자의 유형은 크게 화자가 작품 현상에 드러나는 현상적 화자와 화자가 작품 뒤에 숨어 드러나지 않는 함축적 화자이다. 각각에 대해 시기별로 나누어서 탐구한다.

---

10) 노창수, 앞의 논문, 101쪽.
11) 이숭원의 논의는 연구 방법 46쪽에서 밝혔다. 이숭원이 내세우는 네 가지의 유형은 1. 시인이 직접 나서는 '시인화자' 2. 다른 사람을 내세워서 시인의 생각을 간접적으로 전달하는 '다른 사람화자' 3. 복수를 지칭하는 '우리화자' 4. 사건이나 정황이나 인물을 그대로 드러내는 '중립적 화자'
12) 로만 야콥슨, 앞의 책, 54쪽.

1. 현상적 화자의 유형

본고에서 주목하는 현상적 화자13)의 유형은 화자가 주어로써 표면에 드러나는 것만이 아니라, 행위나 술어, 서술자, 시인, 혹은 자아, 주체, 목소리, 어조나 태도, 발화, 언술적 담론까지도 논구의 대상으로 하는 것을 전제로 한다. 이 절에서는 노창수의 화자유형을 분석의 틀로 삼아 현상적 화자의 유형을 논구의 대상으로 한다. 최하림 시에 나타난 현상적 화자의 유형은 다시 역사에 저항하는 비주류적 화자와 소명 의식이 불러오는 반항적 화자 그리고 자유를 추구하는 복합적 화자를 탐구한다. 본고에서 현상적 화자의 유형을 최하림의 전체 시 가운데 전기에 국한시키는 이유는 다음과 같다. 그는 정치의 혼란시기였던 1970년대와 80년대를 지나오면서 민중들과 함께 공동체 의식을 형성하게 된다. 최하림은 자서에서 "어느 날 뜻밖에도 나는 나의 말들이 우리의 말이어야 하며 가난한 사람들의 말이어야 하며 고통의 말이어야 한다는 사실을 깨달았다."14)고 기술했다. 이런 의식을 바탕 삼아 자연스럽게 형성된 공동체 의식은 최하림의 시 속에서 사실상의 화자를 전면적으로 내세우게 된다. 이를 바탕으로 여기에서는 '비주류적 화자'와 '반항적 화자' 그리고 '복합적 화자'의 성격을 분석하여 역사의 굴절된 시기에 나타난 최하림 시의 현상적 화자의 유형을 살핀다.

여기에서는 현상적 화자의 대표성을 표출해 내는 작품을 중심으로 살핀다.

---

13) 노창수, 앞의 논문 19쪽. 본고에서 사용하는 '현상적 화자'라는 용어는 노창수의 논의를 받아들여서 사용한다.
14) 최하림, 『멀리 보이는 마을』, 21쪽.

1) 역사에 저항하는 비주류적 화자

최하림 시의 전기에 해당하는 첫 번째 시집『우리들을 위하여』(1976), 두 번째 시집『작은 마을에서』(1982), 『겨울 깊은 물소리』(1999)는 1970 년대와 80년대의 시대적 현실을 고민하는 목소리를 드러낸다. 특히 첫 번째 시집과 두 번째 시집이 최하림이 1970년대 유신탄압을 경험했던 소회를 표명했던 것이라면, 세 번째 시집은 광주라는 특정 지역에 관한 죄의식으로 점철된다. 바흐찐이 "언술이 일어나는 시간과 공간은 순수한 물리적 범주들이 아니라 역사적 시간이며, 사회적인 공간"15)으로 인식했다는 말을 참조한다면 이 시기에 최하림의 시편에서는 역사의 시간과 사회적인 공간의식을 담고 있는 것이다.

본고는 최하림이 내적으로는 시대에 저항했지만 전면에는 나서지 못했던 비주류적 화자의 양상을 고백적 화자와 역설적 화자의 유형으로 나누어 탐구한다.

(1) 고백적 화자

최하림 시에 대한 그동안의 논의들은 주로 정신사적 가치에 대하여 집중되어 있었다. 그러나 최하림의 전기시편에 드러나는 시적 태도는 역사와 사회의 변화에 예민하게 반응하는 양상이 두드러진다. 이 시기에는 주로 '시인 화자'라고 할 수 있는 '나'가 등장한다. 다음은 '나'로 간주되는 고백적 화자를 통해 시대에 저항했던 내면의 의식을 살핀다.

　　검은 도시도 멀리 사라지고

---

15) 츠베탕 토도로프, 앞의 책, 66쪽.

기념비들만 수척하게 서 있는 공원에서
나는 어둠을 닦으며 닦으며 비문을 읽는다
진달래꽃이 산 언덕에서 고운 폐혈처럼
피어나고 잡동새들이 울고 숱많은 모발을
날리며 돌밭길로 묘비 새로 서성거리던 형제들의
그림자도 가려진 어둠 속에서
나는 그날의 함성을 환청으로 들으며
비문을 읽는다 피의 거리의 피의 거리의
어둠에 떠는 어둠 소리를 읽는다

—「1976년 4월 20일」 전문
(『우리들을 위하여』, 60쪽)

화자가 서있는 지금 이곳은 "기념비들만 수척하게 서 있는 공원"이다. 화자는 앞과 뒤의 정황 설명 없이 불쑥 기념비들이 "수척하게" 서 있다고 선언적 발언을 한다. 산 언덕에는 왜 진달래꽃이 고운 "패혈처럼" 피어있는 것인지에 대한 사실 확인은 할 수 없다. 다만 1976년 4월 20일에 고백적 화자인 '나'는 다만 "어둠을 닦으며 닦으며 비문을 읽는다"고 한다. 화자가 발화하는 "사라지고", "비문", "어둠", "울고", "폐혈", "묘비", "피의 거리", "환청", "돌밭길"이라는 수많은 수식어만으로도 화자의 현재 심정은 "피의 거리"를 대변해 준다. 그런데 제목에 쓰인 날짜는 '4월 20일'이다. 그날은 시의 정황으로 보아서 4·19 혁명이 일어났던 바로 다음날이 된다. "숱많은 모발"은 그날의 항쟁에 참석했던 어린 학생들을 묘사한 것이다. 그러나 "그날의 함성을 환청으로 들으며" 비문을 읽는 화자의 심정은 지금이나 그때나 시의 첫 줄에 해당하는 "검은"으로 상정이 된다. 그곳 즉, 도시는 여전히 "피의 거리" 죽음을 불사했던 그때로부터 십 수 년이 지났지만 거리는 지금도 피의 거리다. 그곳은 여전히 검고 어두울 뿐이다. 지난한 시대를 통과하면서 침묵해야 했던 최하림은 중심에서는 물러나 있는 비주류적 화자의 입을 빌어 일상으로 소소하게 지나가는 1976년 4월 20일의 소회를 고백한다.

다음은 '나'를 포함한 '우리'들의 시대적 위치에 대하여 고백한 두 편의 시를 살핀다.

> 6시면 어두워지는 도시를 버스를 타고 달린다.
> 피곤한 몸으로 달린다. 아직도 아침과 같이
> 일들은 저쪽에 싸여 있고 내일도 내일의 깨끗한
> 어둠도 어둠 속에 가득 싸여 있다. 우리들은
> 어둠 속으로 달리는 차와 함께 달린다. 어둠이 넌지시
> 손을 들고 있다. 어깨를 펴고 우리는 그곳으로
> 갈 수 있으리라. 도대체 우리는 무엇하게 사는가,
> 잠속에서 무엇이 우리를 구원해 줄 것인가라고
> 물어 볼 수도 있으리라. 허나 누가 대답해
> 줄 것인가. 잠은 말을 가지지 못한 것을. 말은
> 달리는 버스 속에, 질문하는 슬픈 질문 속에
> 불치의 환자처럼 누워 있는 것을.
>
> —「獨白」전문
> (『우리들을 위하여』, 67쪽)

> 우리들은 누운 字를 일으키고 쓰러진 字를 바로 세우고
> 틀린 字를 고치고 문맥이 맞지 않은 부분을 수정한다
> 그리고 보면 나는 革命家이기 보다 修正主義者에 가까운 모양이다
> —「矯正師」부분
> (『우리들을 위하여』, 50쪽)

독백은 내가 나에게 하는 혼잣말이다. 그러나 독백 역시도 나, 라는 청자를 향해 내가 발신하는 고백적 발화행위이다. 위의 두 시에서는 내가 발화하는 '나' 화자와 나를 함께 포함하는 '우리' 화자가 함께 등장한다. 야콥슨의 언어 전달의 행위처럼 모두가 공감할 수 있는 상황에 대하여 굳이 나로 상정하지 않아도 되는 '우리'는 청자, 즉 수신자를 향해 발화한다. 화자는 첫 행에서 버스로 도시를 달린다. 그러나 하루의 일을 마친 화자의 몸은 "피곤"하다. 화자에게 오늘이란, 내일의 일이 다시 여전히 싸여있는 내일을 향해 달려가는 것과 별반 다를 것이 없다. 그러한 고백은 '우리'를 소환하는 것으로 집단적인 연대를 형성한다. 화자는 독백처럼 질문을 한다. 그러나 그 질문은 꼭 대답을 듣고자 하는 질문이 아닌 독백으로 "도대체 우리는 무엇하게 사는가"라는 질문을 하게 한다. 집으로 돌아가서 잠을 자고 다시 깨끗하게 회복된 몸으로 돌아오는 것이 아니라, 더 피곤한 아침을 맞는 일이란, 도대체 우리들에게 내일이란 무엇이며, 또 구원일 수 있는가, 라는 질문을 낳게 된다. 그러나 질문에 대한 대답, 즉 말은 "잠은 말을 가지지 못한 것을"이라는 행동하지 못하는 "슬픈 질문 속에/불치의 환자"로 그 시대의 불구처럼 '나'와 '우리'를 정의한다. 아래의 시에서는 결국 '나'는 곧 '우리'로 이어지면서 아무도 혁명을 이루어낼 수 없는 "수정주의자"로 결론을 내린다. 두 번째 시의 제목이 '교정사' 이지만 사전의 뜻대로 교정사의 소임을 할 수 있는 것이 아니라, 우리들은 다만 "누운 字를 일으키고 쓰러진 字를 바로 세우고/틀린 字를 고치고 문맥이 맞지 않은 부분을" 수정할 뿐이다. 여기서 화자가 주목하는 것은 "누운"이다. 바로 서있는 것이 아닌 "누운"의 실체는 이미 다치거나 병든 상황을 암시한다. 그것은 암울한 시대의 '우리', 곧 겉으로 드러난 나의 현상이며 우리들의 실체라는 것이다. 화자는 스스로가 혁명에 가담하지 못하고 다만 저질러진 것들의 부분을 수정하는 수정주의자임을 고백한다. 따라서 "그곳으로 갈 수 있으리라"는 화자의 독백은 "어둠도 어둠 속에 싸여있는" 행동을 불사하지는 못하는 수정주의에 불과하다는 것이다.

다음은 행동하지 못했던 수치심을 고백하는 화자가 나타나는 시를 살핀다.

> 저녁마다 안개가
> 아랫도리를 가리는 서귀포에서
> 정방폭포가 흰 몸뚱이째로
> 떨어지면서 말하더라
> 수치스럽다고 말하더라
> 수치스러워 못살겠다고 말하더라
> 하늘도 땅도 보이지 않는 천길
> 벼랑에서 사지가 녹아드는 그리움으로
> 울부짖어도 별들은 보이지 않고
> 별의 그림자도 보이지 않는다고 말하더라
> 밤마다 안개가 아랫도리를 감는
> 서귀포에서 술을 마시고 욕지거리를 퍼부어도
> 마음의 깊은 곳에서 울리는 소리
> 너의 것도 아니고 나의 것도 아닌
> 소리 들으며 동서남북 소리쳐도
> 들리는 것은 검은 수면에 일었다
> 사라지는 물포래뿐 물포래뿐……

—「정방폭포」 전문
(『작은 마을에서』, 56쪽)

고백적 화자의 특성은 현실의 의미망을 화자의 입장으로 치환하여 발화한다는 것이다. 최하림은 1970년대와 80년의 독재와 억압을 현장에서 체험했던 세대이다. 그럼에도 불구하고 현장에 직접 뛰어들지 못했다는 자괴감은 그를 내내 괴롭히며 속죄하게 한다. 위의 시 '정방폭포'에서 발화하는 고백적 화자의 태도는 시종일관 '수치'로 점철이 된다. 지금 화자가 서있는 자리는 서귀포 정방폭포 아래이다. 장쾌하게 떨어지는 폭포아래에서 화자는 여느 생각과는 판이하게 다른 생각을 하고 있다. 자기의 생각이 아닌 다른 사람의 생각인 것처럼 '~더라'의 화법을 사용하는 화자는 시 속에서 또 다른 화자를 등장시키면서 자기의 생각을 피력한다. 마치 폭포가 말을 하는 것처럼 사물화 시키는 위의 시는 액자처럼 시 속에 또 다른 화자의 말을 통해 자기를 드러내는 이중의 구조를 보여준다. 폭포가 발화하는 "수치"의 내막은 시의 정황상 잘 드러나지 않는다. 다만 "흰 몸뚱이 째로/떨어지면서 말하더라"로 화자는 정방폭포의 입을 빌어와서 고백적 화자의 심경을 대신 토로한다. 그렇다면 정작 화자가 수치스러워하는 것은 무엇일까. 그것은 "별들은 보이지 않고/별의 그림자도 보이지 않는" 지금의 현실이다. 다시 시의 첫 줄로 돌아가서 "저녁마다 안개가/아랫도리를 가리는"의 발화는 도무지 앞을 구분할 수 없는 시대의 암울함을 '아랫도리'로 상징 발화한다. 아무리 울부짖어보지만 앞이 보이지 않는 안개와도 같은 상황 속에서 화자가 할 수 있는 일이라곤 겨우 "술을 마시고 욕지거리를" 퍼붓는 일이다. 안개 속에서 흰 몸뚱아리를 떨어뜨리는 정방폭포의 울부짖음이나 "너의 것도 아니고 나의 것도 아닌" 항거의 소리를 소리치는 일이나 모두 "수면에 일었다/사라지는" 거품 같은 것이라며 시인 화자는 '~더라'의 화법을 사용하여 아무 것도 할 수 없는 자신의 수치심을 드러낸다.

　다음은 같은 맥락에서 쓰인 고백적 화자의 다른 시를 살핀다.

주여 눈이 왔습니다 들산에는 나무들이 더부룩한 모습으로 서있고 마을집도 언덕도 허리를 구부리고 있습니다 시끄러운 시대를 끝내고 당신의 눈이 내리는 아침 남부 지방의 예술가들은 사라진 친구를 부르며 어디로인지 가고 신경처럼 가느른 시간도 가고 있습니다 나도 가고 싶습니다 내리는 눈을 따라서, 눈은 시대이고 나도 시대입니다 온갖 사물이 색을 잃고 울타리마냥 울어대는 곳에서 무덤들이 하늘의 궁륭인 양 솟아오르고 있습니다.

—「주여 눈이 왔습니다」 전문
(『겨울 깊은 물소리』, 24쪽)

위의 시에서 화자가 가장 주목하는 것은 "무덤"에 대한 발화이다. 분명히 "시끄러운 시대를 끝내고" 하늘에서도 모든 것들을 깨끗하게 지워줄 것 같은 눈은 내리는데 무덤은 "하늘의 궁륭인 양 솟아" 생생하게 살아있는 주검의 현상일 뿐이다. '나'로 발화하는 고백적 화자는 기도의 발화형식을 빌어 "주여 눈이 왔습니다"라고 언표 한다. 그러나 그것은 아직도 끝나지 않은 "울타리 마냥 울어대는" 지금의 시대일 뿐이다. 왜냐하면 시끄러운 시대가 끝나자 "남부지방의 예술가들은 사라지고" 사라진 예술가들의 친구들은 다시 "친구들을 부르며 어딘가로 가고" 있기 때문이다. 그것은 여전히 끝나지 않은 시대를 표상하는 무덤들은 하늘의 궁륭인 것처럼 여기저기 솟아있는 지금의 시대를 화자는 "나도 가고 싶습니다"의 직접 발화를 통해 죽고 싶은 현재의 심경을 고백한다. 눈이 오면 그 다음 순서로 평화가 도래해야 정상이겠지만, 시끄러운 시대를 몸으로 겪었던 친구들은 이미 주검이 되어 무덤 속으로 사라졌다. 따라서 겉으로는 "신경처럼 가느른" 긴장의 시간도 모두 지나갔다. 그러나 여전히 "온갖 사물이 색을 잃고" 나무들조차도 시대를 애도하는 듯 "허리를 구부리고" 있다. 결국 이 시대는 여전히 "주여 눈이 왔습니다"의 기도조차도 "울타리마냥 울어대는" 시대라는 것을 화자는 직접 발화의 방식인 기도의 형식으로 표현한다.

이상으로 여기에서는 역사에 대항하는 시인의 의식을 형식의 잣대인 고백적 화자를 통해 논구했다.

(2) 역설적 화자

근자에 와서 "시를 담화의 한 형식"[16]으로 보는 관점이 확대되고 있다. 그러나 시와 일상적 담화의 변별점을 찾지 못한다면 시의 통화체제는 일단 일반적인 언술과 변별점을 잃게 된다. 그런 점에서 최하림 시에 나타난 화자의 태도는 매우 독특한 화법을 구사한다. 이번에는 최하림 시에 나타난 독특한 담화의 방법을 역설의 화자라는 형식의 잣대를 통해 살펴봄으로써 역사에 대항하는 화자를 논구한다.

> 차고 차가운 밤에
> 별은 슬픔을 가르며 여위어가고
> 여인들은 밤으로 밤으로 드러눕는다
> 사립 밖에서는 개들이 울고 가랑잎이 날리고
> 눈이 오려는지 무거워진 공기를 흔들면서 사나이들이 돌아와
> 빼앗긴 땅에 검은 입술을 부비며 운다
> 울음이 하늘로 하늘로 퍼져
> 하늘의 깊음이 된다
>
> ─「별」 전문
> (『우리들을 위하여』, 66쪽)

위의 시에서 화자는 "울음이 하늘로 퍼져 하늘의 깊음이 된다"고 발화한다. 울음이 하늘로 퍼지는 형상은 슬픔이 깊어져서 하늘에 닿은 것으로도 해석이 가능하다. 그런데 화자는 그 울음이란 결국 "하늘의 깊음이 된다"는 역설의 결론을 제시한다. 그것은 현실 속에서 그 모든 것들이 여위

---

16) 김준오, 『가면의 해석학』, 1쪽.

어서 "사나이들이 돌아와/빼앗긴 땅에 검은 입술을 부비며" 울음을 울어야 하는 적막한 현실을 이야기를 하는 듯하지만, 그것은 결국 하늘의 깊음이 되기 위한 과정이라는 역설을 시인은 화자의 역할을 빌어서 발화한다.

> 宜寧事件이 일어난 날 아침에도 작은 마당가에서 밝게 웃음짓던 다알리아 우리 딸의 피 같은 다알리아 전라남도 송주군 조계산에서 새처럼 울던 울음으로 캄캄한 마음속을 날아가던 다알리아 실크 마후라를 두르고 닐리리야를 부르며 날아가던 한 마리 꿀꿍새 같은 다알리아 다알리아
>
> —「다알리아」 전문
> (『작은 마을에서』, 45쪽)

화자가 바라보는 다알리아는 생명이 넘치는 "우리 딸의 피 같은" 다알리아이고, 누군가의 "캄캄한 마음속을" 새처럼 울면서 날아가던 다알리아이다. 다알리아는 붉고 숱이 많아서 명랑한 다알리아이고, 세상의 어떤 암울한 일이 일어났을 때도 "실크 마후라를 두르고 닐리리야"를 부르며 피고 지는 꽃이라는 것이다. 화자는 "의령사건이 일어난 날 아침에도 작은 마당가에서 밝게 웃음짓던" 다알리아를 바라보면서 한꺼번에 많은 사람이 숨졌던 '의령사건'[17]을 꽃술이 유난히 풍부한 다알리아와 병치시킨다. 다알리아의 붉은 색을 피와 치환하면서 숱 많은 꽃술에서 역설적으로 수많은 주검을 상기한다. 무고하게 빼앗긴 목숨과 무위하게 피고 지는 다알리아의 역학관계는 "닐리리야를 부르며 날아가던 한 마리 꿀꿍새"처럼 가볍게 취급당한 생명에 대한 "캄캄한 마음"을 화자는 역설의 발화로 슬픔을 극대화한다.

---

17) 1982년 경남 의령에서 만취한 순경이 동거녀와 말다툼 끝에 무기고를 탈취하여 관내 지역주민 56명을 살해하고 34명에게 총상을 입힌 사건. 1982년 4월 27일자 경향신문 1면 기사 참조.

다음의 시에서도 화자의 슬픔은 역설적으로 표출된다.

> 햇볕이 늠실거리는 바다인지 호수인지는 몰라도 그들은 말을 타
> 고 누란으로 가네 제 나라에서 살지 못하고 가네 한 명의 종자와 길
> 잡이를 데리고 바람도 불지 않고 잎들이 떨어져 쌓이는 길을 햇살이
> 고요히 비추어서 세세하게 드러내고, 왜 이럴까 왜 이럴까 소리쳐
> 확인하고 싶은 이곳은 얼마나 마음 아픈 것인가 거기 그 들풀 꽃들
> 은 얼마나 아름다운 것인가 그들에게 펼쳐진 시간들은 또 얼마나 찬
> 란한 것인가
> 햇볕이 너무나 늠실거리는 바다인지 사막인지는 몰라도 그들은
> 말을 타고 누란으로 가네 제 나라에서 살지 못하고 가네
> ―「누란」 전문
> (『겨울 깊은 물소리』, 22쪽)

위의 시에서 화자의 관심은 '지금 이곳을 떠나 누란을 향해 간다'는 것
이다. 누란은 이미 지도에서 사라진 지 오래된 꿈의 땅이지만, 화자는 굳
이 약속의 땅을 찾아가듯 없는 땅인 누란을 향해 간다고 발화한다. 그것도
시종 "왜 이럴까 왜 이럴까 소리쳐 확인하고 싶은 이곳은 얼마나 마음 아
픈 것인가"를 확인하고 외치면서 지금보다 더 불분명한 누란으로 가겠다
고 언표한다. 그러나 그곳은 현실 속에서 이미 사라진 막막한 미지의 세상
이다. 화자는 "햇볕이 너무나 늠실거리는" 누란은 사실은 사막인지 바다
인지 조건을 알 수 없는 두려운 곳이라고 한다. 그럼에도 불구하고 화자는
그곳을 향해 가고야 말겠다는 선언적 발언을 한다. 그러나 희망을 갖고 찾
아간 그곳의 현실도 사실은 막막해서 화자는 오히려 "그들에게 펼쳐질 시
간은 얼마나 찬란한 것인가"라는 역설적 발화를 한다. 그것도 "바다인지
호수인지"모르는 그곳을 "말을 타고 간"다는 화자의 선언은 결국 죽음을
불사하고 "제 나라에서 살지 못하고 가네"라는 발화를 통해 죽을지도 모

르는 그곳이 차라리 여기보다는 나은 "햇볕 늠실거리는" 곳일지도 모른다는 역발상적 발화로 불안한 현실을 보여준다. 제 나라에서 살 수 없는 서러움이란 곧 죽을지도 모르는 사지로 내몰리는 일이라는 것을 화자는 천연덕스럽게 "누란으로 가네"로 발화한다. 위의 시에서 역설의 화자는 현실의 사회상황을 자기 처벌적인 요소를 가미하면서 자책의 심경으로 토로한다.

> 온 세상 가문비나무로 덮여서 아름답다 해도 어느 구석 조그만
> 돌집 하나 지을 수 없네 서로 손 잡고 마주 설 수 없네 마음이 외로운
> 이 나라에서 꿈이 고통이 아니라면 내가 걸어온 길이 조약돌이 아니
> 라면……
> ─「온 세상 가문비나무로 덮여서」 전문
> (『겨울 깊은 물소리』, 23쪽)

본고에서는 현상적 화자의 역설적 발화가 어떻게 나타나고 있는가에 주목한다. 위의 시에서 화자는 시인 자신으로 간주되면서 또한 시인 자신의 의지가 개입된 경우다. 화자가 인지하는 세상은 현상적으로는 가문비나무가 덮혀서 아름다운 세상이다. 그러나 그것은 객관적인 관상에 불과할 뿐이다. 화자가 느끼는 세상은 "가문비나무로 덮혀서 아름답다 해도 어느 구석 조그만 돌집 하나 지을 수 없네"라는 역설의 세상이다. 자세한 정황 설명 없이 진술로만 이루어진 위의 시에서는 화자의 의지가 일방적으로 개입된 경우의 시다. 세상이 아무리 아름다워도 돌집조차도 지을 수 없는 세상이라는 설정은 특정한 시대를 통과하지 않은 사람들에게는 전혀 설득력이 없는 상황설정이다. 그러나 지난한 시대를 살았던 화자가 인지하는 시국의 위태로움이란, 결국 꿈조차도 고통인 시대라는 것이다. "손잡

고 마주 설 수 없는" 이 나라는 "외로운" 나라가 되고, "꿈이 고통인" 이 나라가 되면서 꿈조차도 고통스러워서 아름다운 가문비나무가 세상을 덮어도 결코 아름답지 않다는 화자의 역설은 실제적으로 역사에 대항하며 갈등했던 시인의 모습이기도 하다.

다음의 시에서도 화자는 청자를 향해 역설적 질문을 한다.

> 6·25와 1·4후퇴 때에는 아무도 대문 밖으로
> 얼굴을 내밀지 않았다. 어떤 늙은이가
> 어느 날 세상이 얼마나 변했는지 보려고
> 상체를 내밀었다가 깜짝 놀랐다.
> 한말에도 왜놈 시절에도 해방때도 떵떵거리며
> 차를 타고 다니던 놈 나라를 팔아먹고도
> 부끄러운 줄 모른 놈 그놈이 가고
> 있었다. 가롯 유다보다도 더러운 놈.
> ──「얼마나 세상이 변했는가」 부분
> (『겨울 깊은 물소리』, 90쪽)

세상은 진정으로 변할 수 있을까, 라는 질문 속에는 이미 아이러니이면서도 부정적인 대답이 내포되어 있다. 화자로 보이는 "어떤 늙은이"라는 발화 속에는 역설적인 요소가 내재되어 있기 때문이다. 늙음이란 이미 정형화되었다는 뜻이고, 그것은 세상의 많은 것을 겪고 보았기 때문에 이제는 놀랄 것도, 변할 것도 없다는 뜻을 내포한다. 화자는 6·25와 1·4후퇴를 모두 겪었던 역사속의 인물이다. 그 늙은 화자는 사실은 일제 강점기에도 살아서 그때의 모든 정황을 보고 듣고 겪어서 알고 있는 사실적인 인물이다. 그런 그가 세상이 변하기를 꿈꾸면서 밖을 내다보고 "깜짝 놀란"다. 사실은 이 "놀람"의 발화는 다분히 의도적인 요소를 품고 있다. 그리고 늙은이가 깜짝 놀란 이유를 세상은 하나도 변하지 않았기 때문이라는 역설은 이미 시의 첫 줄에서 진술로 의미를 부여한다. 그때도 나라를 팔아먹고 "떵떵거리며" 잘 먹고 잘 살던 그가 지금도 역시 거리를 활보하고 있었던 것이다. 그것을 목격하는 화자의 입장에서는 세상은 하나도 변하지 않았다는 것을 설명하기에 충분하다. 그럼에도 불구하고 시인으로 추정되는 늙은 화자는 오랫동안의 침묵을 깨고 나라를 팔아먹은 "가롯 유다보다도 더러운 놈"을 직접발화의 방법으로 표출한다. 위의 시에서 화자는 변할 줄 알았는데 변하지 않았다는 아이러니의 화법을 통해 불투명한 권력의 구조가 여전히 지속되고 있음을 화자의 입을 통해 역설한다.

이상으로 역설의 화법을 사용하여 시대를 부정하는 역설적 화자를 살폈다.

2) 소명의식이 불러오는 반항적 화자

최하림이 등단하고 활동을 전개했던 1960년대는 역사적으로 4·19 혁명과 5·16 군사정변이 일어났던 시기였다. 그 시절 한국사회는 5·16을 관철시키려는 세력과 4·19를 보존하려는 세력으로 양분화된 사회 분위기가 조성된다. 그리고 최하림은 이 두 시대정신의 대치와 충돌 사이에서 고민하고 갈등을 한다. 그 이후 1980년대에 들어와서는 '광주'라는 특정 지역에서 또 다른 역사적 사건이 발생한다. 최하림은 역사적으로 각인이 된 시대의 대 사건을 몸소 겪으면서 역사에 대한 소명의식을 갖는다. 그러나 그 소명의식은 행동으로 이어지지 못했고, 죄의식과 함께 시대를 부정하는 반항의 정신을 낳게 된다. 본고는 이런 시대적 배경 속에서 출몰했던 정신의 소명의식이 반항적 화자의 모습으로 표출되었다는 판단 아래 최하림의 시를 탐구한다.

(1) 죄의식의 화자

최하림은 시 속에 정치적 상황을 뚜렷하게 발화한 것은 아니다. 그러나 그는 4·19 혁명과 5·16 군사정변과 1980년 5월의 광주항쟁이라는 역사적인 대사건 속에서 상처 입은 개인과 집단의 내적 상흔에 대해 깊은 관심을 표명한다. 특히 그는 자서에서 밝혔듯이 "5·16은 정권이념을 반영시키려는 현실적 세력이다"[18]라고 밝혔다. 그러나 최하림 시에 나타난 역사의식은 적극적으로 행동하지 못했다는 부정의식으로 표출된다. 또한 무고한 민중을 상대로 집행했던 제국주의적인 권력에 맞서지 못했던 죄의식의 화자를 분석의 대상으로 논구한다.

주여 눈이 왔습니다 돌산에는 나무들이 더부룩한 모습으로 서 있고 마을 집도 언덕도 허리를 구부리고 있습니다 시끄러운 시대를 끝내고 당신의 눈이 내리는 아침 남부지방 예술가들은 사라진 친구를 부르며 어디로인지 가고 신경처럼 가느른 시간도 가고 있습니다 나도 가고 싶습니다 내리는 눈을 따라서, 눈은 시대이고 나도 시대입니다 온갖 사물이 색을 잃고 울타리마냥 울어대는 곳에서 무덤들이 하늘의 궁륭인 양 솟아오르고 있습니다.

—「주여 눈이 왔습니다」 전문
(『겨울 깊은 물소리』, 24쪽)

기도문으로 시작되는 위의 시는 '나' 화자의 기도문으로 읽히기 쉽지만, 사실은 '우리'를 포함한 이 시대의 모든 상흔의 표식이다. 시 속에서 화자가 발화하는 '돌산', '남부지방', '사라진 친구', '신경처럼 가느른 시간', '색을 잃고', '무덤' 등의 어사는 결국 암울한 시대를 보여준다. 왜냐하면 첫 문장에서 "주여 눈이 왔습니다."로 시작하는 기도문은 미래를 예비하게

---

18) 최하림, 『詩와 否定의 정신』, 문학과지성사, 1984, 25쪽.

하는 기도문이 아니라, 이미 지나가 버린 "시끄러운 시대를 끝내고" 난 다음의 초토화된 현실을 형상화하기 때문이다. 화자는 "남부지방의 예술가들은 사라진 친구를 부르며 어디로인지 가고"라는 발화로 눈이 내려서 깨끗해진 세상이 아니라 "나무들이 더부룩한 모습으로 서 있"는 황폐한 오늘의 모습을 진술한다. 화자가 인지하는 "시대"란 눈으로 덮여서 모든 것이 일시적으로 깨끗하게 끝이 난 듯하지만, 사실은 여전히 죽음의 표상인 "무덤들이 하늘의 궁륭인 양" 지천으로 깔려있다는 것이다. 곧 무덤이 눈처럼 세상을 덮어버린 오늘의 시대를 화자는 "시간도 가고"라는 발화 다음에 "나도 가고 싶"다는 직접 화법으로 "당신의 눈이 내리는" 이 시대를 조롱한다. 하나님도 구제하지 못한 시대이지만, 그 의미 막 속에는 시인으로 간주되는 화자 역시 저들을 구하지 못했다는 죄의식이 표면에 거칠게 드러난다.

다음의 시에서도 화자의 죄의식은 시대정신을 반향한다.

> 돌아오지 않았습니까. 저 먼 나라 아르헨티나에서는 수만 명도 넘은 잘생긴 아들들이 행방불명 되었다가 얼마 전 시체로 돌아왔다고 합니다. 수만 명도 넘은 어머니들이 시체를 맞아들였다고 합니다. 분노도 슬픔도 없었다고 합니다. 성모 마리아님이여, 고다마의 어머니 마야님이여, 이런 날은 아들을 그리며 전태일의 어머님도 어느 길을 걸어가고 김남주의 어머님도 갈 것입니다. 이런 날은 아무 죽음도 가지지 못한 저나 제 친구들도 갑니다.
>
> —「겨울산」 부분
> (『겨울 깊은 물소리』, 20쪽)

위의 시에서 발화하는 화자의 죄의식은 "아무 죽음도 가지지 못"했기 때문이다. 즉 "이런 날은 아무 죽음도 가지지 못한 저나 제 친구들도 갑니

다."는 죽음에 의지적으로 동참하겠다는 화자의 결의이기도 한다. 화자는
살아남은 자의 고통을 먼 나라 아르헨티나까지 끌고 가서 전 인류의 고통
으로 치환하여 발화한다. 죄의식은 "성모 마리아 님이여, 고다마의 어머니
마야님이여,"의 발화로 종교적으로도 확산 해석이 가능하다. 시의 발화는
아르헨티나에서 무슨 일이 일어났는지에 초점이 맞춰진 것이 아니라 "수
만 명도 넘은 어머니들이 시체를" 담담하게 맞아들이는 극한 슬픔에 집중
이 된다. 생성의 성장을 모두 마친 겨울 산의 이미지가 "분노도 슬픔도 없
었다"고 하는 죽음의 이미지와 함께 병치되면서 슬픔은 자연스럽게 "갑니
다"를 수식한다. 결국 화자는 장면의 전면에 나서지는 않지만 함께 행동하
지 못해서 함께 죽지도 못한 개인의 죄의식과 비루함을 토로한다. 화자의
죄의식은 기원의 대상인 성모 마리아나 마야의 고통과 별반 다를 것이 없
다. 뿐만 아니라 화자의 죄의식은 살아서도 죽음을 경험해야하는 삶의 고
통으로 발현된다.

공포로 가득 찬 세상을 살아온 우리 내부에서 어느 날
불쑥 솟아오르는 소리

저 소리는 무엇일까

물어보라, 먼지와 시멘트로 덮인 거리에서 우리 죄는 시작
된 것일까

무거운 발을 끌고 죄 속을 우리는 걸어가야 하는 것일까

오오 죄의 소리는 섬처럼 솟아오르고, 소리에 싸여 우리
는 한 걸음 한 걸음 걸어갔다. 공기가 차갑게 출렁거렸다

마음이 죽어버린 자에게 어떤 사물은 그림이고 어떤 사물
은 사랑이지 않았다

뉴스같이 맥빠진 언덕과 마루를 올라도 먼산을 보아도 머
잖아 내릴 눈처럼 설레지 않았다

서천군 서천읍 서천리 그 이상한 집 뜨락에서
모든 것은 정지된 채로 흐르지 않았다

—「베드로2」 전문
(『겨울 깊은 물소리』, 52쪽)

　최하림은 자기 성찰과 죄의식을 끝까지 놓지 않음으로써, 시의 미학적
인 면을 승화시켰던 시인이다. 또한 인간의 근원적인 종교성을 추구하며
정치적인 억압 속에서도 시를 통해 인간의 존엄성과 근원을 추구했던 점
을 미루어 보아 시사적인 가치가 돋보인다. 화자의 환청으로 인지가 되는
위의 시는 온갖 죄의 소리들로 가득하다. 그리고 그 소리는 "공포로 가득
찬 세상을 살아온 우리의 내부"에서 들리는 소리로 추정이 가능하다. 소리
가 들림에도 불구하고 화자는 "저 소리는 무엇일까"라고 스스로 반문하며
질문한다. 화자에게는 이미 하늘에서 내리는 눈 역시 미래가 보이지 않는
"머잖아 내릴 눈처럼 설레지 않았다"로 발화 된다. 무슨 일이 있었는지에
관한 앞과 뒤의 정황 설명은 없지만 '공포'와 '죄'와 '흐르지 않는다'의 발
화는 화자가 처해있는 현실의 암담함을 묘파 한다. 제목에서 드러나는 성
경 설화 속의 베드로는 하나님을 세 번씩이나 부인하는 그 순간에도 하나
님을 사랑했던 약자이면서도 고통의 존재다. 그리고 그것은 화자의 입장
과 자연스럽게 오버랩 된다. 화자는 "서천군 서천읍 서천리 그 이상한 집
뜨락에서"에서 아무 행동도 하지 못하면서 "뉴스 같이 맥빠진" 언덕이나

혹은 세상을 바라본다. 그러나 가담하지 못한 자의 내부에서 흐르는 소리는 "마음이 죽어버린 자에게 어떤 사물은 그림이고 어떤 사물은 사랑이지 않았다"처럼 내상으로 깊어진 죄의식의 화자이다. 그럼에도 불구하고 스스로 "무거운 발을 끌고 죄 속을 우리는 걸어" 들어가야 하는 고통의 존재임을 현상적 화자 즉, 베드로를 통해 발화한다.

> 죄를 끌고 더욱더
> 죄 속으로 들어가서
> 장미를 보아라
> 씻어낼 수 없는 죄의 그림자를 끌고
> 장미 속으로 들어가서
> 장미를 보아라
> 고색창연한 램프처럼
> 그런 램프의 불꽃처럼
> 아직도 고요히 타오르는
> 우리가 예전에 랍비라고 불렀던
> 사람의 얼굴 그 긴 사람의 얼굴
>
> ―「베드로7 ‐ 유다에게」 전문
> (『겨울 깊은 물소리』, 60쪽)

화자는 가장 아름다운 장미의 시간에 가장 힘에 겨운 죄의 순간을 떠올린다. 그런 행위는 세상에서 가장 고통스러운 일이 될 것이고, 또한 그것은 자기처벌적인 요소가 강하다. 화자는 마음에서 죄를 지워버릴 생각보다는 더욱 더 극명하게 "죄를 끌고 더욱 더/죄 속으로 들어가서/장미를 보아라"라고 선언적 발언을 한다. 가장 어두운 죄 속으로 들어가서 가장 밝은 장미를 보는 일은 자기의 죄를 확연하게 드러내 보이겠다는 것이다. 그것도 성경 설화 속의 베드로가 평생 동안 배반의 대가를 치렀던 것처럼 이미 저질러진 죄에 대하여 "씻어낼 수 없는"이라고 죄의 행적을 고백한다. 위의 시는 "유다에게"라는 부제를 달고 화자가 직접적으로 죄를 고백하는 형식이다. 장미를 보겠다고 들어간 죄 속에서는 사실 "씻을 수 없는 죄의 그림자"가 드리워지고 죄의식의 화자가 보게 된 것은 "우리가 예전에 랍비라고 불렀던"의 지금은 실상이 사라진 그림자처럼 "사람의 얼굴 그긴 사람의 얼굴"인 것이다. 최하림의 죄의식이 극명하게 드러나는 위의 시는 장미와 죄라는 언어가 정면으로 충돌하면서 자기처벌적인 죄의식이 구체적으로 발현된다.

이상으로 최하림 시에 나타난 역사의식은 행동하지 못했다는 죄의식으로 표출된다. 본고는 죄의식의 화자가 행동하지 못했던 최하림의 심층 심리에 내재되어 있는 반항의식이라는 것을 간과하지 않는다.

(2) 부정의 화자

최하림은 1960년대의 4·19 혁명과 5·16 군사정변을 "정신사적으로 한국의 부정적인 현실인식"[19]을 불러온 것으로 보았다. 특히 그는 5·16의 시대정신을 "해결하지 않으면 안 될 것보다는 해결할 수 있는 것"을 강제로 해결했던 권력제일주의로 해석했다. 특히 5·16의 군부 세력은 언어를 통제하는 것으로 권력을 장악했다. 그로 인한 유신선포는 최하림에게 말의 일체화 시대에 따른 항거의 일종인 부정의 정신을 낳은 것으로 인식했다.

> 수척한 밤이 판자집 창가로 다가와
> 책상 위 사람들을 전률케 하고
> 지쳐서 보고 있는 육신을 끌고 밖으로 나간다
> 죽은자들의 자리도 없이 자욱한 북한산 기슭

---

19) 위의 책, 12쪽.

나는 내 무기력과 신축공사장의 철근을 가로질러 강변으로 간다

칼나무 숲이 조용히 조용히 흔들리고
바람이 흔들리고
밤중에, 모든 시간이 정지하고 있을 때
그런 순간에도 나는 어떤 표현도 하지 않는다
어떤 말도 하지 않는다
어떤 사랑도 하지 않는다

그러나 나는 나의 사랑 나는 내 말
나는 나의 표현

이 부정의 욕망 속에서 부정의 고통 속에서
나는 빛나고 뜨거운 숨결로 타고 있다
나의 희망 나의 사랑 나의 말이여

—「나의 말」 전문
(『우리들을 위하여』, 16~17쪽)

　최하림은 자서에서 "60년대 의식을 결정시켜 주고 있는 4·19와 5·16은 다
같이 한국의 부정적인 현실에서 출발하였다."[20]라고 기술했다. 특히 5·16에
관하여서는 "권력 제일주의적인 특색"[21]으로 보았다. 그리고 이 현실주의
세력은 권력제일주의의 특색을 띠면서 집권이념에 위배되는 모든 것들을
향해서 통제를 가하게 된다. 특히 언론의 통제는 언어의 통제로 이어지면서
아닌 깃을 아니라고 말 할 수 없었던 억입적 시대를 산출한다. 위의 시에서
도 화자는 잃어버린 말에 관한 부정의 정신을 발화한다. 화자는 모든 것이

---

20) 위의 책, 12쪽.
21) 위의 책, 15쪽.

침묵하는 밤의 시간에도 통제받지 않는 자연의 소리를 듣는다. 화자는 "밤중에, 모든 시간이 정지하고 있을 때" 들리는 소리의 말을 알아듣는다. 그것은 "죽은자들의 자리도 없이 자욱한 북한산 기슭"의 암울한 현실 속에서도 들리고 "내 무기력과 신축공사장의 철근을 가로질러" 강변으로 갈 때도 통제 당하지 않는 바람의 말을 듣는다. 어떤 어려움과 난관이 있어도 소리는 말로 치환이 되면서 자연의 소리는 화자에게 수신과 발신이 가능한 메시지. 즉 말의 기능을 수행한다. "수척한 밤"으로 묘사되는 첫 행의 전언처럼 시대의 그림자 속에서도 "칼나무 숲이 조용히 조용히 흔들리고/바람이" 흔들리는 것은 바로 "나의 희망 나의 사랑 나의 말"이라는 것이다. 마지막 연에서 "뜨거운 숨결로 타고 있다"로 현실과 정면으로 맞서는 화자는 "이 부정의 욕망 속에서 부정의 고통 속에서"도 "그러나 나는 나의 사랑 내 말/나는 나의 표현"으로 이 시대의 불의에 항거한다. 이는 곧 말은 통제 당해도 "뜨거운 숨결로 타고" 계속 이어져나갈 것이라는 것을 화자는 언표한다.

> 유리창 앞에서 물끄러미
> 하나의 별이었던 우리들을 본다
> 신안 앞바다 소금밭에서 소금을 구워먹고
> 동지가 지나면 지리산으로 벌목하러 가던
> 벌목이 끝나면 또 긴긴 겨울밤 눈보라를 헤치며
> 소금의 쓰라림, 여린 마음의
> 별의 쓰라림을 씹으며
> 무엇이 옳고 무엇이 그른지 생각할 수도 없이
> 한없는 길을 헤매이다가
> 소금에도 벌목에도 눈보라에도
> 길들여져버리고 쓰라림에도 길들여져,
> 물 같은 시간은 흘러서

시구문이라든가 남양만에서, 또
일거리 없는 서해안의 싸구려 여인숙에서
잠 아니 오는 밤을 보내이느니,
일하고 먹고 말하고 생각하는 것,
그 가운데서 구하고자 하는 것, 그것은
대체 무엇인가, 무엇이어야 하는 것인가

　　　　　　　　　　—「부랑자 노래 2」 전문
　　　　　　　　　　(『작은 마을에서』, 71쪽)

　위의 시에서 화자가 하는 행동은 별을 "본다"는 것이다. "유리창 앞에서
물끄러미/하나의 별이었던 우리들을" 보는 것으로 화자는 시의 첫 행을
시작한다. 화자가 인지하기에 별이 뜬 시간은 이미 어둠의 시간이다. 그것
은 행동이 멈춘 자리에는 곧 말도 멈추었음을 암시한다. 또한 말이 멈추었
다는 것은 "소금의 쓰라림, 여린 마음의/별의 쓰라림을 씹"어야 하는 억압
과 고통의 시간이 도래했음을 암시한다. 이러한 삶이란 오늘도 그렇지만
시간을 거슬러 과거의 삶도 별반 다를 것이 없었다고 화자는 회상한다. 세
상에 기대할 것이 없는 우리들은 지금 겨우 밥이나 빌어먹기 위하여 "소금
을 구워먹고" 시간이 흘러 또 겨울이 되면 "지리산으로 벌목하러" 길을 나
서는 미약한 존재들이다. 그렇게 또 우리들은 다음 계절에도 어디론가 자
리를 이동하며 겨우 먹이를 벌어야 하는 "소금에도 벌목에도 눈보라에도"
길들여져 버리는 약하고 수동적인 존재라는 것이다. 그런 삶을 영위하는
우리는 지금 바라는 것 하나 없이 "무엇이 옳고 무엇이 그른지 생각할 수
도 없"는 남루함이자 "길을 헤매이"며 방황하는 부랑자일 뿐이다. 화자는
아닌 것을 아니라고 말할 수 없는 "눈보라에도/길들여져 버리고 쓰라림에
도" 길들여져 버린 삶 속에서 "구하고자 하는 것" 그것이 무엇인지 "대체
무엇인가, 무엇이어야 하는 것인가"라는 질문을 청자를 향해 발화한다. 그

러나 화자는 "일하고 먹고 말하고 생각하는 것"처럼 수동적인 삶이란 안주하지 못하고 "일거리 없는 서해안의 싸구려 여인숙에서/잠 아니 오는 밤을 보내"는 것과 별반 다를 것이 없음을 발화한다. 그것은 "시구문이라든가, 남양만에서"처럼 비참한 죽음을 담보해야 하는 부랑자의 몸부림처럼 지금은 "한없는 길을 헤매이"는 "그 가운데서 구하고자 하는 것, 그것은/대체 무엇인가, 무엇이어야 하는 것인가"라는 의지적 물음으로 지금은 부정의 시간이라는 것을 표명한다.

> 이 빠진 늙은이라도 살고 있을 듯한 초막집 근처에서 말(言語)들은 잠시 걸음을 멈추고 마당의 잡풀이랑 추녀랑 흙담벽을 그리운 듯이 돌아보다가 땀을 뻘뻘 흘리고 있는 사람의 집으로 간다. 멈칫거리면서 간다. 물살의 빛도 바람도 언덕도 따라가고 어디서 부는지 모르는 피리 소리도 따라서 간다. 가파른 계단을 한 걸음 한 걸음 올라가 허공에서 소실점으로 사라지는, 머릿속에만 있으나 존재하지 않은 절대음처럼, 말들은 사람의 집을 찾아서 아득히, 말들은 이제 보이지 않는다. 사람의 집도 보이지 않는다.

—「말」 전문
(『겨울 깊은 물소리』, 11쪽)

본고에서 주목하는 화자는 시 속에서 드러나는 주인공 의식이 아니라, 화자의 역할이다. 위의 시에서 화자의 역할은 말, 즉 언어이다. 화자는 말의 운동력이 어떻게 생성되고 소멸되는지를 생물체를 관찰하듯이 묘사한다. 화자에 의해서 행동력을 부여받은 말들은 신체를 움직이듯이 이동하며 의미를 변주시킨다. 화자의 역할을 부여받은 말은 우선 "초막집 근처에서" 잠시 머뭇거린다. 그런데 초막집의 형국은 "이 빠진 늙은이라도 살고 있을 듯한" 초라한 행색이다. 이미 기운을 잃어버린 말은 그리움을 찾아가듯이 "땀을 뻘뻘 흘리고 있는 사람의 집으로 간다". 그런데 초막집이나 "마당의 잡풀"들처럼 말도 "멈칫거리며" 간다. 시 속에는 무엇 때문에 말들이 멈칫거리는가에 대한 정황 설명은 없다. 말들은 자연의 흐름을 따라가듯이 물살과 빛과 언덕을 따라간다. 시각적으로 흐름을 따라가던 말들은 청각인 피리소리도 따라 움직인다. 그러나 시류를 좇듯 무엇인가를 따라가던 말들은 급기야 "소실점으로 사라지는" 허공에 이른다. 그런데 그 말들은 "머릿속에만 있으나 존재하지 않은 절대음"으로 억압의 한 형식으로 묘사가 된다. 말들이 궁극에 찾아가고 싶었던 곳은 "사람의 집을 찾아서" 가고 싶었으나 지금은 "집도 보이지 않는" 이곳은 말도 사라지고 사람의 집도 황폐해져서 사라져버린다는 부정의 정신과 함께 언어적 한계를 토로한다. 화자는 마지막 연의 "사람의 집도 보이지 않는다."는 발화로 탄압받고 통제된 부정의 현실을 보여준다. 결국 최하림은 "4·19와 5·16 모두 한국의 부정적인 현실에서 출발"[22]한 것으로 보았다.

이처럼 부정의 화자는 최하림이 인식했던 부정의 시대정신을 바같으로 표출하고 있다.

3) 자유를 추구하는 복합적 화자

최하림은 자서에서 "자유는 행동의 개념이 아니라 의지 개념이 되는 것이다. 창작자란, 너무 많은 자유가 있다고 말하는 것이 아니라 언제나 밖에다 대고 너무 많은 자유가 없다는 말을 계속 지껄여야"[23] 된다고 기술했다. 최하림에게 자유란 4·19 혁명의 내포 의미를 간직한 채 5·16 군사정

---

22) 위의 책, 12쪽.
23) 위의 책, 25쪽.

변에 대한 항거의 욕구가 거칠게 발화되는 실제적인 내용이었다. 그러나 말을 통제 받던 시기에 그가 자유를 추구하는 방법은 시 속에 다양성의 목소리를 포함하면서, 점진주의적인 면모를 지닌 복합적 화자를 내세워서 시대의 정신과 집단적인 의지를 관철시키고자 하는 노력이었다. 본고에서는 "단수 화자 '나'가 아니라 복수 화자 '우리'가 등장하여 사색의 방법이라든지 어느 집단의 반성을 유도하는"24) 복수개념의 "우리"25) 화자를 살핀다. 이는 대치와 충돌의 어느 한 축으로도 기울어지지 않았던 중립적26) 화자를 함께 탐구하는 것으로 그가 지향했던 자유에 관한 시대적 내용을 탐구한다.

(1) 1인칭 복수의 '우리' 화자

최하림이 등단하고 활동을 전개했던 1960년대와 1970년대의 정치상황은 "상류계층은 그들의 권력을 강화 유지시키기 위해서 하위계층을 정치적 경제적으로 억압하게 되고 하위계층은 그에 대한 반항"27)을 행동으로 표명하는 시기였다. 이때 최하림은 하위계층에 속하는 나와 남에 대한 개념의 혼란을 겪게 된다. 그것으로 그는 운명공동체로의 민족의 개념을 상기한다. 즉 "나란 우리이며 남이란 타민족이 되는"28) 것으로 인식을 했다. 여기서 논구하는 상류계층과 타민족이란 하층민들을 부리는 상류사회계층을 일컫는다. 그 속에는 외부세력으로 구성된 서구세력도 포함이 된다. 또한 자서에서 그는 "나는 '나'를 접어두고 '우리'로 시를 썼다. 70년대와 80년대 초의 모든 시들은 '우리' 라는 인칭대명사로 씌여졌다"29)라고 기

---

24) 이숭원, 「백석시의 화자와 어조 연구」, 250쪽.
25) 위의 논문 254쪽.
26) 위의 논문 255쪽.
27) 최하림, 『詩와 否定의 정신』, 17쪽.
28) 위의 책, 18쪽.

술한다. 여기서는 상류사회 계층이 아닌 하층민들의 세력이면서 또한 나를 포함한 복수의 '우리' 화자를 특징으로 하는 최하림의 시를 통해 우리가 당면한 본질적인 사회현상에 관하여 고민했던 그의 자유의지에 대하여 살핀다.

끈질기게
일생을 미장이 일과 싸우다가,
이런 싸움을 뭐 할 게 있느냐는 듯,
허무주의자처럼 어느 날 갑자기
그는 죽었다.
손발이 길어 보였다.
로만 칼라를 세운
주정뱅이로 소문난
늙은 신부가
우리 곁을 떠나는 그를 용서하고
그에게 진 우리 죄를 용서받으라고
기도할 때도 가타부타 없이
그는 그 자리에 누워 있었다.
노랫소리 들리고 상주들이 울고
골목을 빠져나오면 은행나무 푸른 잎
아이들이 십 여명 오비베어스 모자를 쓰고
야구를 하고 차들이 비켜서라고 빵빵 거리고
그래도 그는 전에 없이 완강하게
음산한 독재자처럼 누워있었다
꼼짝 달싹도 하지 않았다.

—「미장이」전문
(『작은 마을에서』, 34쪽)

---

29) 최하림, 『멀리 보이는 마을』, 21쪽.

위의 시에서 화자가 사색의 대상으로 삼는 상관물은 '미장이'다. 화자는 하위계층민의 입장에서 평생을 싸우듯이 일만 하고 살다가 "이런 싸움을 뭐 할 게 있느냐는" 자유의 발현처럼 갑자기 세상을 등진 노동자를 형상화한다. 그리고 화자가 대상으로 삼은 노동자는 곧 우리 모두를 대표하는 현실적인 존재다. 싸움을 하듯이 평생 일만 했던 사람의 손가락은 고통으로 뭉툭하기 마련이다. 화자의 눈에 비친 노동자의 손가락은 죽어서야 겨우 "손발이 길어 보였다"로 고단한 삶을 발화한다. 평생을 수동의 형태로 노동만 하다가 죽은 그에게 서구를 표상하는 "로만 칼라를 세운" 늙은 신부가 "우리 곁을 떠나는 그를 용서하고/그에게 진 우리 죄를 용서받으라고" 기도를 한다. 그러나 로만칼라의 성스러운 축성의식에도 불구하고 노동자는 죽어서야 겨우 자기의 의지대로 "그 자리에 누워" 있다. 그것은 화자의 입장에서 우리가 서구에게, 즉 미국에게 용서받을 죄가 없다는 완강한 거부의 의사이기도 하다. 그가 우리 곁을 떠날 때도 서구의 상징인 "오비베어스"와 "야구"가 골목에서 판을 쳐도 "그래도 그는 전에 없이 완강하게" 누워서 버티는 것으로 '우리'의 존재의식을 표명한다. 또한 아이러니의 "음산한 독재자처럼"에서 독재자를 수식하는 '음산한'의 발화로 독재의 의미가 확산된다. 그리고 다음 행에 이어지는 "꼼짝 달싹도 하지 않았다."의 의미는 양가적인 함의를 지닌다. 화자는 죽어서도 굴복하지 않는 노동자, 즉 집단적 우리들의 굳건한 정신을 드러내는 동시에, 우리를 탄압하고 억압하는 독재자의 형상을 "꼼짝달싹도 하지 않았다"의 의미망 속으로 투영시킨다. 화자는 "기도할 때도 가타부타 없이/그는 그 자리에 누워 있었다."의 발화로 죽어서도 침묵으로 항거하는 노동자의 정신을 시대의 자유의지로 발화한다.

잇몸이 없는 시린 이빨로
앙상한 가지를 벌리고 서 있는
가로수 밑둥을 물어뜯어도
가로수들은 아파하지도 않고
우리들의 분노 풀어지지 않네

이 발길 그리고 저 돌멩이 돌멩잇길
서남해의 대숲마음이나 마늘냄새
매캐한 중강진의 살얼음 속에서도
사람들은 입을 다물고
여윈 손목을 끌어잡을 줄 모르네

그러나 사람들은 서로 다르나
알아들을 수 있는 사투리로 말하고
끌어잡지 못하나 그 손으로 일하면서
고난의 시대를 함께 사네

아아 비바람에 씻긴 바윗돌 같은 얼굴
모진 불행을 다 삼키고도 표정없는 얼굴
그러한 얼굴로 서 있는 시대여
네 완강한 몸뚱이를 잇몸이 없는 시린 이빨로
물어뜯고 뜯어도 시대는 아파하지도 않고
우리들의 분도 풀어지지 않네

　　　　　　　　　—「우리나라의 1975年」 전문
　　　　　　　　　　（『우리들을 위하여』, 18쪽)

　　최하림은 70년대와 80년대 초 화자의 위치를 '나'에서 '우리'로 위치조
정을 한다. 그는 '우리' 속에 '나'를 포함시키면서 거의 모든 시를 '우리' 인
칭대명사로 바꾼다. 그것은 우리를 제외한 나머지는 타인으로 인식을 했

으며, 또한 억압의 대상으로 간주한 것이다. 그 시절 최하림의 시쓰기는 정치적인 경향을 겉으로 드러내지는 않았지만, 그렇다고 간과하지도 않았다. 그는 "글은 아름다움을 위한 것이 아니고 구원을 위한 투쟁"[30]으로 인식했던 것처럼 언어가 세상을 바꿀 수 있는 유일한 패러다임이라고 생각했다. 최하림에게 말의 통제는 세상으로 나가는 모든 길의 통로가 차단되는 것이었다. 위의 시에서 화자는 첫 연부터 "우리들의 분노 풀어지지 않네"로 진술을 한다. "잇몸이 없는 시린 이빨"의 발화도 역시 폭력으로 인한 깊은 상흔이다. 화자는 "이 발길 그리고 저 돌멩이 돌멩잇길"의 발화로 시대의 억압적인 사회상을 비유적으로 보여준다. 제목으로 쓰여진 '우리나라의 1975年'은 바로 유신 찬반을 묻는 국민투표가 실시되었던 해이다. 화자에게 유신의 선포는 대부분 우리로 간주되는 "사람들은 입을 다물" 었어야 했던 것으로 인지가 되었고, "여윈 손목을 끌어잡을 줄 모르"는 힘이 없는 우리는 그럼에도 불구하고 "고난의 시대를 함께" 살아냈던 사람들로 표상이 된다. 그러나 화자는 "사람들은 서로 다르나/알아들을 수 있는 사투리로 말하고"라고 발화하는 것으로 탄압 속에서도 우리끼리의 공동체적 운명을 표명한다. 화자는 "완강한 몸뚱이"로 언표 되는 시대를 "물어뜯고 뜯어도 시대는 아파하지도 않고/우리들의 분노 풀어지지 않네"라는 진술로 폭력적인 사회에서 억압당한 자유의지를 거칠게 표명한다.

> 칼날의 댓잎이 밤에도 지지 않고
> 흔들리는 것을 보고 있다 달빛의
> 신경이 흔들리는 것을 보고 있다
> 여기저기 때몰려 가고 있는 아우성을
> 들으며 유배의 꿈을 부르는 우리들은

---

30) 위의 책, 머리말.

우리들의 무엇인가를 보고 있다

우리들은 무엇인가 우리들은 무서운 칼날이고

무서운 칼날이고 칼날이 아닌가

밤의 히어로 같이 한걸음 한걸음

가슴과 목덜미 눈과 입술가로

부정의 손을 쓰면서

무서운 칼이여

잠든 지방을 흔들어라

번쩍이는 날로 사방을 베어라

우리나라의 대밭에는 말못할 소리가 내려 있고

부정의 울부짖음이 있고

우리들은 우리의 무리배처럼

억새풀 속에서 억새가 자라나고

주민들 속에서 주민들이 자라나는 것을 보고 있다

뒤숭숭한 잠결에도 그들의 떨리는

꿈을 꾸는 것을 보고 있다

―「우리들은 무엇인가」 전문
(『우리들을 위하여』, 44쪽)

최하림은 자서에서 "70년대와 80년대 초의 모든 시들은 '우리'라는 인칭대명사로 씌여졌다"[31]로 기술한다. 그는 그 당시 나를 접어두고 우리 속에 나를 투영하여 시를 쓴다. 그것은 최하림 개인뿐만이 아니라 우리 모두가 "역사의 발전"[32]을 믿었기 때문이다. 나는 곧 우리라는 집단에 속하는 것이고, 우리는 행동을 할 수 있는 운동력을 대신하기도 하기 때문이다. 위의 시에서 "우리" 화자는 "억새풀 속에서 억새가 자라나고/주민들 속에서 주민들이 자라나는 것을" 보고 있다. 화자는 아직 행동은 개시하지

---

31) 위의 책, 21쪽

32) 위의 책, 21쪽.

않았지만 무엇인가를 "보고 있다"는 것으로 행동하기 전의 심상을 발화한다. 그것은 우리들의 앞날을 예견하듯이 "칼날의 댓잎이 밤에도 지지 않고 흔들리는 것을 보고 있다"로 언표가 된다. 그러나 지금은 "달빛의 신경이 흔들리는" 어두운 시간이고 "유배의 꿈을 꾸는" 암울한 현실이다. 그럼에도 불구하고 댓잎은 "무서운 칼날"이고 칼날을 가슴에 품은 우리들은 "밤의 히어로 같이 한걸음 한걸음" 이 시대를 부정하는 부정의 정신이다. 화자는 "번쩍이는 날로 사방을 베어라"고 점진적 발언을 한다. 그것은 우리 가슴에 이미 "부정의 울부짖음이 있고" "무서운 칼이 있고" "그들의 떨리는 꿈"이 있기 때문이라는 것이다. 그러나 화자는 다시 되묻는다. 무엇인가를 보고 있는 "우리들은 무엇인가"고 질문한다. 화자는 흔들리는 칼날의 댓잎 앞에서 "우리나라의 대밭에는 말 못할 소리가 내려 있고"라는 암울한 현실을 "무서운 칼이여/잠든 지방을 흔들어라"로 자유의 의지를 표출한다.

　여기까지 역사의 혼란한 시기에 공동체 의식을 수렴했던 최하림의 1인칭 복수의 '우리' 화자를 통하여 논구했다.

(2) 중립적 화자

　최하림에게 참여와 순수의 문제는 선택이 아니라 역사의 수순이었다. 그는 자서에서 "나는 질문이 지니는 명백한 인식력 보다는 이것과 저것이 어울리는 조화 감각을 주시한다"[33]고 기술했다. 이쪽과 저쪽의 어느 한쪽을 선택하면 그것은 그 한 쪽의 노예가 된다는 생각이 지배적이었던 최하림은 "인간을 구원해주고 위로해 주는 것은 예술뿐"[34]이라는 결론에 이른다. 그는 언어가 자유롭지 못했던 시절에 통제받았던 말에 관해서도 "시인

---

33) 위의 책, 54쪽.
34) 위의 책, 268쪽.

은 작품 '밖'에 존재하지만 화자는 작품 '안에서"35) 화자를 통해 시대의 고충을 발화한다. 화자와 청자의 관계에서조차도 자유롭고 싶었던 최하림은 그 어느 한 곳으로도 쏠림이 없는 중립적 위치의 화자에도 관심을 기울인다. 중립적 화자는 대상에 대한 직접적인 언급보다는 "특정 장면이나 상황을 절제된 언어로"36) 보여준다. 즉, 화자는 다만 "장면의 세부를 성의를 다해 보여"37) 줄 뿐이다. 본고에서는 최하림 시 중에서도 객관성과 신뢰성을 담보하며 생성의 의지를 보여주는 중립적 화자를 통해 암울한 시대에 그가 추구했던 자유의지에 관하여 살펴본다.

> 어떤 빛에도 드러나지 않고
> 어떤 놀에도 몸 붉어지지 않고
> 오로지 제 어둠으로 가는구나
> 멀리멀리 그리운 불 밝혀두고
> 풀잎들이 한덩이로 뭉쳐 사운거리는
> 영산강 하구언을 지나서, 겨울새들이여
> ― 그대인가고 그대인가고 기다리는 사람들
> 어둔 별을 가고 있으니
> 나직이 새들이 바람을 치며 날으고 있으니.
>
> ―「새」전문
> (『작은 마을에서』, 70쪽)

화자는 시속에서 발화하는 "어떤 빛에도 드러나지 않고" "어떤 놀에도 붉어지지 않는" 새를 단독자적인 자유의 존재로 상정한다. 새는 지금 영산강 하구언을 지나서 바람을 치며 날아오른다. 이쪽에서 저쪽으로 자유롭게

---

35) 김준오, 『시론』, 282쪽.
36) 김현수, 「시의 화자와 거리에 관한 연구~서정주 시를 중심으로」, 『한국시학연구』 제22집, 한국시학회, 2008, 166쪽.
37) 이숭원, 앞의 논문 255쪽.

자리를 이동하는 새는 밝음과 어둠을 한 몸에 지니면서 여기와 저기를 자연스럽게 드나들며 섞이는 중립적인 존재다. 이쪽에서 저쪽으로 자유롭게 이동하는 새는 화자의 "가는구나"라는 영탄조의 발화와 함께 부러움의 대상이 된다. 어떤 제약도 받지 않고 하늘을 날아가는 새의 존재는 "어둔 별을 가고 있으니"로 발화되는 현재적인 상황인 어둠으로 가고 있는 것으로 언표한다. 화자는 "바람을 치며 날으고 있으니"로 형상화 되는 새를 곧, 어둠의 이미지를 비상하는 또 다른 이미지로 환치시킨다. 그것은 자유에 대한 강한 의지를 표명하는 것으로 "한덩이로 뭉쳐 사운거리는"으로 치환, 발화한다.

> 자정이 넘어 언제 올지도 모르는 새벽을
> 여럿이서 기다리고 있는 동안 희미하게
> 죽어가는 감종삼(金宗三)이 생각이 떠올랐다
> 그는 불치의 시인이었다 시를 찾아서
> 시장통으로 병원으로 벙거지를
> 쓰고 다녔다
> 그런 그의 뒤로 바람이 세차게 내리쳐서
> 등허리를 적시고 가로수 잎들이
> 우수수 져내렸다 좁쌀만한 빛에
> 주의도 순수도 아닌 그늘이 드리웠다가
> 사라져갔다 아무도 그늘을 보지 못했으나
> 그늘은 따뜻하였다 사랑이라고들
> 그랬다
>
> —「따뜻한 그늘」 전문
> (『겨울 깊은 물소리』, 87쪽)

위의 시에서 발화하는 자정이 넘은 시간이란, 이미 오늘에서 내일로 넘어가는 경계의 시간이다. 또한 "죽어가는 김종삼" 역시 있음의 존재에서 없음의 존재로 넘어가는 중립적인 인물로 표상된다. 화자는 "언제 올지도 모르는 새벽"이라고 발화하면서 언제 올지도 모를 시인 김종삼을 생각한다. 화자가 기다리는 것은 시인 김종삼인 동시에 내일을 여는 새벽이다. 그런데 "여럿이서 기다리는" 김종삼은 "희미하게 죽어가는 김종삼"이다. 사실적 인물이었던 김종삼은 시 속에서 열심히 "시를 찾아" 다녔던 존재로 표현된다. 그런데 시를 찾아다녔던 김종삼은 "불치", "시장통", "병원", "벙거지"의 어사로 가난하고 불행하고, 연약한 모습으로 드러난다. 화자가 기다리는 새벽과 함께 김종삼은 "희미하게/죽어가는" 불완전한 존재로 활용된다. 그러나 시를 찾아서 헤매고 다녔던 김종삼의 뒤로 "바람이 세차게 내리"친다. 화자는 "아무도 그늘을 보지 못했으나"로 "주의도 순수도 아닌 그늘"이라는 발화 속에 미미하지만 자유의 내용을 확보한다. "좁쌀만한 빛에/주의도 순수도 아닌 그늘이 드리웠다"의 발화는 "희미하게 죽어가는 김종삼"과 "언제 올지도 모르는 새벽"을 잠정적인 희망으로 병치시킨다. 화자는 "그늘은 따뜻하였다 사랑이라고들/그랬다"의 과거체의 문장으로 이미 김종삼과 새벽의 의미망 속에는 "좁쌀만"하지만, 희망의 따뜻한 그늘이 내재되어있었음을 암시한다.

> 살맛나더라 달빛 푸른
> 봄밤에 비탈에 올라
> 그놈의 달빛을 때려부수고
> 그놈의 능선도 때려부수고
> 망망대해 한 어둠에서 하늘을 우러르면
> 빛도 어둠도 어느 놈도 보이지 않더라
> 벌거벗은 화냥년도 보이지 않더라
>
> ―「봄밤」 전문
> (『작은 마을에서』, 94쪽)

위의 시에서 화자가 서있는 위치는 산비탈이다. 비탈이란 사람이 똑바로 서있어도 위태롭게 기울어지는 현재 화자의 불안전한 상황을 묘사한다. 화자의 위치는 어느 봄밤에 "비탈에 올라" 엉거주춤한 자세로 건너편으로 떠오르는 달과 능선을 바라본다. 화자의 "살맛나더라"로 시작하는 위의 시는 오히려 '죽을맛이더라'의 역설적 요소를 품고 있다. "달빛 푸른/봄밤에" 비탈에 올라 화자는 "달빛을 때려 부수고" "능선도 때려부수고"를 연발로 발화한다. 화자는 현재 눈앞에서 벌어지는 모든 것을 파괴해 버릴 수만 있다면 "망망대해 한 어둠에서 하늘을 우러르면" 차라리 아무 것도 보이지 않을 것이라 생각한다. 그것은 모두 때려부수고 처음부터 다시 시작하고 싶은 신생을 향한 꿈의 발화이다. 그리고 "빛도 어둠도 어느 놈도 보이지 않더라"의 발화는 빛도 어둠도 어느 놈도 너무 잘 보인다의 역발상적 어사이다. 최하림은 자서에서 "경계적 평등이라 할까 민주주의라 할까 후천개벽과 같은 새 세상을 열어갈 수 있으리라 믿었다".[38] 처럼 그는 순수에도 참여에도 가담하지 않는 중립적인 자세로 새롭게 생성되는 자유를 의지적으로 꿈꾸었다. 위의 시에서도 화자는 평지도 마루도 아닌 경계적인 위치에 서 있다. 화자는 만물이 소생하는 봄밤에는 비탈에 서 있는 오늘의 현실도 "벌거벗은 화냥년도" "달빛도" "능선도" 모두 "때려부수고" 싶을 정도로 자유로운 심경이 되어 모든 것을 처음부터 시작하고 싶다. 거칠게 발화하는 "그놈의"는 뒤에 따라오는 달빛과 능선을 수식하는 것과 동시에 직접적인 통치자의 인칭대명사로 "그놈"을 지칭하기도 한다. 위의 시는 자유를 추구하는 생성의 화자가 폭압적인 사회 현실에 대한 자유의지를 직설 화법을 통해 거칠게 드러내 보인다.

최하림은 참여와 순수 어느 한 쪽에도 가담하지 않는 것으로 새로운 세

---

38) 최하림, 『멀리 보이는 마을』, 21쪽.

계의 구현을 꿈꾼다. 그런 맥락에서 위의 시에 나타난 중립적 화자는 어느 한 곳에 함몰되지 않는 것으로 자신의 자유의지를 자유롭게 표명한다.

이상으로 여기에서는 최하림의 전기시에 나타난 현상적 화자의 유형을 살폈다. 최하림의 전기시에 나타난 현상적 화자는 그의 내면의 의식과도 깊은 관계가 있다. 최하림이 시작활동을 전개했던 시기는 군부의 통치로 말이 통제를 받던 시기였다. 또한 1980년 광주항쟁을 겪으면서 최하림에게는 행동하지 못했다는 죄의식과 사회를 부정하는 부정의 의식이 싹트게 된다. 최하림은 실제적인 행동은 하지 못했지만, 언어로 시대를 표명하고자 하는 의식이 그의 배면에는 내재되어 있었다. 본고에서는 최하림의 의식 속에는 언어로 시대에 대항하고자 하는 강한 욕구가 내재되어 있었기에, 전기시에서는 현상적 화자가 시 속에 직접 나타난 것으로 보았다.

2. 함축적 화자의 유형

본고의 앞 절에서는 현상적 화자의 유형을 살폈다. 현상적 화자란, 작품 현상에 화자가 드러나는 것을 특징으로 삼는다. 여기에서는 화자가 작품 뒤에 숨으면서 화자의 의도를 드러내는 함축적 화자의 유형을 살핀다. 본고에서 주목하는 함축적 화자의 유형은 시속에서 화자의 모습이 뚜렷이 잡히지 않으면서도 시 전체의 흐름과 이미지를 주관한다. 또한 함축적 화자는 시인의 정서를 담고 있는 화자가 작품 뒤에 숨는 것이 특징이다. 즉 함축적 화자는 "시에서 화자의 모습이 얼른 눈에 잡히지 않기 때문에 독자는 시를 읽고도 누가 말하는지 파악해 내기가 어렵다. 그러나 비록 화자가 이면에 숨어있다고 할지라도 작품의 전체적인 문맥에 근거해 볼 때, 나라는 것이 분명하다. 화자는 화자인 내가 특별히 타인을 청자로 삼지 않는 특징을 갖고 있다. 작품 속의 화자와 청자는 그 뒤에 숨어있는 것이 특징이다. 숨어있는 화자와 청자는 독자들의 직관과 전체적인 문맥을 통하여 읽어낼 수밖에 없다."39) 본고에서는 노창수의 화자의 유형을 분석의 틀로 삼아 함축적 화자의 유형을 논구의 대상으로 한다.

본고에서 관심을 갖는 최하림 시에 나타난 함축적 화자의 유형으로는 '세계내면으로 향한 인식과 관찰자적 화자'와 '방외인적 현실인식과 확산적 화자' 그리고 '불안의식이 투영된 제시적 화자'가 있다. 여기에서는 노창수의 화자론을 적용해 함축적 화자를 유형화하여 그 각각을 분석해보겠다. 본고에서 함축적 화자의 유형을 최하림의 전체 시 가운데 후기에 국한시키는 이유는 최하림이 병중으로 신체나 존재, 혹은 살아있는 생명에 몰입하게 되면서 오히려 세계 내면으로 향한 고립적인 세계관을 구축하

---

39) 노창수, 앞의 논문, 49쪽.

게 되기 때문이다. 이에 최하림 시의 세계가 가시적인 세계에서 비가시적인 세계로 관심이 전환되면서, '화자'가 숨어버렸다고 보았다.

여기에서는 함축적 화자의 대표성을 나타내는 작품을 중심으로 살핀다.

1) 세계 내면으로 향한 인식과 관찰자적 화자

최하림의 시세계는 제4시집 『속이 보이는 심연으로』(1991)를 계기로 내면으로 침잠하는 존재론적인 변화의 양상을 보여준다. 이때부터 그의 시는 기표가 기의를 정확하게 설명할 수 없는 비가시적 세계, 즉 세계 내면으로 향한 인식으로 삶과 죽음에 대한 근원적 층위의 문제의식을 드러낸다. 그 이후로 『굴참나무 숲에서 아이들이 온다』(1998)에서 『풍경 뒤의 풍경』(2001)과 『때로는 네가 보이지 않는다』(2005)로 이어지는 그의 후기시에서는 함축적 화자의 고립된 세계인식과 방외인적인 현실인식이 두드러진다. 츠베탕 토도로프는 "언술의 완결은 어떤 의미에서는 담론의 주체가 변하는 내적인 국면이다. 또한 언술에 내재해 있는 형식들의 국면이다."[40]라고 했다. 이를 바탕으로 본고는 병증의 발발로 세계 인식의 변화를 보였던 최하림의 후기시에서 물활론의 존재론과 죽음 의식의 성찰적 의미를 관찰자적 화자를 통해 논구한다.

(1) 물활론적 사유와 실존적 화자

최하림의 전기시에서는 화자가 작품의 전면에서 시대를 이야기하는 현상적 화자의 유형이 주를 이룬다. 그러나 후기시에 와서 최하림은 병증의 발발로 고립적 세계 인식으로 인해 비가시적 세계를 가시화 하는 작업에

---

40) 츠베탕 토도로프, 앞의 책, 84쪽.

몰두한다. 그것은 존재하는 모든 것에 생명을 불어넣는 생성적 인식의 물활론에 입각한다. 최하림은 자서에서 문학에 관하여 "오감의 세계를 넘어선 전 감각으로 세계를 받아들이는 경지에까지 나아갈 수 있음을"[41] 피력한다. 또한 "완류라고 해서 거기에 유속이 없는 것은 아니다. 파랑이 없는 것은 아니다. 그곳에서도 잘 보이지 않을지는 모르나 끊임없는 변화의 물이 흐르고 있다."[42]라고 기술한다. 그것은 비가시적인 세계를 가시화하고 싶었던 최하림의 후기시에 나타난 실존적 양상이기도 하다.

여기에서는 모든 것을 살아있는 존재로 인식했던 물활론의 관점에서 근원으로 돌아가고자 하는 최하림의 후기시를 탐구한다. 다음은 물활론의 시선으로 바라본 실존적 화자의 '파동'에 관한 시를 살핀다.

> 나무가 자라는 집에서는 작고 애매한 파동이
> 아침 내내 일어 새들이 무리로 몰어내어도
> 멈추지 않았습니다 집안은 잡목숲을 따라오는
> 파동때문에 금세라도 지붕이 무너져내릴 듯
> 했습니다 그 집의 역사가 유지되는 것은
> 순전히 숭숭 구멍을 뚫어대는 동박새라든가
> 딱따구리 새앙쥐의 역할인 듯했습니다
> 한낮이 되어 늙수그레한 남자가 나타나 비음이
> 심한 목소리로 무어라곤지 중얼거렸지만 파동은
> 조금치도 변동이 없었습니다. 나무가 자라는
> 집을 구성하고 있는 지붕과 유리창 마루
> 거실들은 파동에 떨고 반향하며 근원 같은
> 곳으로 사라지는 듯했습니다 오후가 되자
> 대문 두드리는 소리가 한동안 울렸건만

---

41) 최하림, 『붓꽃으로 그린 시』, 211쪽.
42) 최하림, 『멀리 보이는 마을』, 103쪽.

아무도 뒤란을 돌아 문을 따주러 가는
사람은 없었습니다 나무가 자라는 집은
더욱 깊은 파동 속으로 들어가 움쭉도
않았습니다 해질 무렵 예의 남자가 잠시
나타나 뒷걸음 치듯 주춤거렸지만 그것도
잠시, 남자는 잡목숲으로 사라지고, 시간이
열렸다가 닫히고 나무가 자라는 집은
깊은 적막으로 빠져들어갔습니다

　　　　　　　　　　　　　—「나무가 자라는 집」 전문
　　　　　　　　　　（『굴참나무 숲에서 아이들이 온다』, 14쪽）

　위의 시에서 화자는 뚜렷하게 모습을 드러내지 않은 채 '파동'으로 감지
되는 감각을 발화시킨다. 화자가 발화하는 '~ㅂ니다' 체의 문장은 청자를
향한 열린 발화이면서 동시에 화자 자신도 대상과의 일정 거리를 유지한
다. 화자가 대상으로 하는 '나무가 자라는 집'은 나무가 자란다는 현재진
행형의 발화만으로도 살아있는 생물로 치환이 되면서 물활론의 위치를
확보한다. 화자는 집을 무생물에서 생물로, 즉 살아있는 존재로 각인시킨
다. 화자는 작은 흔들림에서조차 "집에서 작고 애매한 파동"을 감지한다.
그 집은 사실은 "금세라도 무너져 내릴듯"한 집으로 보아 사람이 살지 않
는 집으로 상기된다. 그러나 화자는 "그 집의 역사가 유지되는" 이유를 아
이러니하게도 "숭숭 구멍을 뚫어대는 동박새라든가/딱따구리 새앙쥐의
역할"로 본다. 사람이 드나들지 않는 폐가처럼 느껴지는 집에서 오직 살아
움직이는 것은 딱따구리와 동박새와 심지어 구멍을 뚫어 집을 폐허로 만
드는 새앙쥐의 움직임까지도 화자의 눈에는 살아서 활기가 넘치는 생명
의 '파동'으로 감각한다. 시의 장면에 "비음이/심한 목소리"로 등장하는
"늙수그레한 남자"는 화자로 분한 시인의 모습으로 보아도 무방하다. 사

람과 나무와 새들과 새앙쥐까지도 각각의 존재로 바라보는 화자는 사람의 목소리에서도 새들의 언어인 지저귐과 엇비슷한 "비음" 즉 "파동"을 감지한다. 그리고 그것들은 모두 살아있지만 "근원 같은/곳으로 사라지는 듯했습니다"로 삶의 과정 또한 죽음을 향해 가는 근원회귀의 여정으로 바라본다. 시간은 아침에서 오후로 흐르고 나무가 자라는 집에서도 여전히 고요한 '파동'이 감지된다. 화자의 눈에 비친 시간 역시 살아있는 존재로 오후에서 "해질 무렵"으로 자리를 이동한다. 그것을 화자는 "남자는 잡목숲으로 사라지고"와 함께 "시간이/열렸다가 닫히고"의 발화로 시간의 층위를 자연의 순환으로 치환한다. 지금 화자의 시선에서는 남자도 시간도 모두 '없음'으로 감각한다. 그러나 다시 시의 첫 줄로 돌아가서 화자는 순환하는 생명처럼 "애매한 파동"으로 움직이는 모든 것은 살아있음의 실존적 존재임을 확인한다.

> 강이 흐르는 것만으로도 시간들은 눈부시다 강의 속살까지 번쩍이는 시간들이 들이닫는 느낌은 서늘하다못해 비명 같다 가끔 바람이 회오리쳐 가고 옥수수 이파리들이 하루가 다르게 자라올라 들판 가득 소리의 물결을 풀어놓는다 소리의 물결 속으로 방울새들이 날아오르고 색색의 종달이도 오른다 소리와 시간들이 용수철처럼 튀어오른다 엘란트라를 몰고 온 남녀가 팔짱을 끼고 강둑을 걷는다 그들은 그들의 가슴께에서 느끼는 감각으로 눈이 감긴다 한여름 강변에서는 고요가 나른하게 빛살처럼 일렁인다.
> ―「강이 흐르는 것만으로도」 전문
> (『풍경 뒤의 풍경』, 81쪽)

화자의 관념 속에서 살아있음이라는 물활의 증거는 "소리와 시간"들이다. 또한 화자가 인식하는 시간의 개념은 "흐르는"이다. 움직임으로 감지

되는 소리와 시간의 "인식작용은 주관이 초월할 때 비로소 세계에 도달하는 것"[43]이다. 그것은 초월의 세계와 현전하는 세계는 인식의 작용에 따라 맞닿아있음을 이야기 한다. 따라서 화자가 소리와 시간을 따라가다가 마침내 멈춰 선 곳 역시 "고요가 나른하게 빛살처럼 일렁"이는 근원으로의 회귀. 이것은 "존재가 시간을 기반으로 해서 파악되어야 하고 존재의 상이한 양상들과 파생태들이 시간의 여러 변양과 파생 속에서 실제로 시간에 주목해서 이해되어야 한다면, 이와 함께 존재 자체가 그 시간적 성격으로 분명"[44]해 지는 것이다. 위의 시에서 화자가 실제적인 대상으로 삼는 시간의 속성은 "강이 흐르는 것만으로도 시간은 눈부시다"이다. 흐르는 것을 바라보는 화자의 시선은 "강의 속살까지도 번쩍이는"으로 바닥이 모두 드러날 정도로 맑은 강의 흐름 앞에서 화자는 시간을 사색한다. 그것은 살아있음의 증거처럼 "들판 가득 소리의 물결을 풀어놓는다"로 청각을 자극하는 '소리'의 발화에 주목한다. 또한 아래로 치달으면서 하강을 의미하는 "강의 속살"의 대칭점에는 "방울새들이 날아오르는" 존재론적인 상승의 이미지가 발화한다. 삶과 죽음, 혹은 있음과 없음에 연접해있는 상승과 하강의 이미지들은 "용수철처럼 튀어오르는" 시간들을 수식한다. 그리고 시간의 연기(緣起)를 상기시키는 "남녀가 팔짱을 끼고 강둑을 걷는다"의 발화는 살아있음의 증거인 "가슴께에서 느끼는 감각"으로 환원이 된다. 이것으로 모든 것들이 시간 속에서 순환한다는 것을 첫 행의 "강이 흐르는 것만으로도 시간들은 눈부시다"와 마지막 행의 "빛살처럼 일렁인다"의 수미상관의 방식은 화자를 통해 활기차게 발화한다. 다음은 비가시적인 세계를 가시화시킨 실존적 화자를 살핀다.

---

43) 위의 책, 91쪽.
44) 소광휘, 『시간의 철학적 성찰』, 문예출판사, 1994, 621쪽.

공기가 조금씩 조금씩 부풀어 오르고 역광을 받은 나무 이파리들
이 검붉게 빛나고 할머니들의 머리도 빛난다 먼지를 흠뻑 뒤집어쓴
맨드라미들이 울타리 너머로 고개를 내민다 할머니들은 마당 깊은
집으로 간다 현관문을 밀고 들어간다 할머니들의 이야기 소리가 밤
내 도란도란 울린다 세상에서 제일 아름다운 불이 환하게 창을 밝히
고 밤벌레들이 날아들고 어디서 고라니들이 내려오는지 가랑잎 서
걱거리는 소리 들린다

―「할머니들이 도란도란」 전문
(『때로는 네가 보이지 않는다』, 34쪽)

위의 시에서 화자가 대상으로 하는 상관물은 할머니다. 화자는 시각과
청각을 동원하여 할머니, 즉 시간의 실체를 묘사한다. 화자는 대상과의 거
리를 일정부분 유지한 채 "역광", "검붉게 빛나고", "불이 환하게". 등으로
적막의 공간을 오히려 시각적으로 밝게 채운다. 청각 또한 "도란도란",
"가랑잎 서걱거리는 소리"로 위협적이지 않은 소리들로 묘파한다. 화자는
"맨드라미들이 울타리너머로 고개를 내민다"는 발화로 할머니들이 이미
죽음을 향해 건너간 존재들임을 암시한다. 그러나 그 너머로 들어간 할머
니들의 걸음은 죽음의 "마당 깊은 집으로" 가는 것으로 자연스럽게 "현관
을 밀고 들어" 가는 또 다른 삶의 진행형으로 치환하여 보여준다. 최하림
은 자서에서 "인간이란 존재가 자연의 모서리에 있으며, 결국에는 자연으
로 돌아가는 존재라는 일원론에 지나지 않는다."[45]로 죽음 또한 삶의 한
과정으로 인식했다. 마찬가지로 화자는 할머니들이 문을 밀고 들어간 집
이 "세상에서 제일 아름다운 불이 환하게 창을 밝히고"라는 하나의 또 다
른 공간으로 인식한다. 그리고 죽음 또한 자연스럽고도 아름답게 실재하
는 "문을 밀고 들어 간"으로 존재론적인 물활론의 의미를 부여한다. 시

---

45) 최하림, 『멀리 보이는 마을』, 86쪽.

의 정황으로 미루어 보아 "가랑잎 서걱거리는 소리"로 할머니들은 이
미 "울타리 너머"로 넘어간 즉, 죽은 존재들이다. "무엇인가 있는 것에
속해 있다면 그것은 그것의 '있음' 임에 틀림없다. 그럼에도 불구하고
우리는 이것을 있는 것 안에서 찾지 못하는 것이다. '있음' 이라는 것은
우리가 있는 것을 관찰하는 것 속에 있는 것도 아니다."[46]라고 하이데
거가 말했듯 화자는 "도란도란"으로 발화되는 할머니들의 존재를 '없
음' 속에 실재하는 '있음'의 존재로 가시화한다.

아직도 잠자고 아직도 깨어나는
나무들, 비린 내음 코 찌르는 신록들,
무서리와 천둥번개, 유리창, 피로 얼룩진
오오, 지옥보다도 눈부신 거리에서
떨어져 죽고 몇 번이고 솟아오르는

—「솟아오르는 산」 전문
(『속이 보이는 심연으로』, 53쪽)

악, 악, 소리지르며
한 밤중 한 말이
떨어진다
더는 제 집에
몸 붙일 수 없으므로

—「落果」 전문
(『속이 보이는 심연으로』, 54쪽)

---

46) 마르틴 하이데거(Martin Heidegger), 『형이상학 입문~1993년 프라이부르크 대학
에서의 강의』, 박휘근 역, 문예출판사, 1994, 68쪽.

지구를 돌고 돌아도 밤이 가고 또 갈 뿐

별것도 없다고 투덜거리던 달도

마당 깊은 집으로 사람들이 모여들면

걸음을 멈추고 귀 세우고서

내려다보고 있다

—「별것도 없다고 투덜거리던 달도」 전문
(『때로는 네가 보이지 않는다』, 53쪽)

위의 세 편의 시들은 상승과 하강 그리고 원점으로의 회귀라는 최하림 특유의 존재론적인 세계 인식을 활발하게 보여주는 시편들이다. 최하림은 1990년 병중의 발발로 인해 고립된 세계인식을 갖게 된다. 그 무렵 그가 인지하는 사색의 대상물은 대부분 삶과 죽음이라는 근원적인 문제의식을 담고 있다. 그러나 그는 삶의 덧없음과 존재의 허무 앞에 오히려 생명의 진지함을 획득하게 된다. 최하림은 "우리가 죽음 앞에 마주설 때 우리는 비로소 삶의 소중함에 눈뜨게 되고, 삶에서 무엇이 참으로 소중하고, 가치 있는 것인지 되돌아보게 된다."[47]처럼 그는 삶속에서 죽음의 존재를 상기하면서 오히려 삶의 근원적 생기를 획득한다. 위의 시 「솟아오르는 산」에서 화자는 후각과 시각으로 감각되어지는 신록에 관하여 대상을 자세하게 묘파한다. 첫 번째 시에서 화자는 위로 솟구치는 감각으로 "깨어나는", "찌르는", "천둥번개", "솟아오르는"을 발화하는 것으로 상승의 이미지들을 구사한다. 그리고 중간에 인용된 「낙과」에서 화자는 과일이 떨어

---

47) 김상봉, 『자기 의식과 존재 사유』, 한길사, 1998, 15쪽.

지는 하강의 속도를 "악 악 소리지르며"의 청각적인 발화로 "떨어진다"에 강하게 방점을 찍는다. 그리고 그것은 "말"의 근원적인 심층구조로 "몸 붙일 수 없으므로"라는 근원적인 인식으로 발화가 된다. 마지막으로 "별것도 없다고 투덜거리던 달도"에서는 상승과 하강을 모두 거쳐 화자인 달도 "걸음을 멈추고 귀 세우고서/내려다보고 있다"로 존재론적인 근원으로 돌아가고자 하는 회귀의 화법을 발화한다.

최하림의 후기시에 나타난 관찰자적 화자의 특색은 '있음'과 '없음' 사이에서 파동하는 물활론의 존재론적인 면모가 강하게 보인다. 즉 그의 시에서는 화자가 발화하는 '파동'이란 '없음'의 이미지에서 산출이 된다. 그러나 '없음'은 결국 화자에게 존재의 '있음'을 발화하기 위한 내재적인 동기를 부여하는 계기를 마련한다.

(2) 죽음의식과 성찰적 화자

최하림은 1990년 신체의 변화와 함께 시의 방향도 전환한다. 그는 병증의 발발로 인하여 시세계가 급격한 변화를 보인다. 현상적 세계에 드러나는 생성의 가치에서 비가시적인 세상, 즉 소멸의 가치인 죽음에 대한 관심으로 인식을 전환한다. 그는 자서에서 "나는 한 마리 짐승인 듯 했다. 숨을 죽인 나는 나무나 다람쥐나 새들과 구별되지 않았다. 나는 행복했다."고 기술한다. 또한 비가시적인 세상인 죽음에 관해서 시인은 "더러는 죽음들이 두런두런 하는 소리도 듣고 멀리멀리 눈이 내리고 비가 몰아오는 소리도 듣고 싶다. 그때면 내 머리는 희어지리라."라고 죽음의 의식을 표명한다. 이 장에서는 고립된 세계인식에 기인한 죽음 의식을 최하림 시에 나타난 성찰적 화자를 통해 탐구한다.

모자도 쓰지 않고 신발도
신지 않고 그리운 그대
건들건들 들녘을 넘어가네
저녁바람에 의지해서 가네
돌아보면 길들은 잡초에 묻힌 채로
구불거리며 흘러가고 한밤중에는
달과 함께 마을에 떠올라
골목을 비추네 골목이
포물선을 그리면서
하구로 흘러가고
질그릇들이 둥둥 떠서
썰물 같은 고요를 한 아름
안고 있네 슬픔 안 사람이
새벽 일찍 오리백숙탕 집을 빠져나와
그의 길로 가네 나무에 앉은
새들이 푸드득 날아가네
새들을 보며 그리운 그대
건들건들 가네

—「모자도 쓰지 않고」 전문
(『굴참나무 숲에서 아이들이 온다』, 82쪽)

　　최하림은 비가시적인 세계를 가시화하는 방법적인 측면에서 색다른 시
의 형식을 개진한다. 이는 서정시를 여러 방면으로 읽게 하는 새로운 방법
을 제시했다는시사적인 가치를 수반하기도 한다. 위의 시에서 화자가 발
화하는 "가네"의 정체는 "모자도 쓰지 않고 신발도/신지 않고" 어디를 향
해 가는 존재다. 그것은 머리에서 발끝까지의 정체가 불분명한 존재로 형
상화한다. 그리고 화자는 비존재적인 존재를 "그리운 그대"라고 발화한
다. 문장을 계속 좇다보면 화자가 그리워하는 그대는 "건들건들 들녘을 넘

어"가기도 하고 "저녁바람에 의지해서" 어디론가 홀연히 사라지기도 한다. 시점조차 확실하지 않은 "가네"의 발화는 그 발화 자체로 "달과 함께 마을에 떠" 오르기도 하고 "골목을 비추"기도 하면서 "흘러" 가는 죽은 이의 행보처럼 보인다. 화자의 시선은 "썰물 같은 고요를 한 아름/안고 있는 슬픔 안 사람이" 가는 곳을 담담하게 따라가고 있다. 위의 시는 두 개의 관찰자적 시선으로 나뉘어져서, 하나는 죽음의 안에서 밖을 내다보고, 또 하나는 삶의 안에서 밖을 바라보는 이중의 시선 구도이다. 또한 그것은 내면적 성찰 의식의 발화이기도 하다. 사람의 안쪽에서 밖을 바라보는 화자는 죽음의 내면을 따라서 죽은 이의 행보를 좇는다. 또 하나의 시선은 죽음 자체가 삶의 현장을 돌아다니면서 생전에 그가 다녔던 길을 "오리백숙탕집을 빠져 나와/그의 길로 가네"처럼 화자가 살았던 세상의 익숙한 곳을 둘러본다. 그렇게 "모자도 쓰지 않고 양말도 신지 않은" 삶의 모습을 완전히 벗은 죽은 이의 행보는 "새들이 푸드득 날아" 가는 것처럼 "새들을 보며" 삶의 너머로 간다. 이 모든 것을 이중의 시선으로 따라가는 화자는 마지막에 와서야 "가네"의 정체를 "그리운 그대/건들건들 가네"의 발화로 죽음의 행보가 삶의 행보와 긴밀하게 연결되어있음을 묘파한다.

눈물보다도 맑은
細石平田의 가을꽃들
날이 선 억새풀들
추억들 바람과 구름과
신봉오리들 바라보면
한없이 푸르고 선명한,
하늘에서 시간을 알리는
새들의, 길고 긴 행렬과
비렁뱅이 같은 사람의

죽음보다 깊은 걸음들
천년 만년 뿌리내린
뼈다귀들의 죽음보다
깊은 걸음들

—「智異山」 전문
『속이 보이는 심연으로』, 17쪽

　위의 시에서 화자가 서있는 장소는 細石平田이 펼쳐진 높은 산 '지리산'
이다. 또한 화자가 사색하는 계절은 '가을꽃'의 발화로 미루어 보아 겨울
로 가기 직전의 시간이다. 화자는 지금 지리적으로도 높은 장소인 지리산
에 올라와서 가을의 풍광을 사색 중이다. 그리고 화자의 심경은 오롯하게
가을꽃들을 향해 열려있다. 그것은 시간으로 치환이 되면서 화자가 발화
하는 시간이란 "눈물보다 맑은/細石平田"에 핀 가을꽃처럼 방금 지고 말
것 같은 죽음의 시간들이다. 그 꽃 같은 시간들을 바라보는 화자는 바람을
회상하면서 "날이 선 억새풀들/추억들/바람과 구름들"로 발화하는 새들을
형상화시킨다. 화자는 눈앞에서 펼쳐지는 "눈물보다 맑은" 높은 곳에 올
라 "한없이 푸르고, 선명한,/하늘에서 시간을 알리는/새들"의 행렬을 본다.
그리고 이내 "꽃", "바람", "새", "구름"처럼 시간을 살다가는 "사람들의/죽
음"을 상기한다. 그것을 뒤받침 하듯 화자의 시선 속으로 차감된 "길고 긴
행렬과/비렁뱅이 같은 사람의"는 다음 행에 이어지는 "죽음보다 깊은 걸
음들"로 이어진다. 그것은 마지막 행의 "깊은 걸음들"을 수식하면서 화자
는 細石平田의 가을꽃과도 같은 사람의 삶과 죽음에 관해 "죽음보다/깊은
걸음들"이라는 발화로 첫 행의 "눈물보다도 맑은/細石平田의 가을꽃"들
을 성찰적 화자의 목소리로 소환한다.

그믐밤 한 달은 징검다리를 건너 물속으로 들어가고 또 한 달은
뼈만 남은 가슴에서 늑골 다섯 개를 꺼내어 나무에 얹습니다. 그리
고 세번째 달은 아직 모습을 드러내지 않은 채 둥글게 둥글게 먹구
름 속으로 들어갑니다

— 「달」 전문
(『풍경 뒤의 풍경』, 23쪽)

위의 「달」에서 화자가 주목하는 언표는 "그믐"과 "들어간다"이다. 그리
고 화자가 발화하는 "간다"의 행선지는 목적지가 뚜렷하지 않다. "그믐"의
의미 또한 시간과 그림자의 두 가지 뜻을 함께 내포한다. 위의 시에서 "그
믐밤 한 달"의 표상은 한 달 동안이 그믐이라는 뜻이 아니다. 그것은 화자
의 심상에 캄캄한 그믐이 한 달처럼 길고, 그 길고 캄캄한 시간을 연이어
건너서 물속으로 들어 "간다"는 것을 발화한 것이다. 두 문장으로 이루어
진 위의 시 「달」의 전문은 하늘을 물로 치환한다. 물을 바라보는 화자의
시선은 마치 나르시스의 시선처럼 자기 자신을 보는 것처럼 표상이 된다.
최하림은 자서에서 "나르시스는 물의 경계를 넘어 하늘의 큰 세계와 속의
작은 세계로 통한다. 모든 행위는 물이 있어야 가능하다. 그런데 물이 보
여주는 것은 실재가 아니고 실재의 그림자일 뿐이다. 보는 '나'가 없다면
물도 없고 그림자도 없고 실재도 없고 모든 것이 없어진다."[48]고 기술했
다. 그것은 시 속에 숨어있는 화자의 모습이자 그믐밤을 건너는 달의 모습
이다. 그리고 그것은 다시 시인의 모습으로 간주된다. 위의 시에서 그믐밤
은 세 번이 지나간다. 그것은 화자가 체감하는 직접적인 시간이다. 화자가
건너가는 처음 한 달의 시간은 다만 "징검다리를 건너 물속으로 들어가"
는 시간이다. 그리고 다시 이어지는 한 달은 "한 달은 뼈만 남은 가슴에서

---

48) 최하림, 『멀리 보이는 마을』, 111쪽.

늘골 다섯 개를 꺼내어 나무에 얹"어 놓고 기다리는 암담함의 시간이다. 다시 이어지는 또 한 달은 그 달의 마지막 날처럼 캄캄한 그믐으로 "모습을 드러내지 않는" 막막한 시간이다. 화자는 그믐밤 속에 숨겨진 달의 정황을 "먹구름 속으로 들어갑니다"의 발화로 나르시스처럼 스스로 물속으로 들어가서 죽을 수밖에 없는 시인의 심경을 토로한다.

> 황혼이다 어두운
> 황혼이 내린다 서 있기를
> 좋아하는 나무들은 그에게로
> 불어오는 바람에도 흔들리지 않으며
> 있고 언덕 아래 오두막에서는
> 작은 사나이가 사립을 밀고
> 나와 징검다리를 건너다 말고
> 멈추어 선다 사나이는 한동안
> 물을 본다 사나이는 다시
> 걸음을 옮긴다 어디로? 라고
> 말하지도 않는다

—「어디로?」 전문
(『풍경 뒤의 풍경』, 26쪽)

위의 시에서 화자는 동사에 주목한다. 화자의 발화는 "내린다", "흔들린다", "건넌다", "선다", "본다", "옮긴다". 로 이어진다. 그러나 거침없이 이어지는 화자의 행보는 다만 "사나이"를 바라보는 시선일 뿐이다. 시간은 첫 행에서 보여주듯 "황혼이다 어두운"으로 미루어 보아 하루의 시간을 말하기도 하고, 또한 삶의 황혼을 지시하는 이중의 함의를 지닌다. 관찰자적인 시선의 화자는 지금 시간과 나무와 바람과 사람에 대하여 사색을 한다. 화자의 시선 속에 포착된 나무는 "서있기를 좋아하는"이다. 그리고 나무는 "바람에도 흔들리지 않"는 존재다. 최하림의 후기시에서 드러나는 특이한 점들은 화자가 사람을 사물과 동등한 위치에서 사색의 대상으로 본다는 것이다. 위의 시에서도 나무는 오히려 "흔들리지 않는" 존재이다. 반면에 사람은 "작은 사나이가 사립을 밀고/나와 징검다리를 건너다 말고"처럼 한 길을 오롯이 가지 못하는 불완전한 존재로 표상된다. "죽음은 여행이다. 여행은 죽는 일일 것이다. 출발하는 것, 그것은 조금 죽는 일이다. 죽는 것, 그것은 참으로 출발"49)하는 것이다. 그렇게 사나이는 여행처럼 "본다"와 "옮긴다"의 발화로 오래 정착하지 못하고 어디론가 출발하는 작은 존재이다. 그리고 그것은 화자의 입장에서는 자연스럽게 죽음을 예감하게 한다. 화자는 사나이의 행보가 "죽음은 우리를 억압하는 것도 아니고 흥분시키는 것도 아니다. 그것은 단지 삶의 과정일 뿐이다."50) 처럼 우리는 다만 조심스럽게 "걸음을 옮"기는 존재라는 것이다. 화자는 사나이의 행동에 대하여 "어디로? 라고/말하지도 않는다"의 진술로 누구나 황혼을 지나면 가야하는 곳에 관하여 아무것도 묻지 않는 것으로 오히려 질문한다. 여기까지 최하림 시에 나타난 죽음의식을 살폈다. 그에게 죽음은 "간다"와 "본다"의 발화에 집중되어 있다. 그것은 화자가 정과 동을 하나의 실체로 간주하는 것과 동시에 죽음을 삶의 한 과정으로 인식한다. 여기에서는 성찰적 화자를 통해 최하림 시에 나타난 죽음 의식을 탐구했다. 최하림 시에 나타난 죽음의식은 삶의 또 다른 모습으로 활용이 된다. 본고는 그것을 그가 살아있었음에도 불구하고 죽음을 경험했던 상황 속에서의 발화로 보았다. 여기까지 그의 물활론의 실존적 화자와 죽음의식의 성찰적 화자를 통하여 세계 내면으로 향한 인식을 살펴보았다.

---

49) 가스똥 바슐라르(Gaston Bachelard), 『물과 꿈』, 이가림 역, 문예출판사, 1980, 109쪽.
50) 소걀 린포체(Sogyal Rinpoche), 『티베트의 지혜』, 오진탁 역, 민음사, 1999, 31쪽.

2) 방외인적 현실 인식과 확산적 화자

최하림은 그의 시를 통해 어느 한 곳에 가담하지 않는 중도의 묘수로 방외인적인 자유를 추구한다. 특히 병증의 발발로 비가시적인 세계를 가시화 하게 되는 후기에 이르러서는 화자의 시선은 확산된 인지구성으로 정보를 수렴한다. 그는 자서에서 "글은 아름다움을 추구하는 것이 아니고 구원을 위한 투쟁이다."51)라고 기술한다. 즉 현실 가운데 사는 것이 아니라 글을 중심으로 한 예술세계에서 현실을 바라보겠다는 것이다. 이렇게 확산된 그의 현실인식은 오히려 주류에서 벗어난 방외인적인 태도를 고수하게 한다. 그것은 또한 최하림이 추구하는 시쓰기의 목적이기도 하다. 본고에서는 최하림의 방외인적인 현실인식을 바탕으로 몽상적 화자와 주변인적 화자를 통해 그의 시에 나타난 확산 인식을 살핀다.

(1) 풍경을 바라보는 몽상적 화자

최하림의 후기시에 나타난 풍경의 양상은 보이는 것과 보이지 않는 것의 혼용으로 몽상적인 시선으로 발화되기도 한다. 그는 풍경을 바라보는 방법에 있어서도 인간이란 존재가 자연의 한 부분이며, 결국에는 자연으로 돌아가는 존재라는 일원론을 고수한다. 그는 가시적인 자연의 풍경을 시 속으로 끌어들일 때도 "최근에 나도 내 시를 자연 속으로 들어가게 한다. 자연 속으로 가서 나무와 시냇물과 새 울음소리 속에 섞이면 불안이 가신다,"52)처럼 자연과 현실을 시속에서 혼용하여 활용한다. 여기서는 그의 확산 의식을 바탕으로 풍경을 바라보는 몽상적 화자를 탐구한다.

---

51) 최하림, 『멀리 보이는 마을』, 머리말.
52) 위의 책, 85쪽.

여러 기슭을 흐르고 들판을 돌아 마침내 영산강으로
태어난 사람아 무얼 그리 깊은 눈으로 보고 있느냐

불어오는 바람에 붉은 몸 부비며 울었다가 웃었다가
하던 수분령의 무진장관 잡초들이냐 잡초의 빛이냐 슬
픔이냐

황혼 속으로 빠르게 침몰해가던 너의 존재가 버린 시
간들 더러는 슬픔이고 기쁨이 되어 거울 속으로 떠오르
던 시간들 찬비 같은 시간들

그런 시간 속에 모래 쌓이고 바람 일어 누군가 금방
울고 간 것 같은

오늘은 방울꽃이 피었다

—「방울꽃」 전문
(『굴참나무 숲에서 아이들이 온다』, 85쪽)

몽상의 힘은 "존재의 근원에 파고들어가 원초적인 것과 영원적인 것을 동시에 존재 속에서 찾아"[53]내려고 한다. 이러한 상상력은 계절과 시간에 유난히 예민한 반응을 보인다. 위의 시에서도 풍경을 바라보는 화자는 몽상적이다. 식물처럼 자라나는 상상력은 눈앞에 펼쳐지는 풍경에 생명의 활기를 불어넣는다. 화자의 위치는 "마침내 영산강으로/태어난 사람아"의 발화로 보아 물가에서 풍경을 바라보는 자리이다. 그리고 그 시선은 "마침 내 영산강으로/태어난 사람아"처럼 영산강을 의인화한다. 화자는 영산강 의 풍경을 인식함과 동시에 영산강을 사람으로 치환하여 생성 활용한다.

53) 가스똥 바슐라르, 앞의 책, 6쪽.

화자가 인식하는 영산강은 "본다" 즉, "무얼 깊이 보고" 있는 사람의 시선이다. 그 다음에 전개되는 시의 발화는 모두 영산강의 몽상적 화자가 발화하는 언표들이다. 따라서 위의 시에서 화자의 위치는 액자형식으로 현실에서는 한 발 물러난 자리, 즉 방외인적인 현실 인식의 화자이다. 액자 밖에서 바라보는 방외인적 화자의 시선 속에 영산강은 "여러 기슭을 흐르고 들판을 돌아 마침내 영산강으로/태어난 사람"이다. 화자의 상상에 의해 인성을 부여받은 영산강은 지금 무엇인가를 "깊은 눈으로 보고 있"다. 인성을 부여받은 영산강이 직시하는 풍경은 "무진장관 잡초들이냐 잡초의 빛이냐 슬/픔이냐"로 보아 맞은편에 위치한 강 둔덕이다. 그리고 그곳에서 화자는 "황혼 속으로 빠르게 침몰해가"는 시간의 정체를 발견한다. 황혼으로 발화되는 시간의 개념은 시 속에서 시의 방향을 이끄는 시인의 심경으로 보아도 무방하다. 이미 현실에서 한 발짝 떨어진 화자의 발화는 감각적으로 "붉은", "몸 부비며", "울었다", "방울꽃"처럼 시각과 청각 촉각을 모두 동원한 몽상적 인식이다. 몽상적 인식으로 바라본 영산강은 다시 "슬픔이고 기쁨"이 된 누군가를 본다. 화자는 그것을 오늘이 피워 올린 작은 성과처럼 "금방 울고 간 것 같은//오늘은 방울꽃이 피었다"로 발화한다. 그것은 "모래 쌓이고 바람 일어"도 다시 살아나는 것처럼 모든 것에 생명을 불어넣고 싶은 화자가 풍경을 인식하는 몽상적 발화방식이다.

> 가을이 와서 오래된 램프에 불을 붙인다 작은 할머니가 가만가만 복도를 지나가고 개들이 컹컹컹 짖고 구부러진 언덕으로 바람이 빠르게 스쳐간다 이파리들이 날린다 모든 것이 지난해와 다름없이 진행되었으나 다른 것이 없지는 않았다 헛간에 물이 새고 울타리 싸리들이 더 붉어 보였다
>
> —「마음의 그림자」 전문
> (『때로는 네가 보이지 않는다』, 17쪽)

화자는 가을의 풍경을 소묘화처럼 스케치한다. 그런데 위의 시는 화자의 시점이 분명하지가 않다. 과거에 누군가 이 자리를 지나가는 것인지, 아니면 현재 진행형으로 사건들이 이루어지고 있는 중인지, 시의 정황상 애매하면서도 모호하다. 다만 마지막 연에 와서야 분명한 사건인 "헛간에 물이 새고"를 제시하면서 현실의 장면임을 암시한다. 또한 시각적으로는 가을의 대표적인 색깔인 "울타리 싸리들이 붉어"를 발화하는 것으로 현재의 사건임을 보여준다. 화자는 눈앞에 스치는 잔상을 조각조각 이어 붙이듯 가을의 풍광을 재현한다. 제목 또한 '마음의 그림자'로 형태가 분명하지 않으면서도, 없는 것도 아닌 '그림자'의 발화는 시간을 무화시키는 도구로서 역할을 하게 한다. 따라서 위의 시는 화자가 청자에게 오래도록 마음에 남아있던 잔상과 잔광들을 이어 붙여서 이야기하는 듯한 착각을 하게 한다. 우선 "가을이 와서 오래된 램프에 불을 붙인다"라는 발화는 앞선 계절들이 램프에 불을 붙이는 행위로 까맣게 멀어지는 효과를 낳는다. "작은 할머니가 가만가만"과 "개들이 컹컹컹"의 발화도 청각적으로 가을의 고요하면서도 적막한 느낌을 감각적으로 각인시킨다. 다음 연에서 발화하는 "구부러진 언덕" 또한 몽상적이어서 그 다음의 풍경은 마음의 그림자로 되짚어보게 하는 효과가 있다. 화자는 청자를 마음에 두지 않은 듯 무심하고도 담담하게 "모든 것이 지난해와 다름없이 진행되었으나"를 언표하는 것으로 가을이 왔음을 표상한다. 따라서 위의 시는 시제를 무시한 방외인적 현실의 화자가 몽상적으로 풍경을 바라보는 독특한 발화 방법이다.

물총새가 리드미컬하게 수면을 차고 날아가고 빨래하는 여인들
의 스웨터가 물빛으로 빛난다 물총새가 리드미컬하게 수면을 차고
날아가고 알집에서 막 나온 물방개가 수면에 비친 제 모습을 보면서

조심조심 물 위로 기어간다 물총새가 리드미컬하게 수면을 차고 날
아가고 물꽃들이 피어날 준비를 하느라고 가쁜 숨을 허억허억 쉰다
이런 날은 마을 건너편 아파트 공사장의 남정네들도 사타구니를 쓱
쓱 긁으며 오는 날이 즐거워 흐흐흐흐 웃는다
—「방죽이 있는 풍경」 전문
(『굴참나무 숲에서 아이들이 온다』, 55쪽)

위의 시에서 화자가 인식하는 풍경은 풍경에 앞서 꿈의 발화이다. 최하
림의 후기시에서는 화자의 행동이 줄어든 반면에 장면의 묘사가 더욱 더
자세하게 나타난다. 그것은 병중으로 인한 행동의 제약을 받으면서 몸의
감각이 주로 시선에 집중되었기 때문이기도 하다. 그는 이 무렵부터 자연
스럽게 주변인으로 물러섬과 동시에 더욱 더 방외인적인 현실인식을 고
수한다. 또한 현실을 고민하는 방법도 함축적 화자의 특성인 관찰자적 시
선을 도입하면서 시는 오히려 확산적 인식의 시각을 부여받는다. 위의 시
에서도 풍경을 바라보는 화자의 방법은 온전히 몽환적 시선에 의지한다.
화자의 위치는 제목이 시사하는 '방죽이 있는 풍경'을 바라보는 위치에 놓
인다. 경쾌한 운율을 도입한 위의 시는 화자의 반복적인 "리드미컬하게 수
면을 차고 날아가고"의 발화로 청자는 방죽의 풍경을 경쾌한 일상으로 인
식하게 한다. 또한 화자의 구순음으로 발화가 되는 "물총새", "물방개",
"물빛", "물위로", "물꽃"들의 발화는 일정한 운율을 형성하면서 리드미컬
하게 "수면을 차고 날아가는" 무순의 시간을 인식하게 한다. 그리고 위의
시에서는 최하림의 방외인적 현실 인식을 보다 더 첨예하게 보여주기도
하는데, 그것은 "그런 날" 다음에 화자가 발화하는 "아파트 공사장의 남정
네들"과 "즐거워 흐흐흐흐 웃는다"라는 진술로 그가 인식하는 현실 또한
소소한 일상의 요소가 짙게 발화되기 때문이다.

풍경을 바라보는 몽상적 화자에서는 시제를 무시하거나 시간의 무화를 불러오는 시들이 대부분 주를 이루는 것을 볼 수 있다. 그것은 화자가 시간과 공간을 초월하는 확산적 인식의 발화로 보아도 무방하다.

(2) 매개의식과 주변인적 화자

본고에서 관심을 갖는 화자의 문제는 "어떤 화자의 눈을 통해서 보느냐에 따라서 결정이 된다,"[54]는 최하림의 논의와 관련이 깊다. 즉, 본고는 화자의 말하는 기법에 관심을 기울인다기보다는 화자가 시 속에 어떤 영향을 미쳤는가에 초점을 둔다. 그런 맥락으로 최하림의 후기시에 나타나는 방외인적인 현실 인식 속에는 "자연 속으로 들어가서 자연을 보완해 주고 자연을 완성"[55]하고자 하는 욕구가 강하게 표출된다. 그것은 보이지 않는 세계에서 보이는 세계를 드러내고 싶었던 그의 방외인적 현실 인식이기도 하다. 최하림은 가시적 세계와 비가시적 세계 사이에 정보를 제공하는 상관물을 매개로하여 자발적으로 중심에서 물러났던 주변인적 의식을 구축한다. 여기서는 실제적인 세계의 안과 밖이 관계를 맺는 상관물을 매개로 주변인적 화자를 논구한다.

> 겨울이 내려오는 길로 세 사람이 가만가만 이야기를 주고받으며 걸어가다가 다리에 이르러 너무 멀리 왔다고 생각하는지 껄껄 웃으며 고개를 외로 돌린다 언제 내렸는지 모를 눈이 왼쪽 소나무 가지 끝에 조금 남아있고 가지와 가지 새로 진박새들이 오르내린다 바람이 새 깃을 가볍게 흔든다 시간들이 출렁인다 겨울이 좀 더 빠르게 이동해 가고 공기가 무겁게 내린다 무엇이 우스운지 세 사람은 다시 또 껄껄 웃는다 웃음소리에 놀라서인지 십 리 안팎의 진달래와 철쭉

---

54) 최하림, 『붓꽃으로 그린 시』, 189쪽.
55) 최하림, 『멀리 보이는 마을』, 86쪽.

과 산동백이 다투어 피고 봄이 폭죽처럼 터져 오른다 밖으로 열린
유리창에도 캘린더 넘기는 소리 요란하다

—「봄날이 온다」 전문
(『때로는 네가 보이지 않는다』, 62쪽)

이 시에서 화자의 매개 방법은 유리창을 통해 안에서 밖을 보는 것이다. 화자의 역할은 "본다"로 세상과의 관계를 맺는 방법은 오직 시선 속에서만 가능하다. 이 시의 구성 방법은 두 개의 장면으로 나뉜다. 하나는 안에서 밖을 내다보는 방식이고, 또 다른 하나는 화자의 시선이 머무르는 밖에서 행하여지는 행동이다. 그리고 그 모든 것들은 유리창이라는 매개를 통해 이루어진다. 유리창은 화자의 시선이 되어 바깥세상을 보여주지만, 그것은 화자의 내면을 적극적으로 반추한다. 유리창의 매개 방법은 밖의 풍경을 투명하게 안에서 내다볼 수는 있지만 실제를 안으로 들일 수는 없는 거울과도 같은 역할이다. 그리고 그 속에는 자아 존재의 획득이라는 실존적인 모습이 내재한다. 위의 시에서 시인으로 추정 되는 주변인적 화자는 유리창을 매개로 바깥세상과 단절이 아닌 소통을 꿈꾼다. 매개적 역할을 하는 유리창은 화자의 눈과 귀가 되어서 세계와의 교통, 즉 관계 맺기를 입증한다. 그러나 유리창은 밖으로 열릴 수도 있고, 안으로 닫힐 수도 있다는 상황 설정 속에서 언제나 주변적인 요소를 품고 있다. 시의 정황은 화자가 유리창을 통해서 밖의 정경을 안으로 들인다. 화자의 시선 속으로 들어온 세 사람은 "너무 멀리 왔다고 생각하는지 껄껄 웃으며 고개를 외로 돌"리는 장면이다. 다시 시선은 세 사람의 시선 속으로 이동하면서 "언제 내렸는지 모를 눈이 왼쪽 소나무 가지 끝에 조금 남아"의 발화로 '봄날'의 배경을 설정한다. 빠르게 전개되는 장면의 묘사는 "시간들이 출렁인다"는 발화로 "너무 멀리 왔다"고 생각하는 듯한 세 사람의 모습으로 아직은 봄

날이 어색한 화자의 내면을 보여준다. "진달래와 철쭉과 산동백이 다투어 피고 봄이 폭죽처럼 터져 오른다"의 발화 역시 화자의 내면 의식을 표상하는 발화이다. 화자는 꽃들이 피어오르는 장면과 내면의 세계를 동일시하면서 일체의 동화를 꿈꾼다. 그러나 마지막 행에 이르러 "밖으로 열린 유리창에도 캘린더 넘기는 소리 요란하다"의 발화는 안과 밖의 분리조건으로 존재하는 유리창을 매개로 한 현실인식의 표절이다.

> 별은 멀고
> 밤은 어둡고
> 얼굴은 붉었다
> 양수리 물가에 너를 묻어두고
> 고속버스를 타고 캄캄한 길을 달려
> 광주로 갔다 일하러 갔다 바람이
> 소리치며 창밖을 달리고 반고비
> 나그네길이라고 했던 네 책표지가
> 유리창에 나타났다 사라졌다
> 탐욕스러운 플라타너스며 도로 표지판
> 푸른 벼들이
> 해드라이트 속에서 무슨
> 음모라도 꾸미듯
> 나타났다 사라졌다
> 으스스 닭살이
> 돌아올랐다

—「김현을 보내며」전문
(『굴참나무 숲에서 아이들이 온다』, 72쪽)

화자는 지금 유리창을 매개로 "나타났다 사라졌다"하는 기억의 편린들을 되새김한다. 최하림은 삶과 시를 분리시키지 않고, 개인사적인 것과 시적인 것을 같은 맥락에서 개진하기도 한다. 그것은 미시적인 사건에 시사적인 가치를 부여하기도 한다. 위의 시에서 화자는 "양수리 물가에 너를 묻어두고"의 진술로 김현의 죽음을 직접 발화한다. 화자는 유리창에 나타났다가 사라져버리는 거리의 모든 표식들을 "음모라도 꾸미듯"으로 치환 발화한다. 김현을 무덤에 묻고 화자가 향한 곳은 여전히 삶의 현장인 "고속버스를 타고 캄캄한 길을 달려/광주로 갔다 일하러 갔다"이다. 광주는 최하림에게 역사의 공간이기도 하고 또한 떠날 수 없는 삶의 현장이기도 하다. 그곳은 "양수리 물가에 너를 묻어두고도" 다시 돌아가야 하는 삶의 터전이자 통증의 장소이다. 화자가 일하러 광주로 돌아가는 길은 "바람이/소리치며 창밖을 달리"는 길이고 "반고비/나그네길이라고 했던 네 책표지"가 유리창에 "나타났다 사라졌다"하는 비현실적인 현실이다. 화자는 유리창을 매개로 죽은 김현을 회상한다. 그러나 화자가 회상하는 김현은 살아서도 "나그네 길"을 예감했던 이미 죽은 자이다. 산자와 죽은 자가 유리창 하나를 사이에 두고 접속하듯 광주로 내려가는 화자의 심경은 "별은 멀고/밤은 어둡고/얼굴은 붉었다"의 발화처럼 "멀고", "어둡고", "으스스 닭살이/돋아오른다". 여기서 화자가 유리창을 매개로 인지하는 "탐욕스러운 플라타너스"와 "도로 표지판" 그리고 "푸른 벼들은" 모두 버스의 속도에 맞춰서 빠르게 지나가는 현실인식이다. 화자는 김현의 죽음을 비현실의 현실처럼 "음모라도 꾸미듯" 벌어진 하나의 사건으로 주변인적 의식을 표명한다.

크고 사나운 맘모스처럼 문둥이들은 바다를 건너고 산을 넘어 푸른 호수에 이르렀다 문둥이들은 그들을 보고 있는 호수가에 몇 날이고 몇 밤이고 서 있다가 무슨 예감에 싸인 듯 호수 속으로 뛰어들어 갔다 그들은 호수의 깊고 깊은 눈 속으로 들어갔다 엄청나게 푸르고 흰 눈 속에서 수초들은 흔들리고 시간들이 흐르고 호수의 모든 생물과 무생물들이 한 리듬으로 점점 빠르게 춤을 추었다 그것은 루이 암스트롱이 정신없이 불어대는 색스혼에 맞춘 춤이거나 인디언의 북에 맞는 춤이었고 그런 표현을 허락한다면 그것은 수수만리 불어오는 폭풍우였고 천둥번개였고 소리 없는 소리였다 오오 소름 끼치게 푸른 호수의 소리 속에 눈이 내렸다 한없이 내렸다 이제 소리 속에는 아무것도 없었다 고요한 눈밖에 눈의 문자(文字)밖에

—「바다와 산을 넘어」전문
(『때로는 네가 보이지 않는다』, 86쪽)

위의 시에서 발화하는 주변인적 화자는 문둥이다. 문둥이들은 살 곳을 찾아 "바다를 건너고 산을 넘어" 마침내 "푸른 호수에 이르렀다" 그런데 시 속에서 문둥이는 "크고 사나운 맘모스"로 발화한다. 여기서 '크고' '사나운'의 발화는 모습과 무리를 묘사하는 어사이다. 그렇게 한 무리의 문둥이들이 세상과 어울려 살기 위하여 도착한 곳은 푸른 호수다. 위의 시에서 문둥이들은 세계의 안과 밖을 호수를 매개로 새로운 패러다임을 꿈꾸면서 산과 바다를 건너는 모습을 보여준다. 그러나 호수는 푸르고 문둥이들은 "호수 속으로 뛰어들어갔다"의 발화는 "예감에 싸인 듯" 문둥이들은 "호수가에 몇 날이고 몇 밤이고 서 있다가" "호수의 깊고 깊은 눈 속으로 들어갔다"의 발화로 이어진다. 문둥이와 세상의 사이에는 호수가 매개가 되고, 문둥이들은 호수를 통해서만이 세상과의 관계를 맺을 수 있다. 위의 시를 구성하는 정보 구성은 두 가지다. 하나는 푸른 호수를 찾아 험한 길을 떠나는 문둥이들의 행렬과, 또 하나는 호수에 닿아서 물속으로 뛰어드는 문둥이들의 행위로 구성되어진다. 즉 세상과의 관계를 맺기 위해서는 문둥이들의 선택은 "호수의 깊고 깊은 눈 속으로 들어" 가는 일 뿐이다. 위의 시에서 정황을 알 수 있는 정보는 '문둥이'와 '호수' '눈' 그리고 '소리'

이다. 세계의 밖에서 안으로 관계를 맺고 싶었던 문둥이들은 호수를 매개로 목숨을 담보한다. 그것만이 문둥이들은 세계의 밖에서 안으로 편승이 될 수 있는 방법이기 때문이다. 세상으로 나가고자 문둥이들이 뛰어든 호수 속에는 다만 "수초들은 흔들리고 시간들이 흐르고" 문둥이의 소리인지 또 다른 바깥의 화자인지 애매한 목소리는 "오오 소름 끼치게 푸른 호수의 소리 속에 눈이 내렸다"로 발화한다. 그러나 "소리 속에는 아무것도 없었다"의 발화는 호수를 매개로 안으로 들어오고 싶었던 문둥이들은 결국 밖으로 밀려났음을 보여준다. 그것은 "눈밖에 눈의 문자(文字)밖에"의 발화로 "밖"은 밖/밖이라는 동음이의 요소를 지닌 이항 대립적 구조를 보여준다. 그것은 물속에서 저항 없이 사라져버리는 눈 같은 문둥이들의 존재와, 그 행위 자체로 아무 것도 없음을 증거하는 호수 속 "눈의 文字"로 매개하는 주변인적 화자의 발화이다. 여기에서는 화자와 대상과의 거리를 무화시키거나 제거한 채 매개의식에 의한 세계와의 관계구성을 주변인적 화자의 역할로 보여주었다.

이상으로 최하림 시에 나타난 주변인적 화자를 살폈다. 최하림은 논의의 중심으로 들어서기보다는 매개를 통한 화자의 모습을 보여준다. 그러나 최하림의 주변인 의식은 논의를 외면하는 모습이 아니라, 논의의 중심에서 협소해진 시선을 벗어나서 방외인의 시선으로 훨씬 더 확산된 현실인식을 고수하려는 노력으로 보인다.

3) 불안의식이 투영된 제시적 화자

노창수의 논의에 의하면 "화자가 어떤 사물이나 행위의 이미지, 형태, 메시지를 제시하는 경우"[56]를 제시적 화자로 규명한다. 그는 제시적 화자를 다시 "'이미지즘의 화자'와 사물 형태를 보여주는 '형태제시의 화자'와 '메시지 제시의 화자'"[57]로 나눈다. 그러나 노창수의 논의대로 자아 개입적 화자는 시인에 따라 역할 분담의 요소가 모두 다르게 주어진다. 그것은 화자유형을 어떤 이론적 토대 위에다 세우느냐, 또는 설정된 화자를 어떤 시각과 방향에서 검토하느냐에 따라서 화자 유형 및 그 특성들이 사뭇 달라질 수 있다는 사실이다. 이에 최하림의 시에서 빈번하게 등장하는 '시행엇붙임'과 '불연속 장면'의 바탕에는 최하림의 역사에 대한 소임과 병증으로 인한 불안의식이 투영되었다고 판단을 했다.

본고에서는 최하림 시에 나타난 메시지 중심의 제시적 화자를 통해 연민의 화자와 관조적 화자를 논구한다.

(1) 시행엇붙임과 연민의 화자

여기서는 시행엇붙임이라는 형식을 통하여 최하림 시의 미학적 가치를 새롭게 규명하려고 한다. 왜냐하면 최하림 시에 나타난 시행엇붙임은 운율의 변화에 의해 반영되는 의미의 교란과 더불어 기존의 질서에 대항하는 정신의 표출이라는 판단 때문이다. 이런 논의를 바탕으로 이 장에서는 시행 엇붙임의 대표성이 드러나는 최하림 시 속의 연민의 화자를 살핀다.

　　대륜산 중머리에 진불암이라는 암자 한 채 가랑잎처럼

　　떠 있다 비 오고 바람 부는 날에도 나무아미타불을 읊

　　조리며 물 아래 그림자를 보고 있다 보살들이 산문으로

---

56) 노창수, 앞의 논문, 31쪽.
57) 위의 논문, 31쪽.

들어서는 오후가 되면 풍경소리 울고 **바람도 없이 보리**

수 잎들이 떨어져내

려 뜰을 덮는다 바로 그런 순간에 혹은 그보다 **훨씬 늦**

은 시간에 밤은 거기 발을 내리고 뱀처럼 또아리를 튼다

검은 산문으로 목을 **빼고** 보면 마음 깊은 사람들이 오

는지 잎새가 설렁이지만 모습을 보이는 이는 없다

산문에는 草衣도 淸華도 없다

—「眞佛庵」전문

(『풍경 뒤의 풍경』, 32쪽)58)

　　본고에서 참조를 하는 황정산의 논의에 의하면 시행엇붙임은 '올려붙임과 내려붙임 그리고 걸침'59)의 세 가지로 분리를 한다. 최하림의 시에서는 이 모든 시행엇붙임의 형식을 한꺼번에 사용하는 것으로 화자의 현재 심정을 다소 혼란스럽게 표출한다. 위의 시에서 화자는 "가랑잎처럼//떠 있다"는 내려붙임으로, "나무아미타블을 읊//조리며"는 올려붙임으로,60) "바람도 없이 보리/수 잎들이"는 걸침으로, "떨어져내//려 뜰을 덮는다",는 걸침으로 "그보다 훨씬 늦/은 시간에"는 걸침으로, "마음 깊은 사람들이 오//는지"는 올려붙임으로, 시행엇붙임의 올려붙임과 내려붙임, 그리고 걸침의 발화를 혼용해서 자유롭게 사용하는 것으로 진불암의 전경을 묘

---

58) 진한 글씨는 필자의 표기임.

59) 황정산, 앞의 논문, 50쪽. 첫째, 통사적으로 뒷행에 연결이 되는 단어나 어절이 앞행 위에 붙어있는 경우. 둘째, 통사적으로 앞행에 연결 되는 단어나 어절이 뒷행 앞에 붙어있는 경우. 셋째, 앞행 위와 뒷행 앞에 걸쳐 통사적으로 긴밀하게 연결되는 어절이 올 경우이다.

60) 위의 논문을 참조했다.

사한다. 화자가 사용하는 시행엇붙임은 진불암의 정경들을 시인의 의식이 투영된 불안한 모습으로 가감없이 드러내 보여주기도 한다. 그것의 극명한 예로 화자는 "대륜산 중머리에" 서 있는 "암자 한 채"를 "가랑잎처럼//떠 있다"로 발화한다. 그것도 '가랑잎'과 '떠 있다'의 사이에 한 연을 띄워주는 휴지의 사용과 함께 시행엇붙임이라는 불안한 시의 형식을 취하는 것으로 진불암의 정경을 쓸쓸하면서 위태로운 모습으로 발화한다. 다음 행에 이어지는 화자의 "비 오고 바람 부는 날에도 나무아미타불을 읊//조리며 물 아래 그림자를 보고 있다"의 발화 또한 연과 연을 사이에 두고 물 그림자를 바라보는 암자의 모습이 시행엇붙임에 의한 호흡의 불연속으로 인하여 "비오고 바람 부는 날"이 특히 강조가 된다. 시간을 암시하는 "오후가 되면 풍경소리 울고 바람도 없이 보리/수 잎들이 떨어져내"의 발화는 그 다음 행으로 이어지는 "발"과 "뱀"이라는 구순음의 음상 효과로 암자의 쓸쓸한 정경을 배가시킨다. 위의 시에서 빈번하게 사용되는 걸침의 시행엇붙임으로 화자가 진불암 암자를 바라보는 심경과 맞닿아 있다. 그것은 "검은 산문으로 목을 빼고 보면 마음 깊은 사람들이 오//는지"의 발화로 사람의 그림자가 뜸한 진불암의 정경을 올려붙임의 시행엇붙임으로 화자의 심경과 치환하여 발화하는 효과를 낳는다. 마지막 연 "산문에는 草衣도 淸華도 없다"의 발화는 수미상관의 역할처럼 시의 첫 행 "대륜산 중머리에 진불암이라는 암자 한 채 가랑잎처럼"과 맞닿아있다. 그것은 시행엇붙임의 효과로 "가랑잎처럼//떠있다"라는 불안의식이 "사람들이 오//는지 잎새가 설렁이지만 모습을 보이는 이는 없다"라는 화자가 불암사를 바라보는 현재의 심경을 발화한다.

지리산 넘어 수십만 되새들이 까맣게 포물선을 그리
며 돌고 돌다가 대숲으로 들어간다 순간 대숲은 일망
무제와 같이 흔들리고 흔들리면서 일어서고 소리지른
다

아아 숲 속에는
숲의 집 속에는
피 흘리던 날들이 있다
유리를 뚫고 천길 벼랑을
뛰어내린 뼈아픈 날들이 있다
이한열과 박종철이 있다 김상진이
있다 아무도 말하지 않았던 사람들이 있다
집으로 돌아가던 사람들이 있다 돌아보고
돌아보라 대숲에는 아직도 십일월의 햇빛이 사금파
리처럼 부서지면서 반짝이고 아침에는 무서리 내리고
지평선이 더욱 멀고 수십만 되새들이 지리산을 넘고
또 넘어간다 십일월에는 모든 것들이 물에도 젖지 않
고 흘러내려간다

　　　　　　　　　　　　—「지리산 넘어 수십만 되새들이」 전문
　　　　　　　　　　　　(『때로는 네가 보이지 않는다』, 16쪽)[61]

　　위의 시에서 화자는 "대숲은 일망/무제와 같이 흔들리고 흔들리면서 일
어서고 소리지른/다"라는 이미지를 제시한다. 거의 모든 행에서 이루어지
는 내려붙임과 걸침의 시행 엇붙임은 새를 매개로 하여 움직이는 시간을
일깨운다. 화자는 시행엇붙임으로 발화하는 "포물선을 그리/며 돌고 돌다
가 대숲으로 들어간다"의 발화처럼 호흡을 한 번 멈추는 것으로 불완전한
문장의 의미망을 불안한 시대의 의미망으로 치환발화 한다. 이어서 내려

---

61) 진한 글씨는 필자의 표기임.

붙임의 시행엇붙임인 "며 돌고 돌다가 대숲으로 들어간다"의 발화는 포물선이라는 시작과 끝의 맞물림처럼 역사의 순환을 하나의 순리처럼 발화한다. 화자의 위치는 지리산의 되새들이 일순간 대숲으로 들어가는 정황을 그린다. 그 속에서 화자는 새들의 나타났다가 사라지는 모습처럼 "대숲은 일망/무제와 같이 흔들리고 흔들리면서 일어서고 소리지른/다"라는 시행엇붙임의 불안한 발화로 과거를 소환한다. 다음으로 이어지는 화자의 "있다"라는 발화는 "피 흘리던 날들이 있다"의 진술로 과거의 시간 속에서 흔들리면서 소리 질렀던 흔적들을 "있다"의 사실로 되새김 한다. 그 속에는 "벼랑을/뛰어내린 뼈아픈 날들이 있"고 "이한열과 박종철이 있다 김상진이/있다"의 반복적인 발화로 이어진다. 김상진 다음에 내려붙임의 시행엇붙임에서는 "있다"를 강조하면서 없는 것 같지만 여전히 진행되고 '있음'의 고통의 현존재에 대하여 강하게 표현한다. 시행엇붙임으로 강조되는 "돌아보고/돌아보라 대숲에는 아직도 십일월의 햇빛이 사금파/리처럼 부서지면서"의 발화 역시 "벼랑을/뛰어내린 뼈아픈 날들이 있다"를 강조한다. 그런 과거 고통의 시간은 아직도 계속 되고 있음을 화자는 지리산의 되새들을 바라보면서 상기한다. 또한 시행엇붙임의 특징인 호흡의 정지와 이어짐에 따라 강조되는 "수십만 되새들이 지리산을 넘고/또 넘어간다 십일월에는"으로 화자는 십일월의 그날에 대하여 시행엇붙임인 "물에도 젖지 않/고 흘러내려간다"처럼 "않/고"로 행간의 걸침으로 발화되는 불안하게 발음이 되는 부정의 운율은 그 다음에 이어지는 "흘러내려간다"로 이어진다. 그것은 "아무도 말하지 않았던 사람들이 있다"의 발화로 "지리산 넘어 수십만 되새들이 까맣게 포물선을 그리/며 돌고 돌다가 대숲으로 들어간다"로, 역사의 모순된 순환을 시인은 시행엇붙임으로 발화되는 연민의 화자를 통해 재현한다.

여인들이 하던 일을 멈추고 치마 가득 바람을 맞는다
아지랑이들이 각각의 냄새를 풍기며

오얏나무에서 배꽃나무에로 넘실넘실 이동한다 별들
이 잉잉거린다

사방은 숨소리 하나 없이 고요하다 피라미들이 물 위
로 떠오르고 나무들이 우듬지로 물을 나르면서 가지 끝
귀를 세운다

―「오늘은 굼벵이 같은 나도」 부분
(『굴참나무 숲에서 아이들이 온다』, 19쪽)62)

최하림의 후기시에서는 하나의 시속에 여러 형태의 시행엇붙임이 나타
나면서 주로 화자의 감각을 자극한다. "아지랑이들이 각각의 냄새를 풍기
며//오얏나무에서"로 발화되는 화자는 시행엇붙임의 형식 속에서 아지랑
이와 오얏나무의 상관관계를 후각으로 인식한다. 또한 "피라미들이 물 위/
로 떠오르고 나무들이 우듬지로 물을 나르면서 가지 끝/귀를 세운다"로
묘사되는 봄의 정경은 시각을 주도하면서 화자는 호흡의 분완전한 분절
로 "물 위/로" 혹은 "끝/귀" 로 묘사되는 풍경을 불완전 요소들의 감각을
통해 화자는 변덕스러운 봄의 정취를 감각적으로 묘파한다.

십일월이 지나는 겨울의 굽이에서 공기는 무겁게

가라앉으며 가지를 늘어뜨리고 골짜기는 입을 다문
다

---

62) 진한 글씨는 필자의 표기임.

토사층 아래로 흘러가는 물도 소리가 없다 강 건너

편으로 한 사내가 제 일정을 살피며 가듯이 겨울은

둥지를 지나 징검다리를 서둘러 건너간다 시간들이

건너간다 시간들은 다리에 걸려 더러는 시체처럼

쌓이고 더러는 썩고 문드러져 떠내려간다

　　　　　　　　　　　—「십일월이 지나는 산굽이에서」 부분

　　　　　　　　　　（『때로는 네가 보이지 않는다』, 30~31쪽)63)

끝을 모르는 시간 속으로 새들이 **띄엄띄엄 특별할 것
도 없는**

날갯짓을 하면서 산 밑으로 돌아나간다 **강물이 흘러
내려가고**

나무숲이 천천히 가지를 흔든다 이윽고 나무숲 새로

햇빛이 쏟아져 들어와 번쩍이면서 수천의 **그림자를
지운다**

　　　　　　　　　　　—「수천의 새들이 날갯짓을 하면서」 부분

　　　　　　　　　　　　（『풍경 뒤의 풍경』, 32쪽)64)

---

63) 진한 글씨는 필자의 표기임.
64) 진한 글씨는 필자의 표기임.

위의 시에 나타난 시행엇붙임에서는 화자의 호흡에 의해 시행의 분절을 이루면서 시의 의미를 강조한다. 위의 시에서는 화자가 모두 시의 뒤에 숨어있으면서 의미를 나타내는 함축적 화자의 역할을 하면서, 또 한 편으로는 시행의 분절로 의미의 단절과 강조를 주도 하는 주도자 역할을 한다. 이때 화자는 시행 엇붙임의 호흡에 의해 시의 의미를 축소시키거나 혹은 확산의 효과를 통해 소리에 의해 수정되는 내용에 집중을 한다. 화자는 "공기는 무겁게/가라앉으며"의 발화로 "무겁게"로 발화하는 무게 변화를 다음 행에 이어지는 "가라앉으며"로 의미를 확산 발화시킨다. 이때 화자는 시행의 분절이라는 시의 형식에 의해 불안의식을 표출하게 되는데 "입을 다문" 다음 행으로 이어지는 "다"의 효과로 정말 입술을 꽉 다문 듯한 침묵의 여백을 획득하면서 시의 의미를 확산시킨다. 연이어 시간을 의식하는 "강건너/편으로"와 "겨울은/둥지를 지나", 그리고 "시체처럼/쌓이고"의 발화는 11월을 대응 서명하듯 계절을 바라보는 화자의 내면의식을 시행엇붙임의 형식을 통해 발화한다. 또 다른 시에서도 존재의 내면을 연민하는 화자는 새를 통해 흘러가는 시간의 의미를 언표한다. 또한 형식의 잣대로 사용되는 시행엇붙임은 강조의 의미와 함께 시각을 자극하는 효과를 불러온다. 화자는 새가 날아가는 형상을 "새들이 띄엄띄엄 특별할 것/도 없는"의 발화로 시간이 무위하게 흘러가는 모습을 연민한다. 그것은 새가 "날갯짓을 하면서 산 밑으로"으로 날아가는 모습을 마치 "강물이 흘러/내려가고"처럼 걸침의 시행엇붙임으로 시간의 무한 반복에 대해 연민의 화자는 "수천의 그림자를/지운다"로 새들이 "날갯짓을 하면서 산 밑으로 돌아나"가는 형상으로 치환발화 한다.

최하림의 시속에 빈번하게 나타나는 시행엇붙임은 주로 불안의식의 발화 방법이기도 하다. 여기에서는 불안의식을 내포하고 있는 연민의 화자를 통해 최하림의 시간과 자연의식을 살폈다.

(2) 장면화와 관조적 화자

최하림의 후기시에 나타난 비가시적 세계의 가시화는 서술적 특징보다는 보여주기의 장면화와 긴밀한 관계를 맺는다. 최하림은 가시적 세계와 비가시적 세계의 혼용을 통하여 "서정적이면서도 가려진 세계가 이전에 있었고, 지금도 있을 수 있다는 생각을 한다."[65] 라고 기술했다. 그런 의미에서 최하림은 보이지 않는 세계에서 보이는 세계를 적극적으로 형상화시키려고 했다. 이 장에서는 사라진 세계에 대하여 가시화를 시도했던 최하림의 시를 시인의 의도를 숨긴 채 발화시켰던 장면화에 대하여 관조적 화자를 통해 살펴볼 것이다. 여기서 사용하는 장면화란, "수사적으로는 주로 묘사와 관련되는 방법으로 일반적으로 언술에서 주목하는 서술시적 특성에 대한 반발로 제안된 용어이다. 고형진은 장면화를 내러티브의 두 측면 즉 말하기와 보여주기 중에서 보여주기와 그것의 효과를 가리키는 용어"[66]로 사용하였다. 이를 바탕으로 본고에서는 장면화를 보여주는 효과의 방식으로 사용한다.

> 가만히 들여다보면 얼굴이 친숙한
> 중량천으로 화물차량이 덜커덩 덜커덩 가고
> 천막이 흔들린다 카키색 잠바가 잠이 덜 깬 얼굴로
> 천막을 밀고 나와 새벽 공기를 마시면서 목운동을 하고

---

65) 최하림, 『멀리 보이는 마을』, 73쪽.
66) 이현승, 「백석 시의 언술 구조 연구~장면화를 중심으로」, 『한국시학연구』 제29집, 한국시학회, 2010, 268쪽.

아직도 십자가 빛나는 교회 층계에 주저앉는다
손바닥만한 마당의 사루비아가 불탄다 잠바는
보는 둥 마는 둥 꽃밭에 침을 칙칙 뱉고 팔팔을
입에 물고 바지를 털고 일어선다 천천히 전망
좋은 언덕으로 올라간다 압구정동으로 갈까 이태원으로
갈까 다시 침을 뱉고 하늘을 보고
휘파람 불며 언덕으로 내려간다 천막 문을 열고
빨간 스웨터가 잠바를 본다 잡초가 때마침 바람에 사납게
날린다

—「베드로 3」 전문
(『속이 보이는 심연으로』, 51쪽)

　위의 시 「베드로 3」의 경우는 모두 7개의 문장으로 이루어진다. 그중에 '카키색 잠바'로 형상화되는 인물의 장면화가 8개로 주를 이룬다. 나머지의 장면들은 주변의 풍광이거나, 마지막 연에 발화가 되는 '빨간 스웨터'의 짧은 행동이다. 각 행마다 움직임을 담고 있는 위의 시는 마치 옴니버스형식의 단편 영화처럼 각 행의 움직임은 인간적인 삶의 이미지를 제시한다. 즉,「베드로 3」의 경우는 관조적 화자의 시선에 따라 등장하는 인물의 동작으로 시를 형상화 한다. 그 동작들은 모두 장면으로 제시가 되면서, 각 행마다 하나의 동작으로 수렴이 된다. 그리고 그것은 하나의 행으로 처리가 된다. 하나의 동작이 하나의 행으로 이루어진 위의 시는 각 행마다 불완전한 문장으로 행을 마무리한다. 그러나 연쇄된 동작들은 각각의 행에 특별한 의미를 부여하지는 않는다. 다만 화자가 발화하는 "침을 칙칙 뱉고", "화물차량이 덜커덩 가고", "주저앉는다", "잡초가 때마침 바람에 사납게"로 보여지는 장면화는 불안의식이 투영된 화자의 시선으로 볼 수 있다. 이렇게 각행마다 불연속으로 이루어진 장면들은 모두가 합쳐

져서 전체적으로 시의 인상을 불안하게 표출시킨다. 일단 제목에서 시사하는 '베드로'는 '카키색 잠바'로 병치된다. 그리고 그의 불안한 움직임은 관조적 화자의 시선 속에서 불안한 의식 그대로 묘파가 된다. 우선 "중랑천으로 화물차량이 덜커덩 덜커덩 가고/천막이 흔들린다"로 발화가 되는 시의 장면은 그 자체로 불안한 화자의 의식이 투영이 된다. 불연속으로 이어지는 "천막"과 "잠이 덜 깬 얼굴"은 영화의 클로즈업 기법처럼 시대와 인물과 장면을 모두 적나라하게 보여주는 장면들이다. 이어서 등장하는 "십자가 빛나는 교회 층계에 주저앉는다"는 '주저앉는다',는 발화로 구원이 없는 이 시대의 비의를 장면의 묘사를 통해 폭로한다. 또한 "꽃밭에 침을 칙칙 뱉고" 역시 지금은 꽃조차도 아름다울 것 없다고 현실을 인식하는 화자의 내면 의식을 보여준다. 어떤 정황 설명도 없이 행동과 장면만으로 이루어진 위의 시는 카키색의 사내가 "휘파람 불며 언덕으로 내려"가는 장면에 이어 "빨간 스웨터가 잠바를 본다 잡초가 때마침 바람에 사납게" 날리는 장면을 연이어 제시하는 것으로 불안한 화자의 계속되는 불안 심리를 장면화 한다.

> 덤프트럭과 자가용들이 이열종대로
> 소음을 일으키며 달리는
> 중부고속도로 언덕 아랫길로
> 두 여자가 가만가만
> 이야기를 주고받으며
> 옥수수밭을 돌아간다
> 옥수수밭이 끝나고 억새들이
> 술렁거리는 사잇길로 두 여자는
> 지나간다 두 여자는 징검다리를 건너간다
> 오매! 하고 호들갑을 떨며 간다

한 발 건너 두 발 건너 다리를 건너간다
아직도 다리 위에는 여름 해가 걸리고
물 속에는 두 여자 그림자가 어른거리고
물위로는 바람이 넘실거린다
산 아래는 문이 닫힌 집이 몇 채
그들끼리 있다

—「두 여자가」전문
(『때로는 네가 보이지 않는다』, 52쪽)

시의 장면화에서 구성은 "인상과 장면의 제시라는 두 측면을 가진다. 그리고 이러한 장면의 연속적 배치는 자연스러운 연상의 흐름을 따른다."[67] 위의 시는 네 개의 장면으로 이루어진다. 화자가 가장 관심을 갖고 바라보는 대상은 "두 여자"이다. 두 여자가 여러 장면을 지나 결국 닿은 곳이 "산 아래는 문이 닫힌 집이 몇 채/그들끼리 있다"로 발화가 된다. 두 여자가 지나온 장면들은 첫 번째는 덤프트럭과 자가용들이 달리는 "중부고속도로 언덕 아랫길"이다. 그 길로 두 여자가 이야기를 하면서 지나간다. 그것은 삶의 역동적인 시간을 '이야기'와 '고속도로' 그리고 '덤프트럭과 자가용'을 도구로 삼아 장면화한다. 두 번째 장면은 "옥수수밭"이다. 이번의 장면은 생산을 거듭하는 생성의 시간임을 '옥수수밭'이라는 생물로 발화한다. 그리고 두 여자는 "가만가만/이야기를 주고받으며" 세 번째 장면인 "징검다리를 건너간다" 아무런 정황의 설명 없이 두 여자의 행동과 지나가는 풍경을 따라가는 화자의 시선은 두 여자의 "오매!"라고 발화하는 의성어로 청자의 청각을 깨운다. 위의 시에 나타나는 장면화에서 시간의 정경을 보여주는 '달리는'. '지나간다', '돌아간다'의 술어들은 '가만가만', '넘실거리는', '어른거린다',는 수식과 함께 시간의 통념을 동적인 것에서

---

67) 위의 논문, 269쪽.

정적인 것으로 치환한다. 결국 "다리 위에는 여름 해" 라는 발화로 시의 장면은 한가한 여름의 한 낮을 언표한다. 이어서 나타나는 네 번째의 장면은 "산 아래는 문이 닫힌 집이 몇 채"로 표상된다. 마지막 행에서 강조되는 "그들끼리 있다"는 발화는 네 개의 장면을 모두 한 곳으로 모으는 방점의 역할을 한다. 그것은 두 여자가 여러 장면들을 거쳐서 결국 닿은 곳이 "산 아래는 문이 닫힌 집"이라고 발화하는 '집'의 장면화이다. 그것은 두 여자가 시간을 거쳐 '닫힌 집' 즉 죽음으로 가는 생의 비의를 본질의 세계를 바라보듯 관조적 화자의 입을 빌어 와서 말하고 있는 것이다.

바람이 맨발로 좁다란 마당을 간다

햇볕 고단한 마당을 바람이 풀 속이듯이 간다

배춧잎 듬성듬성한 남새밭으로 길을 내어

가다 말고 바람은 문득 걸음을 멈춘다

한 아이가 마당에서 오줌을 누고 있다

오줌줄기가 분수처럼 하얗게 솟아오르고 있다

'하' 하고 바람은 소리 내다 말고 걸음을 돌린다

바람의 걸음은 바쁘다

아이의 머리칼도 바쁘게 바람처럼 달려간다

—「바람과 아이」 전문
(『굴참나무 숲에서 아이들이 온다』, 38쪽)

한 연에 한 행씩 배치한 위의 시는 각 연마다 독립적인 구성을 보여준다. 그러나 각 행과 연마다 나타난 장면의 중심에는 "바람"의 정경화가 중심을 이룬다. 위의 시에서 관조적 화자의 발화에 의해 나타나는 시의 장면은 두 장면으로 나뉘어서 구성이 된다. 시의 장면화는 "바람"에서 "아이"로 다시 "바람"으로 빠르게 이동을 한다. 장면을 구성하는 시의 발화는 화자가 의성어와 의태어를 구사하는 것으로 청자의 감각을 흔들어서 깨운다. 위의 시는 세 장면으로 이루어진 것과 동시에 사건은 두 가지의 사건으로 나뉘어서 발화가 된다. 첫 번째의 장면은 1연부터 4연까지로 바람이 지나가는 길목을 "바람이 맨발로 좁다란 마당을 간다"의 언표로 바람의 동태를 역동적으로 묘사한다. 두 번째의 장면은 5연에서 7연에 이르기까지 "한 아이가 마당에서 오줌을 누고 있다"는 발화로 바람의 행보와는 연속적이지 않은 이질적인 장면을 보여준다. 또한 아이의 "오줌"의 발화로 바람의 움직임과 함께 "오줌줄기가 분수처럼 하얗게 솟아오르고 있다"로 장면에 생기를 불어넣는다. 다시 8연에서 "바람은 소리 내다 말고 걸음을 돌린다"의 발화로 장면을 바꾸어서 화자는 "바람의 걸음은 바쁘다"로 시간의 의미로 장면을 전환 한다. 화자에 의해서 전환된 장면은 "아이"와 "바람"을 각각 독립적인 위치로 복귀시킨다. 이것은 "아이의 머리칼도 바쁘게 바람처럼 달려간다"라는 시의 장면으로 보아서 아이는 곧 바람으로 장면을 변화시킨다.

최하림의 후기시에는 감정적인 언술이 직접적으로 발화되는 대신, 시의 장면으로 화자의 내면을 표출시키는 경우가 많다. 그것을 본고에서는 최하림 시가 전기에서는 감정을 토로하는 형식이었다면, 후기에 와서는 '장면화'라는 형식으로 감정을 제시하는 기법을 구사한 것으로 보았다. 여기에서는 최하림 시에 나타난 장면화와 관조적 화자를 통해 논구했다.

여기에서는 화자가 대상과 거리를 둔 채 모습을 나타내는 최하림의 후기시를 살폈다. 이는 최하림이 병증 발발 이후 신체가 불편해지면서 대상을 직접 만나기보다는 풍경을 내면으로 차경하거나, 신체의 감각을 동원하여 대상을 감각화하기 때문이다. 이런 사유의 방식으로 최하림은 후기시에 와서 객관적인 화자의 시선인 함축적 화자의 유형을 통해 내면의 의식을 표명한다.

이상으로 본고에서는 최하림의 전기시와 후기시에 해당하는 현상적 화자와 함축적 화자의 유형을 살폈다. 먼저 현상적 화자의 유형으로는 '역사에 저항하는 비주류적 화자'와 '소명의식이 불러오는 반항적 화자' 그리고 '자유를 추구하는 복합적 화자'를 중심으로 최하림 전기시에 나타난 화자의 유형을 살폈다.

본고 2.1.에서 살폈던 현상적 화자의 유형은 최하림의 전기시에 해당하는 첫 번째 시집『우리들을 위하여』와 두 번째 시집『작은 마을에서』그리고 세 번째 시집『겨울 깊은 물소리』를 중심으로 논구했다.

본고 2.1. 최하림 시에 나타난 화자의 유형 중에서도 화자가 작품 현상에 떠오르는 현상적 화자의 유형을 살폈던 이유는 다음과 같다. 최하림의 전기시에서는 대부분은 1960년대와 70년대의 역사적 대 사건이었던 4·19 혁명과 5·16 군사정변에 대한 지성인 특유의 비애와, 1980년 광주항쟁이라는 격동기를 통과하는 소회가 청자를 향하여 두드러진다. 따라서 본고에서 최하림의 전기시를 현상적 화자의 유형으로 본 이유는 최하림의 전기시는 발신자와 수신자의 관계에 있어서 발신자의 메시지는 수신자를 향하여 의도를 표면에 적극적으로 드러낸다고 판단했기 때문이다.

다음으로는 최하림의 후기시에 해당하는 함축적 화자의 유형을 살폈다. 함축적 화자의 유형으로는 '세계 내면으로 향한 인식과 관찰자적 화자'와 '방외인적 현실 인식과 확산적 화자' 그리고 '불안의식이 투영된 제시적 화자'를 중심으로 최하림 후기시에 나타난 화자의 유형을 살폈다.

본고 2.2.에서 살폈던 함축적 화자의 유형은 최하림의 후기시에 해당하는 네 번째 시집『속이 보이는 심연으로』와 다섯 번째 시집『굴참나무 숲에서 아이들이 온다』, 그리고 여섯 번째 시집『풍경 뒤의 풍경』과 일곱 번째 시집『때로는 네가 보이지 않는다』를 중심으로 탐구했다.

본고 2.2.에서 화자가 작품 뒤에 숨어있는 함축적 화자의 유형을 살폈던 이유는 1990년 최하림에게 발병한 병증으로 인하여 그는 세계 내면으로 향한 인식과 방외인적 현실인식을 갖게 되기 때문이다. 그러나 그는 역사에 대한 저항의식과 '광주'라는 특정 지역에서의 역사적인 대 사건에 대하여서는 여전히 문제의식을 갖고 있으면서도 방법론적으로 전기와는 변별되는 말하기의 방법을 택하게 된다. 이때부터 그는 가시적세계의 비가시화와, 비가시적 세계의 가시화를 통합하는 현실적인 작업에 몰두한다. 그는 이때부터 전기에서 도입했던 현상적 화자의 모습을 화자가 시의 뒤에 숨어있는 함축적 화자의 모습으로 변환한다. 그러나 그의 이러한 작업은 시인 자신이 품고 있는 근본적인 내면의 의식이 변화한 것은 아니라는 것이 본고의 판단이다. 왜냐하면 그의 시는 말하기의 방법을 현상적 화자에서 함축적 화자의 모습으로 이동을 했을 뿐, 그가 역사를 대하는 세계관은 '우리' 속에서 '나'를 표명했던 전기시처럼 후기시에서도 '비가시적인 세계' 속에서 '가시적인 세계', 즉 '나'에서 '우리'를 찾아내려는 모습으로 동일하게 묘파되고 있다. 본고는 이 점에 주목을 하면서 최하림의 전체 시 속에서 말하는 방법이 확연하게 달라진 시기에 관심을 갖는다. 따라서 이 논문에서는 말하는 방법의 변별점을 기준으로 현상적 화자와 함축적 화자의 유형을 전기와 후기로 나누어서 살폈다.

본고는 최하림(1939~2010) 시에 나타난 화자와 비유법의 특징을 살피고, 그의 시세계가 지니는 예술적 가치와 미학적 의의를 밝히는 연구이다. 최하림은 1962년 조선일보 신춘문예에 「灰色手記」가 입선하고, 1964년에 다시 조선일보에 시 「貧弱한 올페의 回想」가 당선된다. 그 후 2010년 4월 22일 영면에 들 때까지 왕성하게 시작활동을 한다. 최하림은 1962년 김현, 김승옥, 김치수와 함께 동인지 『산문시대』를 발간하는 등, 의욕적인 문학 활동을 전개한다.

제3장
비유법의 특징

본고에서 사용하는 비유법은 로만 야콥슨에 의해서 체계화된 원리와 개념을 차용하고자 한다. 야콥슨은 소쉬르의 이론을 기초로 하여 실어증의 두 유형을 입증했다. 그 과정에서 우리가 사용하는 말의 선택과 배열이라는 두 축에 의해 은유와 환유라는 두 유형의 구조가 생성되는 것으로 보았다. 그는 이러한 구조 유형의 형성과정에는 유사성과 인접성이라는 사유방식의 차이점이 있다는 것을 발견한다.

본고에서는 로만야콥슨의 이론에 기대어서 최하림 시가 갖고 있는 비유의 특징을 살핀다. 그리고 그 속에 내재하고 있는 미학적인 면을 구조적으로 밝히는 것을 목적으로 한다. 비유의 문장은 "비유에는 둘 이상의 사실들이 관련되는데 그것들은 대개의 경우 폭과 깊이, 부피와 운동을 지니고 있는 문장들이다. 이러한 둘 이상의 문맥들이 서로 연결되고 대립되며, 화합하고 투쟁함으로써 독자가 예상하지 못했던 새로운 방식의 문맥을"[1]

---

1) 권혁웅, 『시론』, 247쪽.

형성하게 된다. 대부분 비유는 수사법의 작은 단위의 범주 안에서 이해하는 것을 일반화한다. 수사학의 역사를 살펴보면 "고대 수사학의 한 갈래는 비유를 한낱 장식으로 보고, 비유가 지닌 진리 왜곡의 가능성"[2]을 지적해 왔다. 본고에서 논의하고자 하는 비유는 수사적 장식에서 벗어난 언술차원의 비유이다.

일반적으로 수사학은 말하기의 기술로 사용되어 왔다. 즉, 수사학은 전통적으로 웅변술로 이해되어 왔다. 그러나 이제는 수사학을 설득이나 웅변술에서 벗어나서 화자의 세계관을 드러내는 도구로 사용하여야 한다. 즉 수사학은 비유라는 도구를 사용하여 화자가 전달하는 기호의 의미들로 사용되며 새롭게 언어로서의 기능을 한다. 구조적으로 드러나는 비유는 세계를 이해하는 방식과 상통한다. 본고가 사용하는 비유법의 특징은 수사학적 논의를 넘어 언어의 본질적 조건임과 동시에 시인의 세계인식의 방법과도 긴밀한 연계를 맺는다. 또한 비유법이 "언어의 본질을 성찰하는 것을 넘어 사유구조로 확장될 수 있다"[3]는 점에 주의를 기울인다.

본고에서 참조하는 금동철의 논의에서 수사학은 "단순한 시적 기교로서의 수사법에 대한 것이 아니라, 시의 언어와 문학, 그리고 세계에 대한 시인의 인식론과 관련된 수사학이다."[4] 금동철은 "인간이 사유하는 진리라는 것 자체가 수사학적 비유의 덩어리"[5]라고 밝혔다. 비유는 시인의 시 세계를 이해하고 설명하는 방식과도 깊은 관련이 있다. 권혁웅은 "한 시인의 시에서 언술차원의 비유를 검토하는 일은 그가 어떻게 시적 대상을 인

2) 구자황, 「은유와 환유에 대하여~개념의 수용 양상및 확장적 이해를 위한 시론(試論)」, 『한국문학이론과비평』 제19집, 한국문학이론과비평학회, 2015, 10쪽.
3) 위의 논문, 6쪽.
4) 금동철, 앞의 논문, 7쪽.
5) 위의 논문 33쪽.

식하고 다루었는지를 검토하는 일이며, 나아가 시인의 세계 이해를 살피는 일"[6]이라고 기술했다. 세계인식의 태도에 있어서 "언어가 외부세계와 결합을 맺는 제 양상을 우리는 통상 의미론이라 일컫는데, 의미론에서의 선택과 결합의 문제, 야콥슨은 이 두 절차를 각각 은유적 절차와 환유적 절차라 부른다. 이것은 언어 내부의 구조적 <유사관계—인접관계>와 별도로, 의미론적 <유사관계—인접관계>가 같은 맥락 안에서 설명이 되며, 그것이 바로 전통적 수사학에서의, 특히 퐁타니에(P. Fontanier) 이후 수사학에서의 은유와 환유의 문제를 새로운 시각"[7]으로 재조명하는 계기를 마련하는 것이다.

본고에서 사용하는 비유법은 야콥슨의 언어일반학적인 유사성과 인접성으로 나타나는 은유와 환유를 세계인식과 의미론의 차원에 국한시켜서 사용한다. 또한 본고에서 논구하는 인유는 시인과 독자가 함께 텍스트를 공유하게 할 뿐만 아니라 그것의 가치를 쉽고도 유용하게 이해하는 도구로 사용이 된다.

인유는 "상징의 한 변형으로서 인유는 하나의 장치며 내용이다. 이것은 긴 설명 없이 역사적이든 허구적인든 인물과 사건 그리고 어떤 작품의 구절을 직접적이든 간접적이든 인용"[8] 하는 것이다. 이를 기준으로 본고에서는 인유를 상징의 또 다른 한 축으로 이해하고 사용한다. 즉 인유는 상징의 한 축이지만 인접적인 상징보다는 덜 고정화되어있고 좀 더 느슨한 유사성에 의해 비유가 가능해지는 수사적 방법이다. 반면 상징은 "일반적으로 우리의 지각경험 가운데 비교적 계속적이며 반복적인 요소를 말하

---

6) 권혁웅, 앞의 책, 316쪽.
7) 임성훈, 「현대 언어학에 기여한 야콥슨의 은유와 환유에 관한 연구, 그리고 문제점」, 『수사학』 제1집, 한국수사학회, 2004, 157쪽.
8) 김준오, 『시론』, 224쪽.

며 지각경험 자체만으로 전달되지 않거나 충분히 전달 될 수 없는 더욱 광범한 어떤 한 의미 혹은 일련의 의미"9)를 뜻한다. 따라서 상징은 인접적인 요소가 강하다. 본고에서 사용하는 상징은 연구방법에서 자세히 밝힌 것처럼 비유법과 대등하게 위치시켜서 논의를 전개한다.

본고에서는 로만야콥슨에 의해 원리와 개념이 체계화된 은유와 환유라는 두 유형의 구조를 바탕 삼아 최하림의 시를 전기와 후기로 나누어서 살핀다.

본고는 유사성과 인접성의 사유방식의 차이점에 따라 주체의 자리와 관련이 깊은 전기시를 유사성의 은유로, 자아의 자리와 연관성이 높은 후기시를 인접성의 환유로 나누어서 탐구한다. 또한 본고에서 기준점으로 잡는 시기에 관하여서도 "은유에 의하면 기표가 일정한 기의를 상정"10)하면서 기표와 기의의 관계가 일치를 보여주었던 전기시와, 병증으로 인하여 기표와 기의의 불일치로 작용하는 후기시는 "환유는 시를 통해 현실을 초월하고 구원을 얻고자 하는 열망과 의미를 배반"11) 하는 지점이 최하림 시의 변곡점이라 판단했다.

여기에서 주목하는 비유법의 특징으로는 '세계 구성 방식으로서의 은유와 인유'와 '의미 확장 방식으로서의 환유와 상징'이 있다. 본고는 각각에 대해 시기별로 나누어서 논구한다.

---

9) 필립 윌라이트, 앞의 책, 94쪽.
10) 송기한, 앞의 논문, 149쪽.
11) 위의 논문, 150쪽.

1. 세계 구성 방식으로서의 은유와 인유

은유는 시인이 세계를 이해하고 드러내는 하나의 방식이다. 본고에서 사용하는 은유는 시인의 세계 이해를 돕는 하나의 도구로 사용이 된다. 여기에서 사용되는 은유는 명칭의 전이라는 협소한 단위에서 벗어나서 시인의 사고운용방식 및 세계인식과 관련돼 있다. 또한 인유는 시인과 청자, 혹은 독자가 모두 함께 텍스트를 공유하게 할 뿐만 아니라, 그것의 가치를 쉽고도 유용하게 이해하게 하는 역할을 한다. 이 논문에서 다루는 세계구성 방법으로서의 은유와 인유는 서로 다른 사물들이 비교가 되거나 차용되어서 의미의 확장을 이룬다.

여기에서는 세계 구성 방법으로서 은유와 인유를 표출해 내는 작품을 중심으로 탐구한다.

1) 의미 재생으로서의 존재론적 은유

기본적으로 존재론적 은유(ontological metaphors)란 "우리 경험 내부의 체계적 상관물"[12]에 의해 형성된다. 즉 존재론적 은유란 "물리적 대상을 사람으로 구체화시키는 은유이다. 이것은 사람이 아닌 개체에 대한 넓고 다양한 경험을 인간의 등기화나 특성, 활동의 관점에서 이야기 하도록 해준다."[13] 최하림은 1970년대와 80년대의 혼란한 정치상황을 겪으면서 시적 대상이 되는 시대에 관하여 고민을 한다. 그는 시대적 상황 속에서 정치적으로 양분화 되었던 순수와 참여, 어느 한 곳에도 가담하지 않는 것을

---

12) G. 레이코프·M. 존슨, 앞의 책, 127쪽.
13) 위의 책, 72쪽.

계기로 삼아 오히려 초월의 세계를 향하여 자신의 욕망을 구현한다. 최하림이 그의 시에서 의미를 재생하는 존재론적 은유를 사용했던 이유는 문학을 통하여 새롭게 세상을 조명하고자 했던 자연스러운 욕망의 표출이기도 하다. 존재론적 은유는 "다양한 목적을 충족시키며, 현존하는 다양한 종류의 은유들은 충족되는 목적의 종류를 반영한다. 즉 존재론적 은유란~ 사건, 활동, 정서, 생각 등을 개체 또는 물질로 간주하는 방식인~ 근거를 제공한다."14) 이를 토대로 형성된 존재론은 최하림의 사고체계 속에 자연스럽게 물활론의 의미로도 용해되어서 그의 시 속에서 다양하게 형상화시킨다. 여기에서는 최하림 시에 나타난 의미를 새롭게 창출하는 의미로서의 존재론을 초월적 은유와 삶의 은유로 나누어서 탐구한다.

(1) 존재를 긍정하는 초월적 은유

여기에서는 일상어의 범주에서 벗어나서 새롭게 문맥을 형성한 최하림의 초월적 은유에 관한 시를 탐구하는 것을 목적으로 한다. 윌라이트는 은유를 "아마도 가장 훌륭한 은유적 표현에는 외유적 요소와 교유적 요소의 확연한 구분이 있을 수 없으며 이들은 다만 상보적 요소로서 서로 융합되어 적용"15)하는 것으로 보았다. 또한 그는 "진리의 확실성 문제는 역사적으로 결코 확고한 것이 못된다. 진리가 반드시 정확성을 갖추어야 한다는 추론은 있어본 적이 없다. 니체도 '진리는 여성일지도 모른다'고 말했고, 헤라클라이투스는 '자연은 숨기기를 좋아한다'고 했다. 노자도 '개념화할 수 있는 道는 진정한 도가 아니다'라고 했다."16) 이러한 맥락에서 최하림

---

14) 위의 책, 59쪽.
15) 필립 윌라이트, 앞의 책, 92쪽.
16) 위의 책, 37쪽.

은 일상성을 벗어난 초월적 은유를 통해 비가시의 세계를 가시화하고자 했던 것으로 이해된다. 이처럼 다채롭게 변용하는 최하림의 전기시에서는 비유어의 속성인 은유 안에서 대상을 향해 의미를 암시하거나, 새로운 존재를 창출하기도 한다. 여기에서는 독특한 의미변용을 창출했던 최하림의 시를 살펴 그가 궁극적으로 추구했던 비가시적 세계의 가시화라는 초월적 은유를 논구한다.

> 차고 차가운 밤에
> 별은 슬픔을 가르며 여위어가고
> 여인들은 밤으로 밤으로 들어눕는다
> 사립 밖에서는 개들이 울고 가랑잎이 날리고
> 눈이 오려는지 무거워진 공기를 흔들면서 사나이들이 돌아와
> 빼앗긴 땅에 검은 입술을 부비며 운다
> 울음이 하늘로 하늘로 퍼져
> 하늘의 깊음이 된다
>
> ―「별」 전문
> (『우리들을 위하여』, 66쪽)

최하림 시를 이끌고 가는 동력은 존재에 대한 믿음과 상상력이다. 그는 사물의 대부분을 살아있는 것으로 인지하면서 물활론의 의미로 존재론적인 시상을 펼친다. 즉, 최하림은 물리적 대상인 시의 상관물을 생명성의 열린 존재로 간파한다. 그러나 시적 대상이 된 존재는 개인의 심상을 넘어서 서정적 존재로서 의미를 생산한다. 그것이 최하림 시가 갖는 의미 재생으로서의 존재론적 은유의 위상이기도 하다. 위의 시는 1행에서 "밤"으로 발화하는 어둠의 이미지는 "차고 차가운"의 육체성을 부여하는 것으로 존재론적 의미를 생성하게 한다. 2행의 "별은 슬픔을 가르며 여위어"에서

"별" 또한 슬픔의 존재로 발화하는 은유이다. 8행의 짧은 시로 구성된 위의 시는 첫 행부터 "밤"과 "별"과 "슬픔"이라는 발화로 제목이 제공하는 "별"의 이미지에 존재의 의미를 부여한다. 위의 시에서도 정경의 자세한 세부묘사는 없다. 그는 이미지의 조합으로 "별"이라는 물리적인 상관물을 존재론적으로 대상화시킨다. 모두 8행으로 이루어진 시는 1행부터 4행까지는 "여인들은 밤으로 밤으로 들어눕는다"로 보아 여인들의 슬픈 심상을 표출한다. 5행부터 8행까지는 "사나이들이 돌아와"의 발화로 사나이들의 슬픈 심상을 보여준다. 여인들의 슬픔과 사나이들의 슬픔은 각각 "밤"과 "검은 입술"로 치환이 되면서 구체적으로 죽음의 의미를 나타내는 역할을 담당한다. 즉, 죽음으로 인하여 여인들은 "밤으로 밤으로 들어눕"고 사내들은 "빼앗긴 땅에 검은 입술을 부비며 운다"는 첫 행에서 표상하는 "차고 차가운 밤"에 대하여 어느 정도 정보를 제공한다. 다시 6행에서 발화하는 "빼앗긴 땅에 검은 입술을 부비며 운다"라는 직접 화법으로 시대의 비극성을 구체화시킨다. 빼앗긴 땅에 입술을 부비며 우는 사내들의 "울음이 하늘로 하늘로 퍼져"의 발화는 마지막 행의 "하늘의 깊음이 된다"의 발화로 시의 첫 행인 "차고 차가운 밤"의 이유가 분명해진다. 밤은 "울음", 곧 사물인 "별"에게 의미의 존재를 부여하면서 여인들이 "밤으로 들어 눕는" 이유가 충족된다. 땅, 즉 자유이거나 말을 잃어버린 사내들의 "울음"은 곧바로 여인들의 "슬픔"이 된다. 죽음으로 감각하는 슬픔은 다시 하늘의 깊음인 "별"이 되면서 별에게 인성을 부여함과 동시에 슬픔과 별이 같은 자리에 등치되는 초월적 은유로서의 역할을 이행한다.

　　이슬
　　방울
　　속의
　　말간

세계
우산을
쓰고
들어가
보았으면

—「이슬방울」 전문
(『우리들을 위하여』, 86쪽)

　이슬방울 속으로 우산을 쓰고 들어가고 싶다는 화자의 소망은 간명해 보인다. 우산을 쓰고 이슬방울 속으로 들어 갈 수 있을 것이라는 상상 속에는 최하림 특유의 초월적인 상상력이 동원된다. 최하림이 물활론적으로 대상을 인식하는 존재에 대한 생명력이 가동된 것이다. 그것은 또한 최하림이 은유의 형태로 세계를 이해하는 방법이기도 하다. 위의 시에서 제공하는 정보는 "이슬방울/속"과 "들어가/보았으면"이다. 그런데 정작 화자가 주목하는 것은 "말간/세계"이다. 이슬방울의 투명한 현상을 화자는 "말간/세계"로 인지한다. 한 행에 두 음절 내지는 세 음절인 특이한 형태로 이루어진 위의 시는 이슬과 우산을 모두 의미재생으로서의 존재로 긍정한다. 이슬과 우산으로 표상되는 위의 시는 이슬방울은 내부의 존재로 의미를 끌어내고, 우산은 외부의 존재로 의미를 확정짓는다. 그리고 화자는 외부에서 내부로 들어가 보고 싶다는 소망을 표출한다. 위의 시는 최하림 시의 특징인 상상력의 동인으로 인하여 우산과 이슬은 생명력을 부여받게 된다. 위의 시는 주변에서 흔히 볼 수 있는 자연의 풍광인 이슬과 우산에 상상력을 존재론적 의미를 부여하는 것으로 시의 미학적인 측면까지도 획득한다. 그러나 위의 시는 양가적으로 절대적인 투명의 순수 속으로는 들어갈 수 없다는 내면의 의식을 역설하는 것으로도 읽을 수 있다. 위의 시는 이슬방울을 존재론적으로 바라보면서 새로운 의미를 생성한다.

어떤 빛에도 드러나지 않고
어떤 놀에도 몸 붉어지지 않고
오로지 제 어둠으로 가는 구나
멀리멀리 그리운 불 밝혀두고
풀잎들이 한덩이로 뭉쳐 사운거리는
영산강 하구언을 지나서, 겨울새들이여
그대인가고 그대인가고 기다리는 사람들
어둔 별을 가고 있으니
나직이 새들이 바람을 치며 날으고 있으니.

—「새」 전문
(『작은 마을에서』, 70쪽)

위의 시에서 표출되는 새는 "바람을 치며 날으고 있으니"로 보아 실존
의 시간을 인지하는 존재로 발화한다. 최하림의 시 속에서 발화하는 새의
표상은 하늘을 날아가는 존재로 시간과 공간을 초월하는 존재로 드러난
다. "새는 초기 시편에서 주로 '겨울새', '바다 갈매기' 등으로 나타나며,
'굴뚝새', '썩은 새', '비비새', '가마귀 새', '기러기', '갈가마귀', '겨울까마
귀' 등으로 나온다. 초기 시편에 나오는 새는 남으로 북으로 날아가거
나 구름을 빠져나오는 저녁을 날아가는 힘찬 비상의 새들로, 늘 떠나
고 싶거나 자유를 갈망하는 시적 주인공의 마음을 나타내고 있다."[17]
즉, 최하림 시 속에 등장하는 새의 존재는 초월적 은유의 존재로서 하늘로
비상하는 의미 재화로서의 담론을 형성한다. 통상적으로 새는 안에서 밖
을 향해 비상하는 상승의 존재다. 즉, 최하림의 시 속에 나타나는 "새"는
"새나 코끼리만이 귀소의식을 갖는 것은 아니다. 모든 사물은 근원으로 돌
아가고자 하는 욕구를 지닌다"[18]처럼 암울한 현실을 뚫고 하늘로 치솟는

17) 김제욱, 「최하림 시의 이미지 연구」, 46쪽.
18) 최하림, 『멀리 보이는 마을』, 116쪽.

초월적 은유로서의 기능을 담당한다. 위의 시에서 제공하는 정보는 "제 어둠을 가는" 새의 존재론적인 현상이다. 그것은 다시 8행에서 발화하는 "그대인가고 그대인가고 기다리는 사람들"이고 "어둔 별을 가고 있으니"로 발화하는 "별"과 등치를 이룬다. 따라서 "새"와 "사람들"과 "별"은 모두 "어떤 빛에도 드러나지 않고/어떤 놀에도 몸 붉어지지 않고"의 발화로 하늘을 날아가듯 척박한 시대를 의연히 건너가겠다는 의지의 발현으로 표상된다. 모두 9행으로 이루어진 위의 짧은 시에서 "새"의 발화는 억압의 정치 상황 속에서도 의연히 "바람을 치고 날"아가는 존재로 활용된다. 다음은 "새"처럼 의미재생으로서의 은유로 형상화되는 "영산강"을 살핀다.

> 만상이 잠든 榮山江 가에 밤 물결이 밀려오면
> 촉수 긴 갈대들이 일제히 흔들리고 서늘은
> 바람이 그곳에서 밀어와 잠을 깨운다
> 우리들은 오만가지 생각에 잠겨 詩를 쓴다
> 없는 슬픔과 버림받은 슬픔으로 조수같이 흔들리면서
> 눈도 없고 코도 없고 귀도 없는 詩를 쓴다
> 　　　　　　　　　　　　　　　—「피흘리는 世紀를」 전문
> 　　　　　　　　　　　　　　　（『우리들을 위하여』, 52쪽）

> 사랑이 들판에 있다 망나니의 칼아래
> 넘어지면서 산그림자인 양
> 거기 어둑신히 있는 그대
> 희망 없는 강이여! 영산강이여!
> 　　　　　　　　　　　　　　　—「잘사는 세상」 부분
> 　　　　　　　　　　　　　　　（『작은 마을에서』, 60쪽）

> 이제는 건너세 강을 건너세
> 검은 산 아래

푸른 보리밭
　　그 아래 빈집
　　그대는 죽었고
　　죽어서 돌아오지 못했지
　　흘러가는 영산강이여
　　그대도 가면 오지 못하리

―「이제는 떠나세」부분
(『작은 마을에서』, 78쪽)

　　최하림의 시에서 물의 이미지는 전기시에서부터 후기시에 이르기까지
의식과 무의식을 강하게 관장하는 상징유형으로 드러난다. 이런 무의식
의 자장은 현실을 투사하는 의미의 재화로서 재생산되기도 한다. 최하림
은 자서에서 "물과 유년의 기억은 유사한 면이 있기는 하다. 그 둘은 끝없
는 호기심으로 어느 기슭에나 들판에나 골목으로 흘러 들어간다. 그 앞에
어떤 위험과 음모가 도사리고 있는지 계산하지 않는다. 그것들은 한없이
열린 세계에로 전진해 간다"[19]라고 기술한 바가 있다. 또한 "물이 운명의
한 타입이며, 그것도 유동하는 이미지의 공허한 운명, 미완성된 꿈의 공허
한 운명이 아닌 존재의 실체를 끊임없이 변모시키는 근원적 운명"[20]을 이
야기하는 것처럼 최하림 시에 나타나는 물의 이미지는 생명성을 부여하
는 상상력의 한 축으로 작용을 한다. 위의 세 편의 시에서 모두 인용한 영
산강은 최하림의 근원처럼 전라남도 담양군·장성군·광주광역시·나주시·
함평군·무안군·영암군·목포시 등을 지나 서해로 흘러드는 강의 명칭이다.
화자는 영산강에서 "만상이 잠든 榮山江 가에" 하염없이 "없는 슬픔과 버
림받은 슬픔으로 조수같이 흔들리"기도 하고, "희망 없는 강이여! 영산강

---

19) 김제욱,「최하림 시의 이미지 연구」, 22쪽.
20) 가스똥 바슐라르,『물과 꿈』, 李嘉林 역, 문예출판사, 1988, 13쪽.

이여!"라고 회한에 잠겨보기도 한다. 또한 "그대는 죽었고/죽어서 돌아오지 못했지/흘러가는 영산강"이라는 청유형으로 시대의 폭압에 대한 절망감을 표현하기도 한다. 즉, 위의 시에서 원관념으로 나타나는 "영산강"은 보조관념으로 쓰인 '피흘리는 世紀틀'과 "잘사는 세상"과 "이제는 떠나세"로의 의미 재화로 존재론적인 위상을 획득하게 된다. 시의 장면이 나타내는 화자의 태도는 물리적인 대상인 영산강을 사람으로 구체화시킨다. 영산강은 다시 초월적 은유의 의미재생으로서 생명성을 부여받는다. 최하림의 시는 대상을 향해 다채로운 의미변용을 시도한다. 그런 맥락에서 그는 물활론의 입장에서 존재의 의미를 새롭게 창출한다. 여기에서는 존재를 긍정하는 최하림 시의 초월적 은유를 살폈다.

(2) 현실로 복귀하는 삶의 은유

본고에서 최하림 시 속에 나타나는 비유법을 되짚어서 논구하는 이유는 시인이 쓴 시의 가치를 새로운 관점에서 검토해보기 위함이다. 은유는 사실상 경험의 영역 안에서 대상과 주체의 상관관계에 근거를 두고 있다. 그것은 두 영역 사이에서 지각되는 유사성으로 대체로 경험의 감각 안에서 형성이 된다. 특히 최하림의 전기시에서는 피폐한 삶과 부정의 현실을 넘어 기원으로 복귀하려는 삶의 의지가 돋보인다. 이는 최하림의 전기시에 주로 나타나는 시적 방법과도 깊은 관련이 있다. 최하림은 역사의 소용돌이 속에서 말할 수 없는 것들을 말하는 방법으로 전기에서는 현실에 가시성을 부여하는 것으로 혼란한 시대에 저항하기도 했다. 여기에서는 최하림 시에 나타난 은유가 단지 언어적 표현의 수단을 넘어 인간의 기원으로 복귀하려는 삶의 의지라는 것을 비유법의 특징을 통해 논구한다.

저 많은 별들을 하나도 소유하지 못하고,
그 많은 별들 중의 하나가 내 별이라고
생각하면서 아직은 모습을 보이지
않는 별들이 우리를 향하여 휘익 휘익 휘이익
휘파람 불면서, 수도 없이 달려오고 있으리라
생각하면서, 그 별들의 빈 자리에서
빈 자리는 별들을 기다리면서 향그러운
울림을 울리고, 나도 그대들도 그러리라
생각하면서 바라보는 이 꿈같은
아름다움! 밤에 마당으로 나가 라일락
나무 아래서 바라보는 이 작은 아름다움!

　　　　　　　　　　　　—「별을 보면서」전문
　　　　　　　　　　　　(『겨울 깊은 물소리』, 34쪽)

　위의 시에서 주체의 대상이 되는 상관물은 "별"과 "라일락"이다. 그리고 대상을 바라보는 주체는 시종일관 "생각하고", "기다리고", "꿈"을 꾸는 존재다. 시의 장면이 제공하는 정보는 다만 "별"은 곧 "꿈"이고, 그것은 "아름다움!"이라는 것이다. 그것도 "나무 아래서 바라보는 이 작은 아름다움!"은 결국 "생각"이다. 화자의 행동은 10행과 11행에서 이행되는 "아름다움! 밤에 마당으로 나가 라일락/나무 아래서 바라보는 이 작은 아름다움!"에 관하여 "생각"하고 "바라보는" 일이다. 결국 "별"과 "라일락"이라는 대상을 "바라보고", "생각하는" 주체의 입장은 첫 행에서 보이듯 "저 많은 별들을 하나도 소유하지 못하고," 있다. 그러나 화자는 소유하지 못한 별에 관하여 실망을 하거나 절망을 토로하지 않는다. 왜냐하면 그것은 3행과 6행과 9행에서 발화하는 "생각하면서" 바라보는 "꿈"이기 때문이다. 또한 제목이 암시하는 '별을 바라보면서'의 의미는 소유나 집착의 개념과는 판이한 "아직은 모습을 보이지/않는 별들이 우리를 향하여" 오고 있다는 삶에 관한 소망이자, 삶 자체를 은유하는 개념이다. 위의 시는 단 하나의 문장으로 이루어진 병렬의 시다. 병렬의 시는 하나의 행이 독립적인 이미지를 갖추면서, 다음 행을 물고 연이어서 이야기를 전개시키는 불안한 시의 형식이다. 그러나 그것은 주체가 "별"이라는 대상, 즉 "꿈"을 바라보는 방법임과 동시에 불안한 내면의식의 표출이기도 하다. 11행으로 이루어진 위의 짧은 시에서는 "생각하면서"라는 발화가 세번이나 이어진다. 그것은 "별들 중의 하나가 내 별이라고", "수도 없이 달려오고 있으리라", "나도 그대들도 그러리라"라는 발화 다음 행에 모두 "생각하면서"를 언표한다. 그것은 실제로 그렇다는 것이 아니라, 그 모든 것들은 다만 "생각하면서"라는 바람이라는 것이다. 주체의 입장에서 "저 많은 별들을 하나도 소유하지 못"했지만 " 바라보는 이 꿈같은/아름다움!"의 발화는 "아직은 모습을 보이지/않는 별들이 우리를 향하여" 결국에는 "달려오고 있"을 것이라는 "꿈" 즉 삶을 표출한다. 그것은 결국 화자가 척박한 시대를 살면서도 결코 잃어버리지 않는 꿈이고, 삶의 은유이자 현실을 살고 싶은 의지의 표명이다.

> 우리들 삶의 소란스러움은 거리와 시장 언저리에서 떠난다
> 그리고 그 시간의 어머니들의 머리는
> 어느 때보다도 빛나고 요란스럽다
> 그리하여 밤으로 달려가고 있는 제 家庭의 슬픔을
> 벗어나려는 여인들이여
> 나는 오늘 별들처럼 총총하고 싶어서
> 없는 유리창의 유리를 닦고 있다
>
> —「유리창 앞에서」 전문
> (『우리들을 위하여』, 85쪽)

본질적으로 은유는 원관념과 보조관념 사이의 유사성을 기본 바탕으로 한다. 또한 여기에서 사용하는 삶의 은유란, 주체와 대상 사이에 삶의 개념이 개입되면서 "인간의 개념 자체가 은유적으로 구성"[21] 된다. 즉 삶의 은유란, "인간의 사고 과정의 대부분이 은유적이라는 것"[22]을 바탕으로 개념을 성립시킨다. 위의 시 첫 행에서 제공하는 정보는 "삶의 소란스러움은 거리와 시장 언저리에서 떠난다"이다. 정황의 자세한 정보 없이 "소란스러움"과 "떠난다"의 발화는 다음 행으로 이어지는 "어머니들의 머리는/어느 때보다도 빛나고 요란스럽다"에 와서야 삶과 어머니가 연결이 되면서 유사성의 의미를 부여받게 된다. 즉, A(삶)=B(어머니)라는 은유의 기본 공식인 삶과 어머니가 등치된다. 그것은 "거리와 시장 언저리"를 수식하는 소란스러움의 의미가 4행에서 5행으로 이어지는 "제 家庭의 슬픔을/벗어나려는 여인들이여"로 병치되면서 가난을 벗어나려고 거리와 시장 언저리를 "밤으로 달려"가는 어머니들의 치열한 모습의 은유로 표상된다. 따라서 6행에서 "오늘 별들처럼 총총하고 싶어서"의 발화는 "어느 때보다 빛나고 요란스러운" 삶의 모습으로 치환이 된다. 그러나 화자인 나는 삶의 치열함으로 빛나는 어머니들의 모습은 결국 "없는 유리창의 유리를 닦는 일처럼 4행에서 발화하는 "밤으로 달려가는" 어둠, 즉 "(A)삶의 소란스러움은"="(B)없는 유리창의 유리를 닦"는다하여 은유를 통해 삶의 근원성을 드러낸다.

> 저 강과 바다를, 산맥을
> 햇볕이 쨍쨍한 들판을
> 선무당처럼 혼신의 힘을 다해 부른다

---

21) G. 레이코프·M. 존슨, 앞의 책, 25쪽.
22) 위의 책, 25쪽.

삼백예순날 처처를 돌면서
맺힌 한을 西便에 실어서,
찢고 찢어 배앓으는 붉은 피로,
너의 마음을 부른다 鼓手야 슬픈 鼓手야

노래가 임당수 물을 가르고
저승의 강바람에 밀리고
밀리다 스러질지라도
북소리 고르게 높여라
우리는 센 물살을 거슬러
천년이고 백년이고
흘러가야 한다
저 들판의 붉은 노을과
갑오년에도 들녘에 고웁게 핀 진달래
우리 마음의 이 울한과 나라도 없는
계집들의 음심을, 자식도
부모도 버리고 도망간
비 오는 골목의 네 계집처럼,
고수야 슬픈 고수야,

—「소리꾼」전문
(『작은 마을에서』, 68쪽)

　　위의 시에서 언표 하는 "鼓手"와 "고수"는 각각 '북을 치는 사람'을 뜻한
다. 즉, 은유의 가장 기본적인 '(A)鼓手' = '(B)북을 치며 장단을 맞춰야 할
대상'이라는 법칙이 적용된다. 그러나 레이코프와 존슨은 "은유는 사고의
문제가 아니라 낱말들의 문제이다. 은유는 한 낱말이 정상적으로 지시하
는 것에 적용되지 않고 다른 어떤 것에 적용 될 때 발생한다."[23]라는 기존

---

23) G. 레이코프·M. 존슨, 『몸의 철학』, 임지룡· 윤희수· 노양진· 나익주 옮김, 박이정,

의 은유개념에 다중적 의미를 부여했다. 그것은 무의식적으로 작동하는 사고에 삶이 개입이 되어서 삶의 은유라는 새로운 개념을 작동시킨다. 그것은 또한 "시간, 사건, 인과관계, 마음, 자아, 그리고 도덕성과 같은 우리의 가장 근본적인 개념들은 다중적으로 은유"[24]라는 것을 인지하게 한다. 이런 개념은 "존재론과 추론 구조의 많은 부분이 은유"[25]로 간주된다는 것을 암시한다. 위의 시에서 제목이 제공하는 정보는 '소리꾼' 즉 '고수'라는 명창으로 '소리꾼=고수'라는 단순한 은유의 형태를 발화한다. 그러나 화자는 단순히 소리꾼과 고수의 관계를 이야기 하는 것이 아니라, 슬픔 속에서도 끊임없이 장단을 맞추어야 하는 삶의 비의를 "고수야 슬픈 고수야"로 표명하는 것이다. 또한 고수와 소리꾼의 등치관계를 '울음'과 '빼앗긴 땅'으로 의미를 새롭게 재생성시킨다. 시는 첫 행에서 "저 강과 바다를, 산맥"이라는 언술로 소리꾼의 지난한 여정을 은유적으로 드러낸다. 그것은 "선무당처럼 혼신의 힘을 다해 부른다"의 발화로 "삼백예순날 처처를 돌면서/맺힌 한을 西便에 실어서,"로 심화시킨다. 따라서 "鼓手야 슬픈 鼓手야"의 관계는 "삼백예순날"과 "처처를 돌면서"와 "찢고 찢어 배앓으는 붉은 피"에 관한 발화로 소리꾼의 "노래가 임당수 물을 가르"는 것처럼 죽을 고비를 넘겨야 가능한 지난한 삶의 은유라는 것을 표상한다. 그것은 두 번째 연에서 "북소리 고르게 높여라/우리는 센 물살을 거슬러/천년이고 백년이고/흘러가야 한다"로 소리꾼의 소리를 우리의 역사의식과 자연스럽게 병치시킨다. 마지막 연에서는 혼신을 다한 소리꾼의 "붉은 피"와 "센 물살을 거슬러가는"으로 표출되는 역사의식은 "우리 마음의 이 울한과 나라도 없는"으로 발화한다. 이어서 마지막 행의 "고수야 슬픈 고수야,"로

2002, 189쪽.
24) 위의 책, 197쪽.
25) 위의 책, 197쪽.

병치되는 은유는 또 다른 삶의 의미재화로서 현실로 복귀하는 역사의식의 발화이다.

여기에서는 의미 재생으로서의 존재론적 은유를 초월적 은유와 삶의 은유를 각각 존재를 긍정하는 측면과 기원으로 복귀하는 측면으로 살폈다. 최하림의 시에 나타난 대상과 주체의 상관관계는 물활론적 의미로 용해되어서 존재론적 의미를 다양하게 형상화시킨다. 이 논문에서는 최하림이 시 속에서 나타내고 싶었던 역사의식과 현실을 직시하는 삶의 의지를 초월적 은유와 삶의 은유로 나누어서 논구했다.

2) 세계 인식으로서의 구조적 은유

통상적으로 은유는 유사성으로 간주된다. 그것은 사물과 사물이 결속하는 방법이기도 하다. 이는 동일성의 미학을 통해 주체와 대상 사이의 총체성을 지향하는 수사학이다. 그것뿐만이 아니라 은유는 구조적으로 원관념과 보조관념 사이에서 정서적으로 드러나는 자연발생적 발화의 방법이다. 그러나 은유에 관하여서는 "모든 개념 언어는 결국 은유적인 대체의 결과인 셈이다. 개념들의 진리는 부정될 수밖에 없으며, 존재와 언어 사이에는 근본적인 단절"[26]이 있다. 따라서 현대시에서 운용되는 은유는 "현저하게 동일성의 원리에서 비동일성의 원리, 곧 토대 또는 대결의 원리"[27]로 바뀌어 간다. 이를 토대로 여기에서는 최하림 시 속에서 구조적으로 드러나는 세계인식으로서의 은유를 탐구한다.

---

26) 김준오, 『시론』, 191쪽.
27) 위의 책, 183쪽.

(1) 반항적 사유의 병치은유

병치은유는 "서로 다른 사물이 당돌하게 병치됨으로 벌어지는 새로운 결합의 형태"[28]이다. 또 다른 시선의 병치은유는 "어떤 특정한 경험들은 은유적으로 관통하는 원리가 있을 때 나타나는"[29] 현상이다. 김준오는 병치은유가 은유의 형태로 인식할 수 있는 근거를 윌라이트의 이론에 빗대어서 "병치가 은유가 되는 근거, 곧 병치은유도 은유의 한 형태로 성립되는 근거는 그가 은유를 어디까지나 의미론적 변용작용으로 본 데 있다."[30]라고 기술했다. 본고에서 분석 방법적으로 사용하는 병치은유 역시 의미론적 변용작용에 근거를 둔다. 병치은유에서는 치환의 원리가 나타나기도 하는데, 본고에서 사용하는 병치은유는 김준오의 "치환은유가 전통은유라면 병치은유는 새로운 은유의 형태가 된다."[31]를 기준으로 논의를 전개한다. 또한 이승훈은 병치은유에 관하여 "이것을 의미론적 전이가 신선한 방법으로 어떤 경험(실제적이거나 상상적인)의 특수성을 통과함으로써 오직 병치에 의해서만 새로운 의미를 획득"[32]하는 것으로 보았다. 치환은유에 관하여서도 "언어란 어떤 대상과 결합하여 존재한다. 곧 모방적인 기능을 띤다. 환언하면 그 내면에 다소간의 치환 은유적 속성"[33]이 정착되어 있는 것으로 보았다. 따라서 병치은유의 진가는 시 속에서 병치의 형식으로 새롭게 드러나는 다양한 세계인식에 있다.

최하림의 전기시에서는 시대적으로 암울했던 통한을 의미로 재현한다. 그는 정치적으로 탄압받던 시기에 말 할 수 없는 것들에 관하여 말을 해야

---

28) 위의 책, 182쪽.
29) 권혁웅, 앞의 책, 233쪽.
30) 김준오, 『시론』, 184쪽.
31) 위의 책, 184쪽.
32) 이승훈, 『시론』, 고려원, 1979, 142쪽.
33) 위의 책, 143쪽.

할 때는 병치은유의 수단을 택했다. 왜냐하면 병치은유의 수단이란 "가장 순수한 의미를 지향하는 것으로 그것은 일반예술의 경우 가운데 비대상 음악과 추상회화가 추구하는 것처럼 의미의 공간"[34]이라고 볼 수 있기 때문이다.

이를 토대로 본고에서 차용하는 병치은유란, 새로운 요소들의 결합으로 새로운 의미를 생성시키는 것을 목적으로 한다. 이로써 세계구성 방식으로 새롭게 나타난 최하림 시의 의미들을 분석하여 그의 내면의 의식들을 살핀다. 즉, 여기에서는 최하림 전기시에서 반항적 사유의 병치은유를 탐구한다.

> 1940년의 가을과 겨울에 아이들이
> 줄지어 들어가고 검은 꿈속으로
> 들어가고 검은 재와 뼈를
> 새벽 안개 속에 뿌렸다
> 그 여름에 유난히 푸르게
> 꽃들이 폴란드 북부 지방에 피고
> 서울에서도 붉은 칸나가 피었다
> 잎이 찬란한 그 꽃은 안색이
> 어두운 사람들의 눈길을
> 오래오래 끌고 있었다.
>
> ―「아우슈비치」 전문
> (『작은 마을에서』, 22쪽)

위의 시는 살아있는 "찬란한 꽃"과 이미 죽은 "검은 재"를 나란히 병치시키는 것으로 비극의 전말을 표상한다. 그것은 재와 꽃이 가져다주는 의미론적 변용작용의 운동력이다. 시의 전말은 제목 '아우슈비치'가 시사하

---

34) 위의 책, 142쪽.

는 세계사의 비극에서 이미 암울한 서울의 현실을 병치시킨다. '아우슈비치'와 '서울'의 병치는 시의 첫 행에서 언표하는 "1940년의 가을과 겨울에 아이들이/줄지어 들어가고"라는 발화로 세계사적인 비극과 그해 1940년의 비극을 같은 자리에 위치시킨다. 이어서 이어지는 3행의 "검은 꿈속"은 8행의 "찬란한 그 꽃"과 병치되는 것으로 9행과 10행으로 이어지는 "어두운 사람들의 눈길을/오래오래 끌고 있었다"의 의미를 받쳐주는 힘을 갖는다. 위의 시에서는 아이들이 어디로 "줄지어 들어" 갔는지에 관하여서는 자세한 정황의 설명이 없다. 그러나 제목 '아우슈비치'가 시사하는 죽음의 이미지는 아이들이 줄지어 들어간 곳이 죽음의 공간이라는 것을 시사한다. 시간 또한 "폴란드 북부 지방"과 "서울에서도"라는 발화로 그것은 시의 첫 행 "1940년의 가을과 겨울"의 이야기라는 것을 알게 하는 효과를 얻는다. 위의 시에서 "그 여름에 유난히 푸르게/꽃들이 폴란드 북부 지방에 피고"와 "서울에서도 붉은 칸나가 피었다"의 발화는 폴란드에서의 죽음도 꽃으로 피어나고, 서울에서도 죽음은 꽃으로 피어났다는 것을 나란히 병치시킨다. 세계사적으로 보면 1940년 폴란드의 '아우슈비치'에서는 600만 명이 넘는 사람들이 독일 나치에 의해 가스실에서 죽임을 당한다. 위의 시는 비극의 장소였던 '폴란드'와 '서울'을 나란히 병치시키는 것과 동시에 '아우슈비치'의 사건을 1940년 '서울'의 사건과 병치시킨다. 1940년 서울에서 무슨 사건이 이루어졌는지는 시의 전말로 미루어 알 수는 없지만 "찬란한 꽃"의 발화와 "검은 재와 뼈"의 발화를 병치시키는 것으로 꽃은 곧 죽음을 의미한다. 위의 시는 전면적으로 '아우슈비치'의 이야기를 하는 것 같지만 그것은 '아우슈비치'와 같은 경험을 했던 '서울'의 이야기라는 것을 알 수 있다. 위의 시는 '아우슈비치'와 '서울'을 원거리 결합으로 병치시킨다. 그것은 당돌하게 병치시키는 은유로 그해 서울의 비극을 반항적으로 배가시킨다.

안개를 가르며 우리들은 지붕과 가로수가 젖어있는
거리를 지나 지친 걸음으로 걸어갔다. 자욱한 무적 속으로
걸어갔다. 너희들은 모퉁이에서 우리를 부르고
너희들의 풍요한 웃음으로 맞아주었다
우리들은 우리나라의 선원다운 힘으로 껴안았다
금발의 엘리자베드여 그때 너는 나에게
입맞춰 주었던가 너의 금발로 감싸 주었던가
금발이 흘러내리고 낡은 베드가 삐걱거리고
그리고 숨소리 뜨거운 숨소리
우리들은 흔들리었고 흔들리면서
아메리카의 동해안에 도착하였다
밤이었다 어려운 안개가 흐르고 지붕과 가로수가
젖어 있는 거리를 가르며 우리들의 비명인 무적이 울고
아아 떠나고 도착하는 사람들의 흔적 속에서 이뤄지는 무적이여
우리들의 어깨로 흘러내리는 무적이여
우리들은 무적을 가르며 삐걱이는 층계를 지나
어둔 거리로 들어갔다 안개 속으로 들어갔다
이제 너는 잊어버렸을 것이다 그런데 엘리자베드여
나는 너를 생각하면서 더러운 술집에서 잔을 들고 있다
왜 생각하는 것일까 헤어지면서 뒷덜미에서 웃던 웃음소리
웃음소리 때문일까 웃음소리는 나를 밀고 어두운
안개 속으로 들어갔다 말들이 안개 속에 있었다
너를 사랑하는 비열한 내 나라의 내 어머니 그리고 내 이름
                            ―「웃음소리」전문
                        (『우리들을 위하여』, 40~41쪽)

아버지가 사랑하였던 금발머리 엘리자베드처럼
우리들의 사랑인 자유여 우리들은 너희 아름다움 때문에
감방의 창틀에서 신음하며 노래한다
…(중략)…

우리들에게로 걸어온 여인

그의 볼륨있는 목소리와 걸음걸이

우리들은 그의 말을 배우고 걸음걸일 배우고

자유를 배웠다 그는 말하였다

아름다운 자유라고

…(중략)…

그런데 아름다운 엘리자베드여

사랑은 사실 싸움이 아니던가

버림받은 어머니의 리어카 소리가

새벽마다 우리들의 잠을 깨우고

…(중략)…

한 하늘과 한 세상의 목마름을 나누며 지나면서

피 흘리며 끌려가 어둠 속에 드러눕는 어둠의 형벌

아버지가 사랑하였던 금발의 엘리지베드여

우리들은 이제 비로소 형벌 속에서 혈관과 뇌수 깊이

어둠의 씨를 심고 키운다 어둠을 지키며 신음한다.

—「우리들의 歷史」 부분

(『우리들을 위하여』, 11~13쪽)

위의 두 시는 모두 "금발의 엘리자베드"를 소재로 차용한다. 시의 제목 '우리들의 역사'와 '웃음소리'는 '우리' 화자의 입을 통해 한결같이 "금발의 엘리자베드"를 향하여 다소 격앙된 목소리로 발화한다. 비교적 길게 쓰여진 두 시의 분위기는 "그런데 아름다운 엘리자베드여/사랑은 사실 싸움이 아니던가"라는 다소 과격한 분위기를 조성한다. 시들은 각각 1975년과 1972년에 쓰여진 것으로 보아 1970년대의 정치상황이 개입이 된 것으로 보인다. 그것을 받쳐주는 "우리들은 너희 아름다움 때문에/감방의 창틀에서 신음하며 노래한다"의 '아름다움'과 '감방'의 병치는 위태로운 현실을 직감하게 하는 의미의 변용으로 작용을 한다. 그리고 아름다움과 감방이

나란히 병치되면서 아름다움과 노래가 새로운 의미론적인 요소인 반항적인 의미로 작용을 한다. 시간의 차이를 두고 쓰여지긴 했지만 위의 두 시는 한결같이 '금발의 엘리자베드'와 '우리'를 병치시킨다. 왜냐하면 금발의 엘리자베드는 내가 사랑한 여인이 아니라 시종일관 "아버지가 사랑하였던 금발의 엘리지베드"이기 때문이다. 아버지가 사랑했던 아름다운 금발의 엘리자베드를 향하여 의의 시는 "피 흘리며 끌려가 어둠 속에 드러눕는 어둠의 형벌/아버지가 사랑하였던 금발의 엘리지베드여"라고 회한의 목소리를 표출한다. 위의 시에서 "어둠의 형벌"과 "금발의 엘리자베드"는 같은 위치에서 나란히 병치되면서 오히려 극명한 의미의 대비를 보여준다. 위의 첫 시에서 보여주는 1975년의 엘리자베드는 "너희들은 모퉁이에서 우리를 부르고/너희들의 풍요한 웃음으로 맞아주"는 여인이다. 그런데 정작 "자욱한 무적 속으로/걸어"갔던 우리는 "지붕과 가로수가 젖어있는/거리를 지나 지친 걸음으로 걸어"가면서 현재를 살아가는 막막한 존재들이다. 지친 걸음과 풍요한 웃음의 병치는 "우리들은 흔들리었고 흔들리면서"를 강조하면서 의미론적으로 반항의 요소를 내재한다. 위의 시에서 지친 걸음의 우리를 웃음으로 맞아주었던 금발의 엘리자베드의 은유는 곧 "아메리카의 동해안에 도착하였다/밤이었다"로 알 수 있듯 미국을 지칭하는 발화이다. 여성성을 부여받은, 즉 자유의 여신상으로 표상되는 아메리카는 우리가 "피 흘리며 끌려가 어둠 속에 드러눕는 어둠의 형벌"로 병치 은유 된다. 시간적으로 다른 위치에서 쓰여진 위의 두 시는 모두 자유의 표상으로 대변되는 미국과 우리를 나란히 병치시키는 것으로 은유적인 의미의 확장효과를 얻는다. 우리는 그들에게서 "우리들은 그의 말을 배우고 걸음걸일 배우고/자유를 배웠다 그는 말하였다/아름다운 자유다라고" 하면서도 그러나 우리는 정작 아름다운 자유에 대해 오히려 행동의 불일치를 토로한다. "사랑은 사실 싸움이 아니던가"의 발화는 최하림이 자서에서 밝혔듯이, 자유는 의미의 개념이 아니라 행동의 개념이라는 것과도 맥을 잇는다. 미국으로 치환되는 그것은 우리에게 "풍요한 웃음"을 주는 듯하지만 뒤에서는 욕망의 "숨소리 뜨거운 숨소리"로 우리를 지배한다는 의식이 짙게 깔려 있다. 또한 "웃음소리는 나를 밀고 어두운/안개 속으로 들어갔다 말들이 안개 속에 있었다"에서 말과 안개의 병치관계는 말을 말살당했던 암울한 시대의 안개와도 같은 오리무중의 시간을 은유한다. 위의 두 시 '웃음소리'와 '우리들의 歷史'는 최하림이 1970년대를 살면서 느꼈던 강대국 아메리카에 대한 반항적 사유와 우리의 현실인식을 나란히 등가의 자리에 위치시키는 것으로 병치은유의 의미론적인 변용의 효과를 얻는다.

> 열두 산을 넘어 기차가 달리는 산골에는
> 눈이 많아 사람들은 쿨룩거리며 어둠 속으로
> 들어간다 아세틸렌 불빛이 가물거리는
> 갱도를 지나서 검은 석탄을 지나서
> 새들이 하늘에 매달리듯
> 띄엄띄엄 선 가로수들이
> 기슭에 매달리듯,
> 헬멧을 쓴 십장이
> 소리지르고 굴착기가 울고
> 흐르는 달같이, 내리치는
> 곡괭이와 함께
> 떠오르고 가라앉는다
> 적처럼 외로운 사내여, 내리쳐라 어둠이
> 무너져서 별이 보일 때까지, 별의 정수리가
> 부서져 보석이 될 때까지
>
> ―「영동」부분
> (『작은 마을에서』, 50쪽)

시는 존재에 의미를 둔 사물의 언어이다. 위의 시는 기차를 의인화하고, 그 기차의 시선으로 사물을 본다. 달리는 기차와 산은 정과 동을 함께 병치시키면서, "콜록 거리며 어둠 속으로"의 발화로 시의 공간을 "산골"로 한정짓는다. 그리고 척박한 환경으로 점철되는 산골의 정경들은 곧바로 삶의 모습과 병치된다. 시의 첫 행인 "기차가 달리는"이라는 발화는 두 번째 행의 "사람들은 콜록 거리며"의 병치로 험준한 산길을 달리는 기차의 모습을 의인화한 것이다. 그것은 동시에 콜록거리며 고통스러운 광부들의 노동을 함께 묘사한다. '어둠과 불빛', '석탄과 새', 그리고 '갱도와 하늘', '별과 보석'과 더불어 '떠오르고 가라앉는다'의 대립적인 발화방법은 삶과 죽음이 자연스럽게 하나의 갱도로 이어진 길의 모습으로 병치된다. 첫 행에서 "열두 산을 넘어 기차가 달리는 산골"은 곧 탄광촌의 모습으로 "헬멧을 쓴 십장이/소리지르고 굴착기가 울고" 하는 갱도 속에서 석탄을 캐는 광부들의 일상이다. 그것은 화자가 발화하는 "내리쳐라, 어둠이/무너져서 별이 보일 때까지"라는 언표처럼 "적처럼 외로운 사내"의 심경을 중점적으로 보여준다. 위의 시 '영동'은 척박한 시대와도 병치를 이루면서 최하림 시에 나타난 세계구성 방식으로서의 인식의 구조를 드러낸다.

다음의 시 역시 고단한 사람들의 삶을 예수와 나란히 위치시키는 것으로 의미를 극대화 시킨다.

> 강원도인지 전라도인지
> 모를 두뇌에서 올라와
> 처자식을 누가에 팔아버리고
> 마장동 연변을 돌아다니는
> 비렁뱅이 사내여 비렁뱅이 사내여
> 내일 모레 아니면 그 다음 날

밤새껏 비가 주룩주룩 내린 날
낙타가 들어가는 바늘 구멍으로
들어가 그대 아버지 곁에
편히 쉬거라 그리고 다시는
돌아오지 말아라

—「예수」 전문
(『작은 마을에서』, 77쪽)

제목으로 쓰인 예수는 비렁뱅이 사내의 또 다른 모습으로 치환된다. 위의 시는 두 대상을 나란히 병치시키는 것으로 둘 사이의 간격은 급속히 줄어든다. 대상화된 비렁뱅이 사내와 성부의 아들로 간주되는 예수는 9행의 "그대 아버지 곁에/편히 쉬거라"의 발화로 한 인물로 보아도 무방하다. 제목이 시사하는 '예수'는 성경 설화에서 성령으로 태어난 신성으로 인류에게 구원을 약속하는 성스러운 인물이다. 그러나 성부의 아들 성자가 시 속에서 "비렁뱅이 사내"로 병치되는 순간 위의 시는 상당히 회의적인 의미 변용을 이루게 된다. 예수와 비렁뱅이 사내로 병치된 두 상관물은 "처자식을 누가에 팔아버린"처럼 남루하고 비루한 모습으로 삶의 활력을 잃어버린다. 시의 첫 행에서 "강원도인지 전라도인지"로 묘사되는 "두뇌"는 지역의 특정 명칭보다는 마지막 행의 "돌아오지 말아라"와 수미상관을 이루면서 아주 먼 곳을 지칭하는 고유명사로 읽어도 무방하다. 위의 시에서 발화하는 비렁뱅이 사내는 "두뇌"에서 올라와서는 처자식을 "누가"에 팔아버린 파렴치한 인물로 묘사된다. 아내와 자식을 팔아버린 사내는 여전히 별 볼일도 없이 "마장동 연변"이나 어슬렁거리면서 산다. 예수라는 성신의 이름으로도 이 땅에서 이룰 수 있는 일은 없어 보인다. 화자는 비렁뱅이 사내에게 "낙타가 들어가는 바늘 구멍으로" 들어가라고 일갈을 한다. 그것은 아무 것도 이룰 수 없는 것을 이루려고 하는 불가능에 대한 반항적 요소가 짙은 어사다. 화자는 "그대 아버지 곁에/편히 쉬거라"의 발화로 예수도 구원받을 수 없는 우리의 절망에 관하여 언급한다. 화자는 예수와 비렁뱅이 사내를 병치시키는 것으로 비참한 시대의 방황과 갈등을 극적으로 형상화한다.

여기에서는 최하림 시에 나타난 반항적 사유를 병치은유로 살폈다. 그것은 곧 "반항적 사유" 자체가 암시하는 것처럼 최하림 시의 병치은유 속에는 지난한 시대를 살아 내야했던 존재인식의 측면까지도 보여준다. 그리고 그 의미는 시대를 극복하고자 하는 내면의 의식과도 상통한다.

(2) 유목적 유랑의 병렬은유

병렬의 사전적 의미는 '나란히 늘어섬 또는 나란히 늘어놓는다'이다. 권혁웅은 병렬은유를 "두 개 이상의 대상 혹은 언술이 유사성의 틀을 통해 느슨하게 결속"[35]되어 있는 것으로 보았다. 여기에서 사용하는 병렬의 의미는 기존에 사용했던 "어떤 특수한 면들을 통하여 병렬되는 요소와 그 요소라는 은유형태의 종합으로"[36] 사용하는 병치의 의미와는 다른 개념으로 사용한다. 권혁웅에 의하면 "병렬은 은유적인 결속력이 가장 약한 방법이다. 많은 대상들을 느슨하게 나열하는데 효과적인 방법이 병렬인 셈이다. 병렬은 대개 형식적인 유사성(동일한 구문)을 통해 대상의 계량화"[37]를 가능하게 한다. 따라서 병렬은 병치가 갖는 의미의 새로운 생성이라기보다는, 다변적인 의미를 내포한다. 그것은 각각의 개별화된 의미와 함께 대상으로 포착된 언술이 유사성의 성질을 통해 비슷한 의미를 공유한다.

---

35) 권혁웅, 앞의 책, 292쪽.
36) 김준오, 『시론』, 183쪽.
37) 권혁웅, 앞의 책, 300쪽.

즉 병렬은 하나의 언술이 또 다른 언술로 바뀌면서 새로운 의미와 강조를 생성한다.

최하림의 전기시에서는 척박한 시대의 현실을 떠나고 싶어 하는 유목적 유랑의식이 두드러진다. 그것은 한 곳에 정착할 수 없는 부정의 현실인식으로부터 출발을 한다. 유목적 유랑의 방법으로 존재를 드러내며 세계를 인식했던 최하림의 시는 한 행이 의미를 이루면서 또 다른 행으로 연이어 이어지는 병렬은유의 구조적 방식을 보여준다. 여기에서는 은유의 방식으로 새롭게 생성되는 최하림 시의 유목적 유랑의식을 비유의 어사를 되짚어서 살핀다.

> 햇볕이 늠실거리는 바다인지 호수인지는 몰라도 그들은 말을 타고 누란으로 가네 제 나라에서 살지 못하고 가네 한명의 종자와 길잡이를 데리고 바람도 불지 않고 잎들이 떨어져 쌓이는 길을 햇살이 고요히 비추어서 세세하게 드러내고, 왜 이럴까 왜 이럴까 소리쳐 확인하고 싶은 이곳은 얼마나 마음 아픈 것인가 거기 그 들풀 꽃들은 얼마나 아름다운 것인가 그들에게 펼쳐진 시간들은 또 얼마나 찬란한 것인가 햇볕이 너무나도 늠실거리는 바다인지 사막인지는 몰라도 그들은 말을 타고 누란으로 가네 제 나라에서 살지 못하고 가네
>
> —「누란」전문
> (『겨울 깊은 물소리』, 22쪽)

최하림 시에 나타나는 유목적 유랑의 존재들은 뚜렷한 목적지를 향한다기보다는 무조건 안에서 밖을 향해 가는 방황과 갈등의 존재들로 묘파된다. 위의 시에서 알 수 있는 정보는 말을 타고 누란으로 간다는 동적인 상황이다. 줄글인 산문시로 이루어진 '누란'에서 "제 나라에서 살지 못하고 가네"는 두 번째 행과 아홉 번째 행에서 두 번의 발화가 이루어진다. 현

실의 공간을 넘어서 다른 장소로의 이동은 여기를 떠나고자 하는 시인의 의지로 보아도 무방하다. 끊임없이 떠나면서 끊임없이 자책하고 자각하는 유목적 유랑의식은 최하림이 척박한 시대를 살면서 자신의 존재를 규명하는 방법이기도 하다. 위의 시에서 빈번하게 사용하는 동사 "가네"는 점진적으로 앞으로 나아가는 운동성을 확보한다. 각 시행의 마지막 문장은 불완전하게 끝을 맺으며 다음 행과 긴밀하게 맞물려 있다. 또한 문장의 병렬은 의미의 병렬로 느슨하게 이어지면서 또 다른 의미로 확장된다. 그것은 자연스럽게 병렬은유의 다변적인 요소를 지니게 된다. 위의 시에서 제공하는 정보는 제나라에서 살지 못한다는 것과 누란으로 간다는 것이 전부다. 그러나 누란은 이미 신화적인 공간으로 현실에서는 갈 수 없는, 현장성을 부여받지 못하는 곳이다. 그럼에도 불구하고 "말을 타고 누란으로"가는 심경은 누란은 "햇볕이 늠실거리는" 곳이었으면 좋겠다는 희망을 담보한다. 지도상에서 이미 사라지고 없는 장소를 찾아가는 발걸음은 "왜 이럴까 왜 이럴까 소리쳐 확인하고 싶은 이곳"이나 별반 다를 것이 없을지도 모르는 "바다인지 사막인지"로 발화되는 미지의 공간이다. 문장의 완결을 보류하면서 다음 행으로 미끄러지는 병렬의 시쓰기는 한 곳에 머물러 살 수 없는 현실적인 상황을 은유적으로 발화한다. 또한 병렬의 의미는 부드럽지만 불안한 의식의 발화로 현실을 인식하게 하는 방법이기도 하다. "왜 이럴까 왜 이럴까 소리쳐 확인하고 싶은 이곳"은 어쩌면 "바다인지 사막인지는 모르"는 막막한 누란보다도 못한 곳이다. 또한 "꽃들은 얼마나 아름다운 것인가 그들에게 펼쳐진 시간들은 또 얼마나 찬란한 것인가"의 부분도 병렬의 의미가 두드러지는데, 이는 꽃에서 시간으로 확장되는 유목적 사유를 드러낸다. 위의 시에서 나타나는 시의 마지막 행은 앞날을 알 수 없는 현실의 지표처럼 의미를 알 수 없는 불완전 문장으로 끝을 맺으며 다음 문장으로 이어진다. 이렇듯 병렬의 문장으로 출렁이는 최하림 시의 어사들은 누란이 의미하는 다변적 요소의 의미들과 함께 "햇볕이 너무나도 늠실거리는" 현실의 공간에서 살고 싶다는 희망을 표출한 것이기도 하다. 즉 누란으로 가는 행렬을 보여주듯이 병렬의 문장들은 은유적 의미강조로서의 요소들을 표출한다.

> 오늘도 먼데서 밤은 함뿍 내리고
> 바람마다에 우거진 숲이 부우연 머리를 흔드는데
> 손 하나 허공에 뻗을 수 없이 적막이 내린다
> 내리는 적막 속에서 여인들이 소리없이 와
> 떠난 자를 그리는 슬픔으로 허리를 구부리고
> 물 위에 밀리는 달빛을 보고 서 있다
>
> ―「떠난 자를 위하여」 전문
> (『우리들을 위하여』, 74쪽)

통상적으로 시에서 사용하는 병렬은유는 "다변을 가능하게 하는 형식적 원리다"[38] 그것은 두 개 이상의 상관물이 유사성의 속성을 지니면서 서로 결속하여 이미지를 형성하는 시작법 중의 하나이다. 병치은유가 대상을 결속하는 힘을 갖는다면, 병렬은유는 의미의 다변화를 형성한다. 최하림의 전기시에서는 불안한 현실인식에서 기인하는 부정의식으로 한 곳에 정착하지 못하는 유목민적 유랑의식이 드러난다. 그의 시에서 발화하는 유목민적 유랑의식은 목적지가 뚜렷하지 않으면서도 끊임없이 밖을 떠도는 불안의식이거나 무의식의 세계를 향해 나아가는 무목적성의 목적이다. 위의 시에서도 "적막이 내리고/내리는 적막 속에서"의 병렬은 특별한 사건의 전개 없이도 "적막"이라는 관념어에 의지해서 "밤"과 "바람"과

---

38) 위의 책, 202쪽.

"허공"으로 떠난 자들을 표상한다. 두 개의 문장으로 나뉘어진 위의 시는 1행부터 3행까지는 "내리고" "흔드는데" "내린다"의 발화로 망자들의 보이지 않는 모습을 형상화한다. 그리고 그것의 대칭점인 4행부터 6행까지 "소리없이 와", "구부리고", "서 있다"의 발화는 망자를 떠나보내는 여인들의 제례의식이다. 목적지를 모르는 곳으로 떠난 자들은 "밤"의 모습이거나 "바람"의 형상으로 떠돌아 다닌다. 그것은 "손 하나 뻗을 수 없이 적막이 내린다"의 발화로 현재의 공간을 떠난 유목적 존재들에 대한 그리움의 모습을 형상화한다. 위의 시는 대구의 형식으로 한 행이 끝나면 그 다음 행은 그 윗 행의 의미를 받아 다음 행에서는 또 다른 이미지를 발화한다. 그러나 서로 병렬의 방식으로 연결된 문장과 문장들은 독립적이면서도 비슷한 다변적인 요소들을 품고 있다. 병렬의 형식으로 이어지는 4행부터 6행의 문장들은 여인들이 떠난 자를 위하여 "슬픔으로 허리를 구부리고/물 위에 밀리는 달빛을 보고 서 있다"처럼 죽어서도 정착하지 못하는 유랑의식을 병렬은유의 발화 방식으로 나타낸다.

바람 불고
모래 날리고
검은 쇠고랑 끌고
어슬렁 어슬렁 걸어가는
사하라같이 끝없는 사막을 넘어서
번쩍번쩍 빛나는 열사의 사구를 넘어서
유목민들의 천막을 넘어서 취사도구를 넘어서
몇 마리 흰 양이
아누 아누 외치는
눈이 검고 배가 나온
베두윈의 아이들 시체를 넘어서

바람 불고 모래 날리고
천 년의 쇠고랑 차고
어슬렁 어슬렁 모랫벌
걸어가는 사하라같이 끝없는
사막을 넘어서 사막을 넘어서

―「사막을 넘어」 전문
(『겨울 깊은 물소리』, 68쪽)

15행으로 이루어진 위의 시는 각 행이 다음 행을 물고 연이어서 발화하는 병렬의 구조를 보여준다. 장면의 변화도 크게 없고 또한 극적인 사건도 보이지 않는다. 다만 시인으로 간주되는 보이지 않는 화자의 입을 통해 계속 "넘어서" 어디론가를 향해 가겠다는 의지만 보여준다. 불고, 날리고, 끌고, 넘어서, 차고, 끝없는, 으로 느슨하게 연결되는 각 행의 종결어미는 끝없이 부는 사막의 바람을 온몸으로 감지하면서도 기어코 "사막을 넘어서" 가야만하는 유랑의 존재로 각인이 된다. 3행의 "검은 쇠스랑"과 13행의 "천년의 쇠고랑 차고"라는 발화는 자유롭지 못한 육신을 끌고 형벌처럼 살아가는 삶의 모습을 은유한다. 그것은 "사막을 넘어서"와 "열사의 사구를 넘어서"의 발화처럼 안에서 정착하지 못하고 밖으로 떠돌아야 하는 유목민적 유랑의식을 강하게 보여준다. "번쩍번쩍 빛나는 열사의 사구를 넘어서"는 죽을 힘을 다해 반드시 넘어야 하는 삶의 목표의식을 나타내는 삶의 은유이다. 또한 "유목민들의 천막을 넘어서 취사도구를 넘어서" 역시 일상의 남루한 삶일지라도 계속 연이어 이어져야 한다는 삶의 의지를 표명한다. '사막을 넘어'라는 제목을 달고 있는 위의 시는 16행으로 이루어진 한 문장의 시다. 위의 시는 한 행의 마지막 어미는 대부분 "고"와 "서"와 "는"이라는 열린 종결어미로 한 문장을 마무리 짓지 않은 상태에서 다음 행으로 이어지는 병렬의 형태를 고수한다. 그것은 병렬의 의미론 적인 측면뿐만이 아니라 반복이라는 강조의 측면에서도 병렬은유의 요소를 지닌다. 위의 시에서 발화하는 "시체를 넘고", "모래를 날리고", 그래도 "사하라같이 끝없는/사막을 넘어서 사막을 넘어서"의 열린 결말은 끊임없이 자책하며 갈등과 방황을 반복했던 시인의 유랑의식이 병렬 은유의 형태로 표출된 것이다.

3) 세계를 형성하는 비유적 인유

인유(引喩)는 다른 예를 끌어다 비유하는 것으로써 장소나 사건, 인물 시간이나 말투, 문투까지 모두 직접 혹은 간접적으로 텍스트에 인용하는 것을 뜻한다. 시인과 독자는 인유를 통해 "어떤 경험이나 지식을 공유하게 된다. 또한 인유의 원천은 문학적 전통이다. 따라서 인유는 시인과 독자로 하여금 문학적 전통을 공유하게 할 뿐만 아니라 그것을 가치의 근원으로 확립시킨다."[39] 최하림은 인접예술의 활용을 통해 현재의 상황을 적극적으로 가시화한다. 여기에서는 인물의 성격에 따른 인유와 공간의 특성에 따른 인유를 통해 최하림 시에 나타났던 1970년대와 80년대의 암울했던 시기에 세계를 형성하는 인식을 탐구한다.

(1) 인물의 성격에 따른 인유

인물의 성격에 따른 인유의 기능은 시인의 내면 의식이나 삶의 의미를 당대의 상황이나 사건을 텍스트 안으로 끌고와서 의미와 문맥을 확대 형성 한다. 이런 방법은 무엇보다 시인이 강조하고 싶은 것들을 예증하는데 탁월한 역할을 한다. 여기에서는 인물의 성격을 통해 문맥을 확장시키는 비유적 인유를 통해 최하림의 전기시를 살핀다.

---

39) 김준오, 『시론』, 224쪽.

게세마네 골짜기로 들어가기 위해서는 그 육중한 뱃놈인
베드로라 해도 인간의 쓸쓸한 마음자리를 수없이 건너가야
만 했다 두 발이 족쇄에 끌리듯 무거울 수밖에 없었다
　　　　　　　　　　　　　　　　　　　—「베드로 1」 전문
　　　　　　　　　　　　　　　　（『겨울 깊은 물소리』, 51쪽）

　　최하림의 시에 나타나는 비유적 인유들은 대부분 역사적으로 고난을
겪어서 비극적이거나 개인사적으로 고통스러웠던 특정 인물들의 이름을
빌려오거나, 지역적으로는 남도 지방의 지명이나 강 혹은 역사적인 사건
이 일어났던 고장의 이름을 그대로 인용하는 경우가 대부분이다. 시 속에
인용된 인물이나 공간은 원래 갖고 있는 고유의 뜻과 의미가 병치되면서
의미론적으로 새로운 긴장의 요소를 갖추게 된다. 특히 최하림은 1980년
5월의 광주항쟁이 일어난 후에 '베드로' 연작시를 발표하는데, '베드로'를
직접 시 속에 등장시키기도 하지만, 주로 '나'를 '베드로'와 등치시키면서
역사의 현장에 직접 가담하지 못했던 죄의식을 간접적으로 발화한다. 위
의 시에 인용된 "베드로" 역시 시의 첫 행에 "겟세마네 골짜기"의 발화로
보아 성경 설화 속에 나타난 고통의 인물을 인용한 것이다. '겟세마네 동
산'은 예수가 죽음 직전에 기도를 올린 슬픔의 성소로 현재의 상황과 치환
이 가능하다. 위의 시는 단 두 개의 짧은 문장으로 이루어진다. 첫 번째 문
장이 베드로의 갈등하는 마음을 발화한 "인간의 쓸쓸한 마음자리"를 표현
한 것이라면, 두 번째 문장은 "두 발이 족쇄에 끌리듯 무거"운 고통의 발걸
음을 표상한 것이다. 위의 시는 두 문장으로 이루어진 세 행의 짧은 시 속
에 배신과 사랑을 동시에 이행했던 고통의 인물 "베드로"를 비유적으로
인용하는 것이다. 그것은 역사의 현장에서 행동하지 못했던 개인의 고통
과 죄의식을 의미론적으로 드러내 보여준다.

우리나라 바람은 들에서 일어나 들에서 달린다
잡초들이 스러지고 불타오르던 옥수수 밭이 넘어지고
우리가 허리띠를 조르며 심은 씨앗도
日常의 축대도 흔들리고 무너진다
무너져 아수라가 된다 울음 없는
울음의 이랑마다 일어서고
迷路의 여인들이 마른 소리로 노래하고
검은 志鬼가 전체의 달을 무너뜨린다

—「風謠」 부분
(『우리들을 위하여』, 50쪽)

위의 시에 차용된 지귀(志鬼)는 시 속에서 비유적 인유로 원용되었다.
제목인 '風謠'도 역시 신라향가 4구체의 짧은 노동요이다. '풍요'는 선덕여
왕 때 커다란 불상을 만들기 위하여 남녀 모두가 부르기도 했고, 또한 방
아를 찧으면서 불렀던 민중의 노래다. 따라서 제목으로 쓰여진 '풍요'는
사실은 본문의 내용과는 아무런 연관이 없다. 위의 시는 극복할 수 없는
절망의 상황을 "잡초들이 스러지고 불타오르던 옥수수 밭이 넘어지고"의
발화로 극대화시킨다. 시의 정황은 "넘어지고", "조르고", "무너지고", "흔
들리고", "아수라"의 어사를 활용하여 "우리나라 바람은 들에서 일어나 들
에서 달린다"에 나타나듯 구체적으로 피폐한 민중의 극한을 묘사한다. 최
하림의 전기시에 나타나는 역사의식은 대부분 가난한 민중에 대한 연민
으로 형상화된다. 비유적 인유로 차용한 위의 시 '풍요' 역시 가난한 민중
이 불렀던 노동요로 신라시대에도 지금도 변함이 없이 고단한 민중의 삶
을 치환하여 표출한다. 마지막 행에서 드러나는 "검은 志鬼가 전체의 달을
무너뜨린다"는 발화는 이루어질 수 없는 사랑을 꿈꾸었던 지귀를 비유적
인유로 끌고와서 극복할 수 없는 극한 상황의 지난한 현실을 언표한다.

우리는 모여 있네 난로가에서
창밖에는 어둠이 내리고 눈이 내리고
고은이 태일이 또 시영이
어두운 불에 얼굴이 달아올라 아름다웁게 되네
이 밤에 성부는 어디 있는지
어느 술집에서 안주를 집어먹고 있는지
먼 그가 이제는 이 가까이서
우물 같은 침묵으로 있고
불의 재료인 말들을 집어넣어
말이 타올라, 바알갛게, 바알갛게 친구들을
추운 세밑에서 태우네

　　　　　　　　　　　　　—「그리움」 전문
　　　　　　　　　　　　　（『작은 마을에서』, 66쪽）

자정이 넘어 언제 올지도 모르는 새벽을
여럿이서 기다리고 있는 동안 희미하게
죽어가는 김종삼(金宗三)이 생각이 떠올랐다
그는 불치의 시인이었다 시를 찾아서
시장통으로 병원으로 벙거지를
쓰고 다녔다
그런 그의 뒤로 바람이 세차게 내리쳐서
등허리를 적시고 가로수 잎들이
우수수 져내렸다 좁쌀만한 빛에
‘주의(主義)’도 ‘순수(純粹)’도 아닌 그늘이 드리웠다가
사라져갔다 아무도 그늘을 보지 못했으나
그늘은 따뜻하였다 사랑이라고들
그랬다

　　　　　　　　　　　　　—「따뜻한 그늘」 전문
　　　　　　　　　　　　　（『겨울 깊은 물소리』, 87쪽）

시간의 간격을 두고 쓰여진 위의 두 시에서는 "고은"과 "전태일"과 "이시영"과 "이성부"와 "김종삼"이 비유적 인유의 방식으로 표면에 드러난다. 각각 시의 제목은 '그리움'과 '따뜻한 그늘'이다. 사전적 의미로 '그리움'이란 이미 지나갔거나 오지 않을 실체에 대하여 애타는 마음으로 표상이 된다. 또한 '따뜻한 그늘' 역시 역설의 의미로 활용된다. 최하림의 두 번째 시집 『작은 마을에서』(1982년)에 수록된 위의 첫 시는 군사정권 아래서 '말'의 탄압이 극렬했던 시기에 쓰였다. 위의 시에서 인유의 대상이 된 "고은이 태일이 또 시영이" 그리고 "이 밤에 성부는 어디 있는지"의 인물들은 모두 "말을 업으로 삼던 시인들이었다. "우리"로 표상되는 "어두운 불에 얼굴이 달아올라 아름다웁게 되네"의 네 인물은 이미 언어의 말살로 "우물 같은 침묵"으로 발화하는 고통의 존재들로 표출이 된다. 그리고 그들이 주로 썼던 말은 이미 통제당하여 무용지물이 되어 "불의 재료인 말들을 집어넣어/말이 타올라," 말을 잃어버린 친구들을 "추운 세밑에서 태우"고 있다는 것이다. 그럼에도 불구하고 위의 시에서 발화하는 난로가에는 "우리는 모여 있네"로 "고은이 태일이 또 시영이" 또 "성부"를 인유하는 것으로 억압 속에서도 여전히 타오르는 존재로 문맥의 이중화를 형성한다. 따라서 위의 첫 시는 독재에 격렬하게 대항했던 인물들과 그리움을 나란히 병치시키는 것으로 침묵으로 일관해야했던 어두웠던 시절을 역설적으로 증명한다. 다음에 이어지는 세 번째 시집 『겨울 깊은 물소리』(1999년)에 수록된 '따뜻한 그늘'은 시인 '김종삼'에 대한 소회로 가득하다. 위의 시에서 화자가 인지하는 김종삼은 "그는 불치의 시인이었다 시를 찾아서/시장통으로 병원으로 벙거지를/쓰고" 다녔던 시인이다. 김종삼은 1960년대를 대표하는 시인이다. 실제로 김종삼은 "시를 찾아서/시장통으로 병원으로 벙거지를/쓰고" 다녔던 시인이다. 황동규는 "그의 시가 갖는 절묘한 아름다움은 잔상효과에 기인한다고 주장하였다."[40] 황동규의 이러한 평가는 詩史에서 김종삼의 위치를 미학적으로 가늠하는 논의의 단초를 제공했을 뿐만 아니라, 그가 주의(主義)나 이념(理念)에 전도되지 않았던 시인임을 시사한다. 따라서 최하림은 김종삼을 시 속에 비유적으로 인유하는 것으로 자신의 소신인 "'주의(主義)'도 '순수(純粹)'도 아닌 그늘이 드리웠다가"로 발화한다. 역사의 소용돌이 속으로 직접 가담하지 못했던 최하림의 의식 속에는 행동하지 못했던 죄의식으로 점철된다. 그러나 최하림은 자서에서 "나는 명백한 것이 싫다. 나는 흔들리는 것, 반짝이는 것, 두 개 이상의 감정과 색상이 섞여 조영하는 어떤 느낌을 좋아한다"[41]라고 밝혔다. 이처럼 최하림은 '주의(主義)'도 '순수(純粹)'도 아닌 그늘은 "따뜻하였다 사랑이라고" 언표한다. 그러나 시의 첫 줄에서 따뜻한 그늘에 관하여서 "자정이 넘어 언제 올지도 모르는 새벽"으로 발화한다. 그것은 "희미하게/죽어가는 김종삼(金宗三)이 생각"이 떠오름과 동시에 "불치의 시인"으로 발화되는 김종삼과 자신을 병치시킨다. 이처럼 최하림은 비유적 인유를 통해 문맥의 확장을 도모하는 것과 동시에 텍스트가 내재하고 있는 의미를 확대 형성시킨다.

　여기에서는 최하림 시 속에 나타나는 인물의 성격을 통해 본 비유적 인유를 살폈다. 최하림의 시 속에 인유된 인물들은 대부분 역사의 현장 속으로 적극 가담하지 못했거나, 가담하였어도 목적을 이루지 못한 소외된 인물들로 발화한다. 최하림은 적지 않은 인물의 인유를 통해 자신의 죄의식을 대속하거나 혹은 행동할 수 없었던 부정의 사회상을 피력한다.

---

40) 황동규, 「殘像의 美學」, 『김종삼 전집』, 청하출판사, 1988, 251쪽.
41) 최하림, 『멀리 보이는 마음』, 55쪽.

(2) 공간의 특성에 따른 인유

공간의 특성에 따른 인유는 당대의 역사적, 사회적 사건들을 참조하는 것이 특징이다. 최하림의 전기시에 해당하는 1970년대와 80년대의 정치적 상황은 유신과 광주항쟁이라는 정치적으로도 매우 혼란하고 암울했던 시기였다. 최하림은 말을 통제받던 시기에 말을 하는 방법으로 비유의 언사를 동원한다. 그중에서도 최하림은 경험으로 신체에 각인이 된 말들을 비유법을 차용하여 토로한다. 여기에서는 공간적 특성에 따른 비유법의 범주 안에서 인유법을 살피고 그 시사적 맥락을 탐구한다.

> 돌아오지 않았습니다. 저 먼나라 아르헨티나에서는 수만 명도 넘은 잘생긴 아들들이 행방불명 되었다가 얼마전 시체로 돌아왔다고 합니다. 수만 명도 넘은 어머니들이 시체를 맞아들였다고 합니다. 분노도 슬픔도 없었다고 합니다. 성모 마리아님이여, 고다마의 어머니 마야님이여, 이런 날은 아들을 그리며 전태일의 어머님도 어느 길을 걸어가고 김남주의 어머님도 갈 것입니다. 이런 날은 아무 죽음도 가지지 못한 저나 제 친구들도 갑니다. 나무들이 언 가지로 서 있고 차고 신선한
>
> —「겨울산」 부분
> (『겨울 깊은 물소리』, 20쪽)

최하림의 시에 나타나는 비유적 인유들은 지역적으로는 남도 지방의 특정 지명이나 강 혹은 특별한 사건이 일어났던 국가나 고장의 이름을 인용하는 경우가 대부분이다. 위의 시에 인용된 아르헨티나는 민주화 직전까지 군사독재정권이 집권했던 정부다. 그것은 우리의 정치상황과도 상통한다. 아르헨티나는 민주화를 이루기 위하여 수많은 유혈사태가 있었다.[42] 그 과정에서 위의 시는 "저 먼나라 아르헨티나에서는 수만 명도 넘

은 잘생긴 아들들이 행방불명 되었다가 얼마전 시체로 돌아왔다고 합니다.”로 언표한다. 화자는 “저 먼나라”의 이야기를 하는 듯하지만, 그 먼나라로 인유된 아르헨티나의 상황은 곧 우리의 상황임을 나란히 병치시키면서 상황을 적극적으로 가시화한다. 제목에서 시사하는 ‘겨울산’은 “나무들이 언 가지로 서있고 차고”의 발화로 두 나라의 상황은 동토의 땅이라는 것을 비유한다. 무엇보다 화자가 괴로워하는 것은 “이런 날은 아무 죽음도 가지지 못한 저나 제 친구들도 갑니다.”이다. 그것은 생성을 끝마친 겨울산처럼 죽음조차도 갖지 못하고 살아남은 화자의 심경은 아들의 주검을 받아 안고도 감히 “분노도 슬픔도 없었다고 합니다.”처럼 죽음보다 더 지독한 비굴한 삶을 경험해야 하는 암담한 현실이다. 위의 시는 아르헨티나라는 공간을 비유적으로 인유하는 것으로 당대의 현실을 각성시킨다.

> 宜寧事件이 일어난 날 아침에도 작은 마당가에서 밝게 웃음짓던 다알리아 우리 딸의 피 같은 다알리아 전라남도 송주군 조계산에서 새처럼 울던 울음으로 캄캄한 마음속을 날아가던 다알리아 실크 마후라를 두르고 닐리야를 부르며 날아가던 한 마리 꿀꽁새 같은 다알리아 다알리아
>
> —「다알리아」 전문
> (『작은 마을에서』, 45쪽)

인유의 역할은 이중 시선에 의하여 역설이나 패러디의 요소로도 발전을 한다. 위의 시는 “宜寧”이라는 특정한 공간에서 일어난 사건을 염두에 두고 발화한다. 시는 의령사건이 어떤 사건이었는지에 관하여서 뚜렷한 정보를 제공하지 않는다. 다만 “의령”과 “다알리아”를 병치의 수단으로 차

---

42) 아르헨티나를 장악한 군부는 1970년대 말부터 1980년대 초까지 군정전복혐의로 최소한 1만 명의 사람들을 처형했다. 다음 위키백과 참조.

용하는 것으로 시의 이미지를 형성한다. 시의 첫 행에 "宜寧事件이 일어난 날 아침에도"의 발화로 미루어 보아 "작은 마당가에서 밝게 웃음짓던 다알리아 우리 딸의 피 같은 다알리아"는 역설의 의미로 의령과 충돌 발화한다. 화자의 시선에 다알리아는 "우리 딸의 피 같은"으로 가장 아름답고 애틋한 꽃임을 언표한다. 그리고 이중의 시선인 "피 같은"을 대치시키는 것으로 다알리아의 의미는 화자의 내면에 아름다움과 안타까움을 함께 포획한다. 화자는 다알리아가 피처럼 피어난 "전라남도 송주군 조계산"의 지명을 정확하게 명시하는 것으로 의령사건이 일어난 장소를 공간화한다. 그리고 의령과 전라남도 송주군 조계산을 비유적으로 정확하게 인유한다. 제목에서 '다알리아'로 표기된 꽃의 이미지는 여러가지 의미를 내포한다. 그것은 빼곡하게 피어있어서 속을 알 수 없는 꽃잎으로 "캄캄한 마음속"으로도 치환이 가능하고, 꽃잎의 모양이 새의 부리로 "새처럼 울던 울음"으로도 병치은유가 가능하다. 또한 빨갛고 얇은 꽃잎의 모양으로 "실크 마후라를 두르고 닐리야를 부르며"로도 해석이 가능하다. 또한 기어코 지고야 마는 꽃의 속성처럼 "날아가던 한 마리 꿀꿍새"의 발화는 의령사건의 어이없는 수많은 죽음을 의미하기도 한다. 무엇보다 위의 시는 피처럼 붉은 다알리아의 수많은 꽃잎은 바로 수많은 무고한 죽음과 병치시킨다. 이는 이중의 시선으로 "전라남도 송주군 조계산"에서 벌어졌던 "宜寧事件"[43]을 비유적 인유로 형상화한다.

> 만상이 잠든 榮山江 가에 밤 물결이 밀려오면
> 촉수 간 갈대들이 일제히 흔들리고 서늘은
> 바람이 그곳에서 밀어와 잠을 깨운다
>
> ―「피흘리는 世紀를」부분
> (『우리들을 위하여』, 52쪽)

---

43) 김준오, 『가면의 해석학』, 1쪽.

시름거리도 막소주도 밀어버리고
'잘사는 세상'도 저만치 밀어버리고
짐승처럼 입을 벌리고 울부짖어라 영산강이여
…(중략)…
저기 어둑신히 있는 그대
희망 없는 강이여! 영산강이여

—「'잘사는 세상'」부분
(『작은 마을에서』, 60쪽)

풀잎들이 한 덩이로 뭉쳐 사운거리는
영산강 하구언을 지나서, 겨울새들이여

—「새」부분
(『작은 마을에서』, 70쪽)

고양이 걸음으로 걸어가
끝없는 유대를 살피고
멀리 번짝이는 영산강보다도 빛나고
그리운 아픔 우리 마음을 잡아끄는 아픔이여
…(중략)…
그대는 죽었고
죽어서 돌아오지 못했지
흘러가는 영산강이여

—「이제는 떠나세」부분
(『작은 마을에서』, 78쪽)

영산강은 호남곡창의 발원지라는 지리적 특색으로 인하여 목포와 함께
역사적으로 수탈의 기지가 된다. 또한 영산강은 최하림이 태어난 고향인
관계로 최하림 시의 발원지이기도 하다. 최하림의 전기시에 해당하는 3권
의 시집 속에는 영산강에 관한 시편들이 다수 수록되어 있다. 위의 시처럼
영산강을 뚜렷하게 지목한 네 편을 제외하고도 그의 시에는 강과 바다에
관한 많은 시편들이 존재한다. 김제욱의 조사에 의하면 물과 바다에 관한

시는 전체 시편들 중에서 모두 188편에 이른다.44) 또한 최하림은 자서에서 "모든 보는 행위는 물이 있어야 가능해진다. 그런데 물이 보여주는 것은 실재가 아니고 그림자일 뿐이다"45)로 기술했다. 그것은 그가 "그것은 내 감정 속에 양과 물을 혼거하게 했을 것이고, 거기에서 자애의 시를 구하려고 했을 것이다"46)처럼 강은 그의 전 생애를 통한 詩作 방법을 형성하게 하는 배면의 상관물이다. 위에 명시한 4편의 시에서 비유적 인유로 작용하는 영산강은 "만상이 잠든 榮山江 가에 밤 물결이 밀려오면"으로의 발화는 운동력을 잃어버린 영산강이고, "희망 없는 강이여! 영산강이여"의 영산강은 더 이상의 미래를 기대할 수 없는 장소이고, "영산강 하구언을 지나서, 겨울새들이여"의 발화는 생성이 멈춘 지점의 영산강이고, "죽어서 돌아오지 못했지/흘러가는 영산강이여"는 죽음과 나란히 병치되는 비극의 장소인 영산강이다. 최하림이 영산강을 많은 시편들의 비유적 인유로 끌어들이는 이유는 자서에서 밝힌 것처럼 근원으로 돌아가고자 하는 사색이 작동을 했을 것이고, 역사적으로 수탈의 기지였던 영산강의 지리적인 특성에 대한 각인이었을 것이다. 이에 영산강은 최하림에게 1970년대와 80년대의 군사독재의 폭정을 고발하는 비유적 인유로 이중화된 시선의 역할을 한다.

> 길은 끝없이 이어져
> 있구나 옆으로도 앞으로도 뒤로도
>
> 나는 그 길을 따라간다
> 명상을 통해서가 아니라
> 형식을 통해서가 아니라

---

44) 김제욱, 「최하림 시의 이미지 연구」, 12쪽.
45) 최하림, 『멀리 보이는 마을』, 111쪽.
46) 위의 책, 55쪽.

신비주의자들의 고양된 정서로서도 아니라
오로지 열린 길로
열린 마음으로
裕濟를 찾아서
여뀌풀이 무성한
요교리로! 요교리로

—「요교리(蓼橋里)로」부분
(『겨울 깊은 물소리』, 37쪽)

위의 시에서 언표하는 "요교리"는 이리에서 군산으로 가는 길목에 있는 마을로, 民勞의 제자인 裕濟가 살던 곳으로, 여뀌풀이 무성하여 요교리이다. 여뀌풀이 많아서 붙여진 요교라는 명칭이지만 화자는 명칭에 끌려서 요교리를 찾아간다. 화자는 요교리에 가는 길목에서 "길은 끝없이 이어져/있구나 옆으로도 앞으로도 뒤로도"의 발화로 모든 길들이 길로 다시 이어져 있는 것을 보여준다. "나는"으로 발화하는 1인칭의 화자는 "그 길을 따라간다"로 길을 따라 어딘가로 가는 존재다. 그러나 그 가는 길이란, "명상을 통해서가 아니라"로 발화한다. 그렇다고 "형식을 통해서"가겠다는 것도 아니다. 화자가 결국에 닿고 싶은 공간은 "신비주의자들이 고양된 정서로도 아니라"로 보아 쉽게 다가 설 수 있는 곳이 아님을 시사한다. 그것은 "오로지 마음으로"의 발화는 최하림이 궁극에 닿고 싶은 공간이 결국은 "마음"으로만 갈 수 있는 곳임을 암시한다. "열린 마음으로/裕濟를 찾아서"는 결국 최하림이 닿고 싶은 곳은 부귀와 영화가 산재해 있는 휘황찬란한 곳이 아니라 "여뀌풀아 무성한/요교리로! 요교리로!"의 언표대로 오로지 열린 마음으로 찾아갈 수 있는 곳이 '요교리!', 라는 것을 최하림은 비유적 인유를 활용하여 보여준다.

여기에서는 비유적 인유를 인물과 공간으로 각각 나누어서 살폈다. 최하림은 시 속에 암울한 시대를 표상하는 적절한 방법으로 비유적인 인유를 사용한다. 시인은 "자아를 인간의 삶이나 자연에 투사함으로써 한 편의 시를 완성한다."[47] 이때 시인이 사용하는 비유법의 인유는 익히 알고 있는 텍스트를 새로운 텍스트에 도구로 사용하거나 직접적으로 언급하는 것으로 시의 의미를 확장하거나 강조한다. 바흐찐은 "모든 작품의 언어에서 반쯤은 작자의 언어이고 나머지 반은 타인의 언어"[48]라고 언표했다. 김준오는 "다양한 언어들이 서로 상대방의 존재를 드러내 주고 대화적 배경의 구실을 하는 '대자적 상태'의 언어가 다른 언어와의 상호관계 속에 들어간다는 바흐찐의 상호관계 맺기의 언어관은 벌써 상호텍스트적"[49]이라고 밝혔다. 이에 여기서는 이중의 의미를 나타내는 인유를 사용하여 최하림 시에 나타난 비유법을 살폈다. 최하림의 전기시에서는 세계와의 동일성을 꿈꾸면서 현실에 대한 목소리를 들어냈을 때 현상적 화자를 등장시키곤 하는데, 그 은유의 범위 안에 인유 또한 포함된 것으로 보았다.

이상으로 비유법의 특징 가운데 '세계구성 방법으로서의 은유와 인유'를 탐구했다.

---

47) 김화순, 「김종삼 시 연구~언술구조와 수사법을 중심으로」, 고려대학교 박사논문, 2010년, 150쪽.
48) 김준오, 『시론』, 238쪽.
49) 위의 책, 239쪽.

2. 의미 확장 방식으로서의 환유와 상징

지금까지 살펴본 은유의 개념은 원관념과 보조관념이라는 두 개념 사이에 존재하는 유사성이 의미를 묶어주는 근거를 제공한다. 반면에 환유는 원관념과 보조관념 사이에 존재하는 공통의 특징이 매우 미미하다. 서정시에서 보여주는 은유구조는 대상의 본질을 시적 언어에 담아낼 수 있다는 믿음을 반영한다. 그러나 "환유구조는 초월성에 대한 회의가 반영되었다. 초월적인 세계는 부재하거나 도달할 수 없으며 신에 대한 믿음도 부정된다."[50] 이는 전통적으로 이어져온 세계의 인식을 거부하고 부정하는 것이며 철저하게 현실을 중심으로 두 대상의 관계를 설정한다. 따라서 환유적 요소에는 "공통의 의미망이 없다. 있는 것은 두 대상을 감싸는 실용적, 사회적인 문맥이다."[51] 현실원리에 입각한 환유의 일반적인 원리는 "피대체물(원관념)과 대체물(보조관념) 사이에서 일어나는 통사적 결합의 아주 잦은 반복이 있을 때"[52] 가능하다. 따라서 은유와 환유는 개념의 원리뿐만이 아니라 사유방식에서도 차이를 보여준다. 그것은 언어 본질적인 문제뿐만이 아니라, 사유에 대한 의미 확장 방식으로까지 확대해석 할 수 있다. 환유는 무엇보다 "주체와 대상 사이의 일체화라는 은유적 총체성을 부정한다."[53] 인접성의 원리에 의해 형성되는 우연성 또한 "환유가 다의성 발생의 지속적인 원천"[54]이며 정해진 지향점 없이 전개되는 유동하는 상상력의 형식이다. 이는 최하림의 후기시에 빈번하게 나타나는 다의

---

50) 송기한, 앞의 논문, 143쪽.
51) 권혁웅, 앞의 책, 334쪽.
52) 위의 책, 334쪽.
53) 금동철, 앞의 논문, 36쪽.
54) 정병철, 「의미 확장 기제로서의 환유」, 『담화와인지』 제24집, 담화·인지언어학회, 2017, 182쪽.

성을 이해하게 하는 기제로 사용된다.

환유가 발생하기 위해서는 연상 통로가 분명해야 한다. 환유는 자동연상 작용에 따라 생략이나 축약이 가능해지면서 의미의 재생산을 획득하게 된다. 라캉은 "증상은 은유이고 욕망은 환유라고 정의한다. 자아에 관련된 환유와는 달리 은유는 주체의 자리와 연관되어있기 때문이다. 은유가 주체와 연동된다면, 환유는 자아"[55]와 연계된다. 그것은 "주체와 대상 관계에서 파생되는 발생학적인 것이라면 환유는 사회적 관습에서 만들어지는 경제학적인 것이다. 주체가 의미가 생겨나는 빈틈이라면, 자아는 의미가 유통하는 광장이다."[56] 즉, 환유는 로만 야콥슨의 원리와 개념에 따라 인접성에 따른 지시로 분류된다. 이것은 의미전개의 양상에 따라 연접환유와 이접환유로 나누어 볼 수 있다. 본고에서는 "연접환유는 순행의 논리로 보고 이접환유는 역행적인 논리 전개로"[57]로 간주한다. 연접환유는 자동화된 연상 작용에 따라 생각이나 시선이 옮겨가지만, 이접환유는 대상에 대한 시선이나 생각이 순차적이지 않고 상반된 방향으로 옮겨간다. 연접환유가 순행의 방향이라면 이접환유는 역행의 방향을 선호한다.

본고에서는 최하림의 시가 후기로 오면서 내면의 변화에 더욱 더 천착을 하는 것으로 보았다. 이는 그의 후기시에서 비가시성의 세계를 적극적으로 가시화하는 시작방법으로 나타난다. 그러나 그것은 연상 작용에 의한 의미의 재생산으로 시속에 표출이 된다. 이 점이 본고에서 그의 시를 환유로 보는 이유이기도 하다. 상징 또한 최하림의 내면에서 일어나는 의식의 변화를 반영하는 것으로 비가시성의 세계를 가시화하는 작업의 일환으로 판단했다.

---

55) 권혁웅, 앞의 책, 336쪽.
56) 위의 책, 336쪽.
57) 위의 책, 337쪽.

여기에서는 최하림 후기시에 나타난 환유를 '공간의 인접성에 따른 연접환유'와 '시간의 지시성에 따른 이접환유'를 살핀다. 또한 비유법의 한 축으로 '구원의식과 소멸의식이 드러나는 상징'을 '원형상징'과 '개인상징'으로 나누어서 탐구한다.

1) 공간의 인접성에 따른 연접환유

여기에서 다루는 연접환유는 공간의 인접성에 따라 시선이 이동하거나, 자연스러운 연상 작용에 따라 의미를 확장시킨다. 연접 환유의 경우는 "연상의 전개에 따라 이루어지는 것이어서 '그래서'나 '그러므로' 같은 논리형식에 대응한다. 그것은 하나의 언술영역이 예측 가능한 자연스러운 흐름을 따라 다른 언술의 영역과 접속"58) 하는 것이다. 최하림은 병중의 발발 이후 기표에 의한 기의의 원리를 명확하게 초점화 하지는 않는다. 그런 현상은 불확실한 내일에 대한 현실의 부정 정신이 촉발되었다고 볼 수 있다. 그것이 본고가 최하림 시를 전기와 후기로 나누는 계기이기도 하다.

(1) 자기 징벌의식의 환원적 환유

최하림은 1990년 병중의 발발로 내일을 부정하는 현실인식을 함의하게 된다. 그는 이 무렵 가시적인 세계와 비가시적인 세계의 혼용으로 우연적이면서도 다의적인 세계관을 형성한다. 이 무렵 최하림은 비가시적인 세계에서 가시적인 세계를 표상했고, 또한 가시적인 세계에 대하여서는 비가시적인 세계의 모습을 함께 표출해낸다. 이런 현상은 병중으로 인하여 삶과 죽음을 수평적 자리에 위치시켰던 결과로 보아도 무방하다. 또한

---

58) 위의 책, 356쪽.

그는 전기부터 후기까지 변함없이 이어진 역사에 대한 죄의식으로 현실 속에서도 자기 징벌적인 의식을 갖게 된다. 그는 그에 따른 발화의 방식으로 일반적인 수사법인 환유의 개념보다 더 넓은 범위라고 할 수 있는 환유적 맥락의 방법을 취하기도 한다. 왜냐하면 환유는 "모든 과정들이 기호들 사이의 체계 내적인 과정을 결정한다. 기호들은 그 너머에 존재하는 지시 대상이나 의미와는 관련을 맺지 못한 채 인접성"59)의 새로운 기호들로 재생산해내기 때문이다.

여기에서는 최하림이 나타내고 싶었던 현실의 세계에 대하여 환유의 범위를 조금 더 크게 넓혀서 주변에 관한 환유적 표현까지도 연접환유로 받아들인다.

달이 빈방으로 넘어와

누추한 생애를 속속들이 비춥니다

그리고는 그것들을 하나하나 속옷처럼

개켜서 횃대에 겁니다 가는 실밥도

역력히 보입니다 대쪽 같은 임강빈 선생님이

죄 많다고 말씀하시고, 누가 엿들었을라나,

막 뒤로 숨는 모습도 보입니다 죄 많다고

고백하는 이들의 부끄러운 얼굴이 겨울바람처럼

---

59) 금동철, 앞의 논문, 36쪽.

우우우우 대숲으로 빠져나가는 정경이 보입니다
모든 진상이 너무나 명백합니다

나는 눈을 감을 수도 없습니다.

—「달이 빈방으로」 전문

(『굴참나무 숲에서 아이들이 온다』, 34쪽)

이 시가 보여주는 "방"의 정경은 일반적인 방의 의미가 아니다. 여기서 "방"이란 현상적 이해를 넘어서 시인의 내면의식이 응축된 자기 징벌에 따른 환유적 발화로 볼 수 있다. 우선 달이 의인화 되어 방으로 들어오는 데, 여기서 "넘어"는 정상적인 옮김이 아닌 현실을 넘어선 자리를 표상하는 어사이다. 이 시가 보여주는 정경은 "빈방" 즉, 시인 자신으로 표상되는 내면의 공간이다. 텅 비어있는 내면의 공간으로 들어온 달은 "누추한 생애를 속속들이 비추"는 존재이다. 여기서 달과 방은 환유적 속성으로 안과 밖을 서로 조응시킨다. 밖에서 들어온 달빛으로 인하여 대상화된 안은 적나라하게 "누추한 생애"를 "실밥도/역력히 보입니다"처럼 부끄러운 존재로 드러난다. 죄는 자기 징벌적 환유의 요소로 "달"에 의해 "모든 진상이 너무나 명백합니다"로 드러난다. 그러나 죄의 진상은 화자의 의지와는 상관없이 달빛에 의해 우연하게도 "하나하나 속옷처럼/개켜서 횃대에 겁니다"에서 너무나 명백하게 "고백하는 이들의 부끄러운 얼굴"이자 속일 수 없이 황량한 "겨울바람"의 환유적 속성을 지닌다. 이 시는 공간으로 상정된 "방" 즉, 대상화된 안으로 밖이 들어오는 우연성의 현실인식을 보여준다. 달은 죄를 밝히면서도 또 죄를 감싸는 이중시선의 묘사로 내면에 들어있는 화자의 죄의식을 적나라하게 드러낸다. 그것은 명백한 자기 징벌적 요소로 작용하면서 시의 맨 마지막 행에서 화자는 "나는 눈을 감을 수도 없습니다"라는 발화로 시인의 죄의식은 달이 빈방으로 들어와도 밝아질 수 없는 것이라는 현실의 의미를 내포하는 환유로 의미의 확장을 생성한다.

> 산아래 이층 목조건물은 긴 의자와 십여 개 유리창이 일제히 남으로 열려있어 아침이면 햇빛이 쏟아져 들어오고 밤에는 별들이 내려왔다 개들이 컹컹컹컹 짖어댔다 나는 고해성사실과도 같은 이층 구석방으로 들어가 옷자락을 여미고 숨었다 구석방은 어두웠다 건축가 김수 선생님은 그날 지은 죄를 고하고 사함을 받으라고 구석방을 마련한 모양이지만 나는 고해할 줄 몰랐다 고해를 해본 적이 없었다 나는 죄의 대야에 두 발을 담그고 이따금 잠을 잤다 잠이 들면 새들이 소리없이 언덕을 넘어가고 언덕 아래로는 밤열차가 덜커덩 덜커덩 쇠바퀴를 굴리며 지나갔다 간간이 기적을 울리며 가기도 했다 나는 자다 말고 벌떡벌떡 일어나 충계를 타고 내려갔다 냉장고 문을 열었다 우유를 꺼내 마셨다 토마토도 몇 개 베어먹었다 밤은 아직도 멀었는지 창밖으로는 새까맣게 어둠이 흘러갔고, 나는 의자에 주저앉았다 의자는 딱딱했다 의자가 밤 속으로 흘러갔다 다음날도 그 다음날도 의자는 계속 흘러가고 있었다.
>
> —「구석방」 전문
> (『때로는 네가 보이지 않는다』, 46쪽)

위의 시에서는 환유가 많이 발화한다. 우선 제목이 보여주는 "구석방"은 일반적으로 소외된 공간이라는 점에서 '혼자' 혹은 '개인'을 도출해 낼 수 있는 환유다. 그것은 다시 타자화된 사물을 뜻하기도 하는데, 이는 환유적인 의미로 고독이나 단독자의 의미로도 연결이 가능하다. 또한 "의자"는 누군가에게 자리를 내어주는 주체로 '안락'이나 '정착'을 유추할 수 있는 환유다. 그러나 위의 시에서 발화하는 "의자는 딱딱했다"와 "의자가 밤 속으로 흘러갔다" 그리고 "다음날도 그 다음날도 의자는 흘러가고 있어"로 보아 누군가를 편안하게 받아주는 대상물이 아닌 것으로 표상된다. 그럼에도 불구하고 화자는 "나는 의자에 주저앉았다"의 발화로 의자와 나의 물질적 관계망 속에서 나는 불편한 의자에 주저앉아야 하는 존재로 표상된다. 그런 나는 결국 "구석방으로 들어가 옷자락을 여미고" 숨는 존재다. 왜 숨어야 하는지에 대한 정황 설명은 없으나 "옷자락을 여미고", "자다말고 벌떡벌떡 일어나 층계를 타고" 내려가야 하는 나는 "죄"와 연결망이 이어지면서 "고해"를 해야 하는 환유적 의미 관계망을 형성한다. 즉 "구석방"은 "죄"와 인접하고 다시 "자다 말고 벌떡벌떡 일어나"로 불안을 도출해 낼 수 있는 환유의 기제로 작용한다. 여기에서 나오는 "고해성사"는 "나는 고해할 줄 몰랐다"의 발화로 죄를 무산시키는 도구가 아니라, 오히려 "고해를 해본 적이 없었다 나는 죄의 대야에 두 발을 담그고 이따금 잠을 잤다"로 자기 징벌의식을 도출해 낼 수 있는 환유의 징표로 드러난다. 모든 사람이 죄에 대하여 고해를 할 수 있는 구석방은 원래는 "유리창이 일제히 남으로 열려있"는 열린 공간이다. 그럼에도 불구하고 화자는 오히려 "죄의 대야에 두 발을 담그"겠다고 선언적인 발화를 한다. 죄의 대야에 발을 담그고 잠들어야 하는 화자도 배가 고프면 "냉장고 문을 열었다"처럼 일상을 살아내야 하는 존재로 표출된다. 이층 구석방으로 숨어든 화자는 밤이 지나가기를 기다리지만 "밤은 아직도 멀"었다. 즉, 시간의 층위에 따라 "밤"으로 발화하는 어둠은 "죄"를 환원하는 환유다. 그러나 화자의 입장에서 "그날 지은 죄를 고하고 사함을 받으라고 구석방"은 오히려 "나는 고해할 줄 몰랐다 고해를 해본 적이 없었다"를 언표하게 하는 결론에 이르게 한다. 마지막 행에서 "의자는 계속 흘러가고 있었다"는 죄는 계속해서 이어지고 있었다,는 환유로 읽어도 무방하다. 왜냐하면 처음부터 숨기로 작정하고 올라간 구석방은 고해를 하기 위한 장소가 아니라는 것이다. 즉, 화자의 죄는 고해 같은 것으로 삭감 받을 수 있는 것이 아니라 오히려 "죄의 대야에 두 발을 담그고 이따금 잠을" 청해야만 하는 원죄의식에 더 가까운 것이다. 화자는 죄를 안고 의자에 앉아 그냥 의자처럼 죽은 듯이 살아가겠다는 자기 처벌적 고백을 한다. 즉, 구석방은 고해를 하지 않는 의자와 인접하면서 다시 죄를 구체적으로 드러내는 환유적 장치로 등장한다. 그것은 최하림의 전기시에서부터 나타났던 죄의식에서 발화하는 것으로 무의식 속의 '광주'는 죄의식의 환유적 표상인 '구석방'으로 표출된다.

> 우리들은 희망이었고 우리들은 비명이었지
> 우리들은 전사였고 우리들은 사도였지
> 우리들은 피였고 우리들은 시체였지
> 우리들은 빛고을이었고 빛고을의 망월동이었고
> 우리들은 플라타너스였고 플라타너스 이파리가 피어나는 금
> 남로의 벽돌짝이었지
> 해저물어 어둠이 찾아들 때, 바리케이트 너머로 하나, 둘
> 모여드는
> 피투성이 된 붉고 붉은 입술들 입술들의 입맞춤 입맞춤의
> 환희
> 죽지 않으면 안 되었지 이들의 꿈이 살아난
> 우리들은 한마당이었지 합창이었지… 광주였지
> ─「우리들은 오늘도」 전문
> (『속이 보이는 심연으로』, 41쪽)

위의 시에서도 많은 환유가 사용되고 있다. 이 시가 보여주는 비유적 상황은 시인의 내면의식이 도출된 경우다. 최하림은 전기시에서 '우리' 화자를 내세워서 역사와 사회를 반추했었다. 그리고 그의 역사정신은 병중 이

후에도 지속적으로 환유의 형태로 드러나곤 한다. 최하림의 시에 나타난 시적 수사는 미학적 차원을 넘어 시인의 세계관까지도 반영한다. 특히 환유는 현실원리에 근거를 두고 운용이 되는데, 바꾸어 말하면 환유는 의도적으로 인식하게 하는 원리가 작동되기도 한다. 위의 시에서 사용되는 환유는 "광주"라는 특수한 공간이다. 최하림에게 광주는 평생 죄의 근원지로 발화한다. 위의 시에서 마지막 행에서 표상되는 "광주" 역시 수많은 환유의 작용을 한다. 광주에 대한 시의 발화는 다분히 의도적인 것으로 제목이 나타내는 '우리들은 오늘도' 역시 광주에 대한 인접성의 접근이다. 그런데 위의 시에서 '광주=희망', '광주=전사' 등으로 읽으면 은유로 읽히겠지만, 위의 시에 나타나는 "광주"는 은유가 아닌 환유로 비유된 것이다. 왜냐하면 희망과 꿈은 오히려 역설의 의미를 내포하기 때문이다. 희망 혹은 꿈은 다의적인 인접성으로 대 사건 속의 광주와는 동일성이나 유사성의 비유가 성립되지 않는다. 따라서 위의 시에서 광주는 인접성의 원리에 의하여 관념이 아닌 현실의 기제로 작용시키면서 읽어야한다. 그것은 "금/남로의 벽돌짝"으로 "바리케이트"로 "피투성"이로 "죽지 않으면 안되는" "우리들은 비명"으로 "전사"로 이어지면서 "사도"와 "사제"로 자리이동을 한다. 그것은 광주에서 실제로 일어났던 대 사건을 환기시키는 기제로 작용을 한다. 위의 시에서 발화하는 수많은 환유의 요소들은 제목이 나타내는 '우리들은 오늘도'와 현실적으로 연접한다. 화자는 그날의 광주를 "죽지 않으면 안 되었지"와 "우리들은 한마당이었지 합창이었지…… 광주였지"로 현실적으로 일어났던 "빛고을의 망월동"이었지로, 여전히 계속되는 자기 징벌의식을 환원시킨다.

나는 이상한 방에서 살았지
두 사람이 누우면 꽉찬 꼬막 같은 방
신양문고 몇 권 시집 몇 권 검은 상 하나
창문을 열면 바람이 소리쳐 들어와
켜켜이 쌓인 먼지 날리고
머리카락 같은 감정들을 흐트러놓는,
원고지와 잉크병 빛나는 눈을 뜨고
주위를 노려보는, 아무도 그 방에는
들락거리지 않았지 밖에서는
몇 번이고 땅이 얼었다 풀리고
그 사이 나는 독방에 누워서 새모래들이
황금빛으로 사구를 흘러내리고 또
흘러내리는 꿈을 꾸었지
꿈이 양식이었지, 꿈이 산이고
다도해고, 구름, 비, 눈이었지,
겨울이면 사시나무 떨 듯 추운 내방
내 집, 지금은 그리운,

—「방」전문
(『속이 보이는 심연으로』, 75쪽)

위의 시에서 발화하는 "방"은 지금 현전하는 "방"이 아니다. 그리고 "이상한 방"으로 발화하는 "꼬막 같은 방"은 기표에 의해 기의가 이루어지는 관계가 아니다. 위의 시에서 발화하는 "방"은 우리가 생각하는 아늑한 방의 이미지가 아니다. 그것은 화자가 지시하는 방의 인접성에 기인한 "겨울이면 사시나무 떨 듯 추운 내 방"으로 대상화된 사물들이다. 추운 내방에서 "꿈을 꾸었지"라고 발화하는 어사는 다분히 자기 징벌적인 요소도 내포한다. 여기에서 '방=꼬막', 혹은 '방=독방', 이라는 관계설정은 은유로 볼 수도 있지만, 다음에 나오는 "황금빛으로 사구"와 "꿈이 산이고/다도해고, 구름, 비, 눈"의 발화는 방에서 먼지로, 잉크병에서 사구로 연접하는 다의성에 기인한 환유로 읽어야 한다. 은유가 관념의 통제를 넘어 초월의 세계를 넘나들 수 있다면, 환유는 "시를 통해 현실을 초월하고 구원을 얻고자 하는 열망과 의지를 배반하는 것이라는 관점"[60]도 함께 성립한다. 위의 시에서 방은 현실적으로 "두 사람이 누우면 꽉찬 꼬막 같은 방"이다. 현상적 화자인 내가 "나는 이상한 방에서 살았지"로 발화하는 현실인식은 무형적이고 추상적인 "머리카락 같은 감정들을 흐트러놓는" 이상한 방이고 "독방에 누워 새모래들이/황금빛으로 사구를 흘러내리"는 차고 메마른 현실인식의 방이라는 것이다. 그 방은 아주 작은 공간으로 "꼬막"처럼 작고 불편한 것들을 구체적으로 드러내 보인다. "아무도 그 방에는/들락거리지 않았"던 것으로 보아 "독방"은 "켜켜이 쌓인 먼지 날리고" 그곳에서 "원고지와 잉크병 빛나는 눈을 뜨고"로 화자의 현재 위치를 지시한다. 그것은 현실에 대한 특정한 지시사항으로 2행과 3행에서 발화하는 "두 사람이 누우면 꽉찬 꼬막 같은 방/신양문고 몇 권 시집 몇 권 검은 상 하나"로 지금은 눈앞에 없는 "방"을 유형화시킨다. 그러나 16행에서 발화하는 "추운 내방"으로 언표되는 겨울이미지의 "방"은 과거체의 문장으로 "내 집, 지금은 그리운"으로 우연적이고 파편적인 의미의 나열로 특정 공간에 대한 환원적 환유를 보여준다.

　　최하림 후기시에 나타난 환원적 환유를 탐구했다. 최하림의 후기시에서는 현실인식에 기인하는 환유적인 요소가 바탕에 깔려있다. 그것은 초월성을 배제시킨 현실적인 의지를 보여주는 것이다. 여기에서는 공간의 인접성에 따른 연접환유를 '자기 징벌의식의 환원적 환유'의 구조를 살펴 탐구했다.

---

60) 송기한, 앞의 논문, 150쪽.

(2) 의미강조로서의 연상적 환유

환유는 "기원을 부정하는 수사학이다."[61] 최하림 시에서 빈번하게 등장하는 연상적 환유는 우연적 단어의 나열들로서 특정한 논리나 질서를 부여받지 못한다. 반면에 우연성으로 인한 이미지는 돌발성이나 다의성을 획득하기도 한다. 즉, 연상적 환유란 하나의 대상이 연쇄적인 발화인 연상작용에 따라 다른 시적 대상으로 변환하는 경우이다. 또한 "인접성의 원리에 의해 형성되는 환유의 수사학은 우연성과 연속이라는 기호자체의 속성에 기초"[62]한다. 이때 연상적 환유에서는 시적 대상이 사슬을 이어가듯 앞의 언술과 맥을 이으면서 다음에 이어지는 언술체계에서는 또 다른 의미의 변화를 시도한다. 최하림 시에서도 앞의 언술이 뒤의 언술을 자연스럽게 받아 따라가는 연상적 이미지가 빈번하게 등장한다. 최하림은 명백하게 보이는 가시적인 세계보다는 번지고 반짝이면서 퍼져나가는 비가시적인 세계에 관하여 관심을 보인다. 그러나 그것도 구체적인 현실을 이야기하기 위한 것이다. 그는 비가시적인 세계를 발화할 때도 현실을 대상화하는 가시적인 세계의 대상물을 사용한다. 특히 병중의 발발 이후 후기시에서는 연쇄 환유적인 연상 작용에 따른 대상의 변환에 관심을 기울인다.

여기에서는 최하림 시에 나타난 현실을 인식하는 연상적 환유를 탐구한다.

죽음조차도 빛이 푸르게 만물을 그리워하며 산 밑으
로 돌아가는 봄날에는

여인들이 하던 일을 멈추고 치마 가득 바람을 맞는다
아지랑이들이 각각의 냄새를 풍기며

---

61) 금동철, 앞의 논문, 43쪽.
62) 위의 논문, 36쪽.

오얏나무에서 배꽃나무에로 넘실넘실 이동한다 벌들
이 잉잉거린다

사방은 숨소리 하나 없이 고요하다 피라미들이 물 위
로 떠오르고 나무들이 우듬지로 물을 나르면서 가지 끝
귀를 세운다

오늘은 굼벵이 같은 나도 몸을 뒤척이며 꽃상여처럼
찬란하게 봄을 엿듣는다
                    ― 「오늘은 굼벵이 같은 나도」 전문
                    (『굴참나무 숲에서 아이들이 온다』, 19쪽)

　　환유가 현대시의 대표적인 수사학이 되는 이유는 "환유를 두고 초월적
의미에 대한 어떠한 표준도 없이 사건들이 일어나는 그런 세계를 명료화
한다."[63)]는 것이다. 감각의 향연처럼 보이는 위의 시는 봄날의 정경을 묘
사한다. 모두 5연으로 이루어진 시는 각 연마다 봄날을 의미하는 감각을
동원한다. 그리고 각 연에서 이루어진 감각은 자연스러운 이동의 경로를
거쳐서 마지막 연의 마지막 행에서 발화하는 "봄을 엿듣는다"의 "봄"으로
의미강조로서의 환유적 이동을 한다. 우선 1연에서 "봄날에는"으로 발화
하는 봄의 정경은 "죽음조차 빛이 푸르게"로 무색계로 묘사되는 죽음의
세계를 색계인 현실의 세계로 이동시키는 환유의 수사를 사용한다. 따라
서 현재 화자의 시선은 죽음 쪽에서 삶 쪽을 바라본다. 이런 시선은 최하
림의 후기시에서 빈번하게 등장하는 비가시화의 세계를 명료하게 가시화
하는 환유적 수사법의 특징이기도 하다. 그는 죽음의 세계도 삶의 세계처
럼 존재하는 대상으로 의미론적인 변용을 시도한다. 이런 맥락으로 1연 1

---

63) 박현수, 「수사학의 3분법적 범주: 은유, 환유, 제유」, 『한국근대문학연구』 제17집,
　　한국근대문학회, 2008, 315쪽.

행에서 화자의 시선은 "죽음조차도 빛이 푸르게 만물을 그리워하며 산 밑으/로 돌아가는 봄날에는"으로 죽음이 삶 쪽으로 자연스럽게 이동하는 시각의 환유적 변이를 보여준다. 2연에서는 봄날의 정경이 후각으로 감각의 전이를 나타내면서 "아지랑이들이 각각의 냄새를 풍기며"로 무생물에서 생물로 생명을 부여하는 환유론적 물활론을 적용시킨다. 이것 또한 최하림 후기시의 독특한 수사법으로 기표와 기의의 관계가 정확하게 일치하지 않는 것으로 연상이나 다의성, 혹은 우연성을 유발시키는 환유적 요소이기도 하다. 3연에서 "벌들/이 잉잉거린다"로 발화하는 "오얏나무에서 배꽃나무에로"의 오얏꽃과 배꽃은 모두 흰색으로 1연 1행에서 발화했던 "죽음"의 언표를 흰 색깔로 환유하는 기표로 작용을 한다. 4연의 "피라미들이 물 위/로 떠오르고 나무들이 우듬지로 물을 나르면서 가지 끝/귀를 세운다"의 발화는 생물들의 생명력을 표상하는 것으로 봄날의 정경을 현실적으로 발화하는 체계적인 환유의 경로를 보여준다. 마지막 연에서 발화하는 "오늘은 굼벵이 같은 나도"로의 어사는 땅속에서 살고 있는 굼벵이를 대상화하여 죽은 나와 굼벵이를 연상적으로 환유시킨다. 따라서 촉각이 동원되는 "뒤척이며"는 뒷말 "꽃상여"를 수식하는 언술로 "꽃상여처럼/찬란하게 봄을 엿듣는다"는 결국 환유적 감각을 동원하여 봄날을 표상한다. 그것은 봄날의 향연은 1연 1행에서 보여주는 "죽음조차도 빛이 푸르게"로 삶과 죽음을 하나의 현실적 현상으로 표출한다.

바다 멀리 유채꽃들이 무시로 져내리고 햇빛이 쏟아져내려
도 까닭을 알 리 없는 내 귀는 바다에로 향한다

제 슬픔의 깊이를 제가 모르는 가을아 겨울아 봄아 나는 너
의 속에 몸섞으며 안개 피었나니

날 가고 또 가서 한 별이 빛나는 언덕 더 이상 무어라 말할
수 없는 애틋함이 불빛처럼 흘러간다

가엾은 오필리아
슬픈 불빛처럼……

—「바다 멀리 유채꽃들이」 전문
(『속이 보이는 심연으로』, 61쪽)

환유적 연접이란, 대상에 대한 자동 연상에 따라 그것과 인접한 대상으로 이미지가 옮겨가는 경우다. 또한 시선이 공간에서 인접한 공간으로 옮겨 가기도 한다. 위의 시는 바다 멀리 유채꽃이 핀 정경을 묘사한다. 이 시에서 가장 중요한 기표는 '유채꽃'이다. 화자는 바다 이쪽 공간에서 바다 저쪽 공간에 핀 유채꽃을 본다. 그런데 유채꽃으로 발화한 꽃의 정체는 "유채꽃들이 무시로 져내리고"로 보아서 피는 대상이 아니라 지는 대상이다. 꽃이 피는 것에서 지는 것으로 감각이 이동하면서 시각은 "내 귀는 바다에로 향한다"처럼 청각으로 체계적인 이동을 한다. 보는 것에서 듣는 것으로의 이동은 현실의 공간에서 상상의 공간으로 이동시키는 환유의 역할을 한다. 그런데 환유적 이동에서는 은유적 이동처럼 기표에서 기의의 관계가 일치를 보여주지는 않는다. 따라서 화자는 의미론적으로 "바다 멀리 유채꽃들이 무시로 져내리고"의 유채꽃을 "제 슬픔의 깊이를 모르는"으로 의미론적인 환유의 이동을 시도한다. 그리고 유채꽃은 화자의 마음속에 "너의 속에 몸섞으며 안개 피었나니"의 "너"로 이동을 한다. 현실에서의 유채꽃에서 마음속의 너까지의 이동 경로는 체계적인 환유의 이동으로 보아도 무방하다. 그리고 시의 첫 행에서 발화한 "바다 멀리"의 시각적인 묘사는 "안개 피었나니"의 "바다"에서 "안개"로 또 "멀리"에서 "피었나니"로 대상에서 대상으로 환유적 이동을 한다. 그것은 현실에서는 감각

할 수 없는 상념을 과거로 이동시키는 순차적인 환유의 장치다. 그리고 다시 "유채꽃"은 "가을아 겨울아 봄아"로 호명되면서 화자와 유채꽃은 서로 "나는 너의 속에 몸섞으며 안개 피었나니"로 관계의 설정을 제시한다. 이제 "유채꽃"은 "너"로 호명되면서 구체적인 의미강조로서의 환유로 이동을 한다. 3연에서 발화하는 "한 별이 빛나는 언덕"은 1연에서 발화했던 "무시로 저내리고 햇빛이 쏟아져내려"와 조응하면서 연상적 환유의 기제로 작용한다. 대상에서 대상으로의 인접간의 거리 이동은 환유의 조건이면서, 또한 현실 속에서 작용하는 미학의 거리이동이기도 하다. 위의 시에서 연과 연 사이의 휴지를 통해 공간의 이동 거리를 멀게 하는 효과도 환유의 역할을 한다. 그것은 "불빛처럼 흘러"와 "슬픈 불빛처럼……"의 이동으로 연상의 효과를 본다. 위의 시는 시각에서 청각으로, 다시 공간에서 공간으로, 다시 현실에서 과거로의 이동을 수행하면서 "바다 멀리 유채꽃"은 "가엾은 오필리어"로 의미 강조로서의 연상적 환유를 보여준다.

> 휘파람 새들이 휘이익 휘이익 하늘을 날고 뱀들이 이
> 슬을
> 먹으러 오는 새벽이면 의사들은 가운을 입고 안경을
> 쓰고
> 머리 하얀 새들을 데리고 온다 그들은 잠을 잘 잤느냐
> 변을 보았느냐 묻는다 나는 그의 손님이다 그는 주사를
> 주고 노란 알약과 베드를 주고 하루 세 번 식사를 준다
> 여섯 가지 풀로 된 식사다 그릇마다 향기가 소록소록
> 넘친다 저녁에는 아내가 엘란트라를 몰고 온다 여보 강
> 빛이 새들 같아요, 나는 새들이 너무 눈부셔요, 나오면
> 우리 한강 가요, 네, 저녁 해는
> 창밖에서 빛난다
> 아내도 빛난다

그러나 아내는
밤이면 새들을 데리고
집으로 가
베드에서 잠잔다
나도 베드에서 잔다
어쩌다 베드에 똥을 누기도 한다
똥누는 일은 홀로 한다 모두 홀로 한다 다친 영혼이
몸을 떨며
창가에서, 휘파람새들이 기웃거린다
휘파람새들이 지금은 아프다

―「病床 일기」 전문
(『굴참나무 숲에서 아이들이 온다』, 58쪽)

위의 시에서 기의는 "휘파람 새"이다. 이에 대응하는 기표는 "나" 즉 화자이다. 따라서 "휘파람 새"는 병상에 누워있는 화자 "나"를 환유한다. "휘파람 새"와 "나"를 연결해주는 인접성은 아픈 몸이다. 위의 시는 "아내는/밤이면 새들을 데리고/집으로"가고 새벽에 "뱀들이 이슬을/먹으러" 오면 현실적 관습으로 치환되는 "의사들은 가운을 입고 안경을/쓰고/머리 하얀 새들을 데리고" 온다. 의사가 약을 주는 행위는 관습적 현실 행위의 현현이다. 각행의 문장은 불완전하게 문장을 맺는 것으로 휴지의 상태를 유지한다. 문장이 끝나는 행의 어미는 다음 행으로 이어지는 어간을 물고 현실적이면서도 몽환적인 이미지를 만들어 나간다. 각 행마다 표상이 되는 새와 의사와 간호사는 독립적인 대상물이면서도 대상과 대상 사이의 환유적인 다의성을 보여준다. 화자인 "나는 그의 손님"이라는 발화로 현재 자신이 환자라는 현실인식을 도피한다. 주인은 손님에게 "주사를/주고" 식사도 제공한다. 손님의 아내는 또 손님처럼 "엘란트라"를 몰고 손님처럼 잠깐 왔다가 간다. 그것은 아내도 휘파람새처럼 "밤이면 새들을 데리고/

집으로" 가기 때문이다. 아내가 잠드는 곳은 "베드"이고 화자가 잠드는 곳도 "베드"이다. 그러나 각자의 베드에서 각자가 잠을 자듯 각자의 "똥"은 "똥누는 일은 홀로 한다"로 삶은 각자의 소관이라는 것을 환유한다. 또한 "똥"의 발화는 "다친 영혼"으로 체계적인 연상이 가능하다. 즉 "휘파람새들이 기웃"거리는 장면을 화자는 "휘파람새들이 지금은 아프다"로 언표하면서 화자가 아픈 것을 대신 휘파람새가 아픈 것으로 전이시키는 환유적 이동을 한다. 즉. 위의 시는 초월성보다는 현실의 문제에 적극적으로 조응하려는 시인의 의지가 엿보인다. 제목에서 나타내는「病床일기」는 "휘파람새들이 지금은 아프다"처럼 휘파람새는 곧 혼자 똥을 누고, 혼자 베드에서 잠을 자야하는 아픈 나의 몸을 환유한다. 위의 시에서 "病床"은 곧 아픈 몸을 대신하는 환유로 "휘파람 새"는 곧 작고 연약한 것을 동원한 연상적 환유의 시다.

여기에서는 시선이나 공간이 순차적으로 대상을 옮겨가는 환유적 연접의 시들을 살폈다. 환유적 연접의 시들은 자연스러운 연상의 통로를 따라가면서 의미를 확장하고 변화시킨다. 또한 환유적 연접의 시들은 최하림 후기시 특유의 시작 방법이기도 한 비가시적 세계를 현실적으로 가시화하는 방법의 기제로도 사용되었다. '자기 징벌의식의 환원적 환유'에서는 죄의 근원을 고백하는 환원적 환유의 시를 살폈다. '의미강조로서의 연상적 환유'에서는 삶 속에서 죽음을 가시화 했던 현실을 대상화시키는 환유의 시들을 탐구했다.

2) 시간의 지시성에 따른 이접환유

은유는 내적으로 내용이 겹치는 유사성이고, 환유는 대상이 외적으로 인접하게 되는 수사법이다. 따라서 환유에서는 두 대상이 나란히 겹쳐지지 않으며, 흐름은 대조의 형식을 취하게 된다. 즉 환유적 구조는 "하나의 말에서 파생되어 다른 말로 이어지는 말잇기 놀이"[64]와도 같은 것이다. 따라서 환유는 "현대문학을 이해하는 매우 중요한 시사를 제공한다. 그것은 서정시가 서있는 자리를 명확하게 구분"[65] 할 수 있게 해 준다. 연접의 환유가 순방향으로 연상 작용을 한다면, 이접의 환유는 역방향이거나 동떨어진 방향으로 생각이 옮겨간다. 즉, 이접환유는 시선이 대상을 향하여 전혀 무관한 방향이거나, 상반된 대상으로 시상이 옮겨간다. 최하림은 시간의 지시성에 따른 환유의 방식으로 죽음의 세계를 드러낸다.

여기에서는 최하림 시에 나타난 시간의 지시성에 따른 이접환유를 '죽음회귀의 의도적 환유'와 '매개의식의 다의적 환유'를 나누어서 탐구한다.

(1) 죽음의식의 의도적 환유

여기에서 사용하는 환유는 이미 말하기의 기술에서 벗어나서 "언어에 대한 본질적인 세계관"[66]으로 간주하여 시를 살핀다. 환유는 대상과의 인접성을 통해 새로운 의미를 생산해 낸다. 이런 맥락에서 병중 발발 이후의 최하림은 매우 독특한 시선으로 대상의 의미를 획득하게 된다. 그는 주체와 대상 사이의 거리를 지운 채 대상을 향한 의도적 해석의 방법을 모색한다. 최하림은 대상을 향한 현실의식을 통해 자기 방식대로의 비가시적인

---

64) 위의 논문, 37쪽.
65) 위의 논문, 36쪽.
66) 위의 논문, 36쪽.

세계의 현실화라는 죽음의식을 갖게 된다.

　　새 한 마리, 잿빛으로 넋을 달래는 무량군 무량면
　　무량리

　　겨울 어둠이 내리면 나무도 짐승도 말이 없고 울타리만이
　　공중 높이 떠올라 울어댄다

　　아무리 불러도 대답 없는 신이여 그 나라에서는 아직도 눈
　　이 내리는가, 그 나라에서는 눈을 맞으며 눈 속을 사람들이
　　걸어가는가

　　일천 미터, 이천 미터, 삼천 미터, 무량산 상상봉까지 올
　　라가면 겨울나무들이 아직도 세차게 몸을 흔들고

　　우리가 만났던 시간들이 비렁뱅이 모습으로 사라져간다
　　눈송이가 후두둑 후두둑, 정수리를 차갑게 친다
　　　　　　　　　　　　　　　　—「우리가 만났던 시간들」 전문
　　　　　　　　　　　　　　　（『속이 보이는 심연으로』, 57쪽）

　　이접환유는 하나의 대상이 전혀 다른 대상으로 시상이 옮겨가면서 의
미의 변화를 일으키는 수사법이다. 위의 시에서 환유의 대상은 "새"와
"신"과 "겨울나무"와 "눈송이"로 시간의 연속선상에서 만나게 되는 상관
물이다. 시는 모두 5연으로 이루어졌으며, 청유형으로 끝낸 연이 2연과 4
연의 두 연에 해당한다. 시의 장면은 간단하다. 화자가 "무량군 무량면/무
량리"라는 "상상봉까지 올/라가면"의 발화로 산정상의 한 장면에서 멈춰
있다. "일천 미터, 이천 미터, 삼천 미터," 높이까지 오르다 보면 시간은
"겨울 어둠이 내리면"의 막막한 시간에 이르게 된다. 이쯤에 이르러서 산

아래를 내려다보면 시간은 작은 단위로 "눈송이가 후두둑 후두둑,"처럼 시간과 눈송이는 이접환유의 이질적인 현상을 일으킨다. 위의 시에서는 알 수 없는 시간을 계량하는 방법으로 "무량군 무량면/무량리"라는 말잇기 와도 같은 "ㅁ" 파열음을 사용하여 소리음으로도 감각하게 하는 시간의 무화성을 발화한다. 시의 첫 연에서 언표하는 "새 한 마리"는 "공중 높이 떠올라 울어"대는 존재다. 새가 울어대는 이유는 다음 연에서 발화하는 "아무리 불러도 대답 없는 신"을 향한 발화다. 그런데 청유형의 의문문으로 끝이 나는 3연의 "눈을 맞으며 눈 속을 사람들이/걸어가는가"의 발화는 사람이 아닌 새들의 발화로 보아야 한다. 이것이 위의 시에서 '우리가 만난 시간들'의 이접 환유를 이루는 변곡점이다. 위의 시에서 발화하는 "우리"의 대상은 "새 한 마리, 잿빛으로 넋을 달래는"처럼 이미 죽은 새의 질문인 것이다. 따라서 위의 시는 주체의 위치가 대상의 위치로 변환하는 이접환유로 "새"가 "눈 속을 사람들이/걸어가는" 모습을 시간으로 치환하여 읽을 수도 있다. 따라서 새가 바라보는 시간이란 "대답 없는 신"이며 "비렁뱅이 모습으로 사라져"가는 즉, 죽은 사람들로도 읽히는 이접의 의도적 환유의 시다.

오늘 아침에도 버드나무 몸 비비는 소리 들으며
눈을 뜨고 일어나려니 저 멀리 立嚴山 쪽으로
새들이 골짝을 만들며 내리는 것이 보인다

강가에서 다 자란 풀들이 시끄럽게
이파리를 날리며 동쪽으로도 서쪽으로도 쏠린다

오후엔 굵은 비가 들녘을 때렸다
순간 자연의 평화가 깨어지면서 넘실거렸다

나는 버드나무 아래로 송사리 피라미 물방개 같은 것
들이
굽이치는 물 속으로 거칠고 맵시 있게 노닐면서
사라지는 것을 본다

밤에는 고요히 어둠이 온다
나는 더듬거리며 '어둠이여' 라고 부른다
어둠이 이불처럼 감싸고 잠들 준비를 하게 한다
　　　　　　　　　　—「밤에는 고요히 어둠을 본다」 전문
　　　　　　　　　　(『굴참나무 숲에서 아이들이 온다』, 11쪽)

　위의 시는 화자의 시선 속에서 순차적으로 사건들이 일어난다. 모두 5
연으로 이루어진 위의 시는 1연에서 화자는 "새들이 골짝을 만들며 내리
는 것이 보인다"처럼 새들을 본다. 2연에서는 "풀들이 시끄럽게/이파리를
날리며 동쪽으로도 서쪽으로도 쏠린다"로 역시 대상화된 사물에 시선을
집중한다. 3연에서는 "오후엔 굵은 비가 들녘을 때렸다"는 것으로 화자는
"평화가 깨"지는 것으로 감각한다. 4연에 와서 화자인 "나"는 "물방개 같
은 것들이/굽이치는 물 속으로" 사라지는 것을 시각으로 감각한다. 5연에
와서야 나는 "더듬거리며 '어둠이여'라고 처음으로 소리를 감각하며 음성
발화를 한다. 제목이 나타내는 '밤에는 고요히 어둠을 본다'라는 것은 화
자의 시선 속에서 1연부터 5연까지 생생하게 일어났던 모든 사건들은 "사
라지는" 행위다. 어둠이 찾아오는 밤이 되어서야 "고요히 어둠을 본다"라
고 발화한다. 그러나 아침부터 밤까지 행동은 하지 않고 대상을 시선처리
한다는 것은 모든 존재가 어둠속으로 사라지는 것을 표출하는 것이다. 따
라서 이접환유가 하나의 대상이 또 다른 대상에게로 상관없이 이동을 하
는 것이라면, 위의 시는 생성하는 모든 것들은 사라지는 또 하나의 대상으

로 이접 환유시킨다. 위의 시에서 존재를 대변하는 대상들은 모두 타자화
된 대상들이다. 다만 밤이 되어서 어둠이 왔을 때 화자는 소리감각으로 발
화한다. 이 지점에서 최하림의 후기시에서 비가시적인 세계를 가시화하
는 현실적인 환유의 특성이 드러난다. 아무 것도 보이지 않는 어둠 속에서
"어둠이여"라고 발화하는 행위는 어둠 속에서 어둠을 본다는 의도적 환유
이면서 "어둠이 이불처럼 감싸고 잠들 준비를 하게 한다"로 삶 속에서 죽
음을 발화하는 회기의식의 이접 환유이다.

> 우리가 살아야 할 근사한 이유라도⋯⋯ 이유라
> 도⋯⋯
>
> 하고 메아리가 일었습니다 그와 함께 수면이 산산조각
> 깨어지고 얼굴이 달아났습니다[67]
>
> ～「메아리」부분 (『때로는 네가 보이지 않는다』, 45쪽)
>
> 사방은 숨소리 하나 없이 고요하다 피라미들이 물 위
> 로 떠오르고 나무들이 우듬지로 물을 나르면서 가지 끝
> 귀를 세운다
>
> 오늘은 굼벵이 같은 나도 몸을 뒤척이며 꽃상여처럼
> 찬란하게 봄을 엿듣는다
> ─「오늘은 굼벵이 같은 나도」부분
> (『굴참나무 숲에서 아이들이 온다』, 19쪽)

---

67) 한 편의 시도 발표하지 않은 채 외롭게 스스로 생을 마감한 여림의 유작시 한 구절
나는 그를 가르친 적이 있다

캄캄한 마음속을 날아가던 다알리아 실크 마후라를 두르고 닐리
야를 부르며 날아가던 한 마리 꿀꿩새 같은 다알리아 다알리아
—「다알리아」 부분
(『작은 마을에서』, 45쪽)

그런 시간 속에 모래 쌓이고 바람 일어 누군가 금방
울고 간 것 같은

오늘은 방울꽃이 피었다
—「방울꽃」 전문
(『굴참나무 숲에서 아이들이 온다』, 85쪽)

가을이 와서 오래된 램프에 불을 붙인다 작은 할머니가 가만가만
복도를 지나가고 개들이 컹컹컹 짖고 구부러진 언덕으로 바람이 빠
르게 스쳐간다 이파리들이 날린다 모든 것이 지난해와 다름없이 진
행되었으나 다른 것이 없지는 않았다 헛간에 물이 새고 울타리 싸리
들이 더 붉어 보였다
—「마음의 그림자」 전문
(『때로는 네가 보이지 않는다』, 17쪽)

위의 다섯 편의 시는 모두 사라지는 것들에 관한 시들이다. 이접 환유가
동떨어진 생각이나 상반된 곳으로 생각이 옮겨가는 것이라면 위의 시 다
섯 편은 모두 생성을 발화하면서 의미상으로는 죽음을 언표한다.
첫 번째 시 「메아리」는 "우리가 살아야 할 근사한 이유"와 상통하는 부
분이 없다. 그럼에도 불구하고 소리가 사라지는 메아리는 "우리가 살아야
할 근사한 이유"를 되물어보는 계기가 된다. 끊임없이 되풀이되는 삶의 연
속 같지만 언젠가는 벽에 부딪쳐서 사라지는 메아리처럼 살아야 할 근사
한 이유가 사라졌을 때, "수면이 산산조각/깨어지고 얼굴이 달아"난다는
시적 발화는 의도적인 죽음의식의 환유로 보아야 한다.

두 번째 시는 제목이 나타내는「오늘은 굼벵이 같은 나도」의 의미상으로는 살아야겠다는 의지로 읽히지만, "꽃상여처럼/찬란하게 봄을 엿듣는다"의 마지막 행을 살피면 화자인 나는 이미 죽어서 굼벵이처럼 땅속에 묻혀있는 죽은 이로 환유가 된다. 모든 것이 생성하는 봄날에는 이미 죽어서 굼벵이처럼 땅속에 묻힌 화자도 "꽃상여처럼/찬란하게 봄을 엿듣는다"처럼 삶의 대상이 죽음을 바라보는 것이 아니라, 죽음의 대상이 삶을 바라보는 자리이동은 이접의 환유로 읽어야 하는 죽음의식의 의도적 환유다.

세 번째 시「다알리아」는 꽃이 의미하는 생성의 상징으로 읽히기 쉽지만, 여기에서는 상징이 아니라 꽃과 죽음을 동일선상에서 대상화시킨 이접 환유로 보아야 한다. 다알리아는 꽃의 생김생김이 꽃술이 많고 색이 붉어서 생성의 기운이 강해보이는 발화물이지만, 위의 시에서는 죽음 또한 다알리아의 꽃술만큼이나 많은 주검이 꽃처럼 피를 흘렸다는 발화로 "닐리야를 부르며 날아가던 한 마리 꿀꽁새 같은"으로 표상하는 이접의 환유이자 죽음의식을 내포하는 의도적 환유의 시다.

네 번째 시「방울꽃」은 "시간 속에 모래 쌓이고 바람 일어"의 발화로 아름답게 꽃이 피어 찬란하다는 묘사로 읽히지만 불안할 정도로 급하게 행갈이하며 시행엇붙임을 한 "금방/울고 간 것 같은//오늘은 방울꽃이 피었다"의 발화는 행과 행 사이의 휴지와 연과 연 사이의 긴 휴지로 남는다. 그것으로 인하여 환하게 시각 처리되는 "방울꽃"의 발화와 "금방 울고 간 것" 같은 청각의 발화는 크게 충돌하면서 이접환유로 죽음은 새롭게 표출된다.

다섯 번째 시「마음의 그림자」에서는 "가을이 와서 오래된 램프에 불을 붙인다"의 발화로 계절의 변화를 표상한다. 이어서 "작은 할머니가 가만가만 복도를 지나가고 개들이 컹컹컹"은 살아있는 것들을 발화하고 있지만, 둔한 의성어의 사용으로 음산한 분위기를 표출한다. "지난해와 다름없이 진행되었으나 다른 것이 없지는 않았다"의 발화 역시 첫 행에서 언표했던 "불"의 이미지와는 상충한다. 이 시는 아무런 정황의 설명 없이 마지막 행에서 발화하는 "헛간에 물이 새고 울타리 싸리들이 더 붉어 보였다"로 제목이 보여주는 '마음의 그림자'란 이미 죽은 이들의 움직임을 나타낸 이접환유로 보여준다.

최하림은 후기시에 와서 자아와 대상사이의 연결고리를 숨기거나 끊어서 기표를 통해 의미를 찾는 관계의 불일치로 환유의 통로를 열어두기도 했다. 이 지점이 최하림의 후기시를 환유로 보게 하는 변곡점이기도 하다.

여기에서는 대상과 대상 사이의 연결 고리가 무관하거나 상반된 최하림 시의 '죽음의식의 의도적 환유'를 살폈다.

(2) 매개의식의 다의적 환유

환유는 인접성에 의해 이루어진 수사학으로 동일성을 부정하는 미학의 세계관을 바탕에 두고 있다. 따라서 환유적 시쓰기의 바탕에는 기존의 질서를 부정하는 부정의 정신이 깃들어 있다고 보아도 무방하다. 최하림은 후기에 와서 초월성보다는 현실의 문제에 조응하려는 의지가 엿보인다. 그는 시쓰기란, 현실의 의미망을 언어를 사용하여 새롭게 창출해 내는 작업으로 여겼다. 특히 병증의 발발 이후 비가시적인 세계를 가시화하는 작업에서도 현실에 조응하는 환유의 시쓰기에 몰두한다. 여기에서는 최하림 후기시에서 매개의식을 나타내는 상관물을 통하여 자아와 연접하는 다의적 환유를 통해 최하림 시에 나타난 세계 구성 요소를 되짚어보는 계기를 마련한다.

날이 흐리고 가랑비 내리자 북쪽으로 가려던 새들이 날기를 멈추
고 서 있다 오리나무 숲 새로 저녁은 죽음보다 조금 길게 내리고 산
밑으로는 사람들이 두엇 두런두런 얘기하며 가고 있다 어떤 충격이
없이도 사람의 모습은 아름답다 바람도 그들의 머리칼을 날리며 그
들식으로 말을 건넨다 바람의 친화력은 놀랍다 나는 바람의 말을 들
으려고 귀를 모으지만 소리들은 예까지 오지 않고 중도에서 사라져
버린다 나는 그것으로 됐다 나는 너무멀리 있다 나는 유리창 너머로
마른 나무들이 일어서고 반향하며 골짜기를 이루어 흘러가는 것을
보고 있다 나는 모두를 알 수 없다 나는 너무 멀리 있다 새들이 다시
날기를 멈추고 시간들이 어디로인지 달려가고 그림자들이 글 위에
서 사라지는 것을 나는 보고 있다 이제 유리창 밖에는 새도 나무도
보이지 않는다 유리창 밖에는 유령처럼 내가 떠오르고 있다

—「나는 너무 멀리 있다」 전문
(『굴참나무 숲에서 아이들이 온다』, 37쪽)

위의 시는 유리창을 매개로 안에서 밖을 보는 "나"가 있다. 화자인 "나"
는 "저녁은 죽음보다 조금 길게 내리"는 한 때를 "보고 있"는 것으로 대상
을 대상화시킨다. 또는 "유리창 밖에는 유령처럼 내가 떠오르고 있다"로
이미 자아는 대상화 된 대상이기도 하다. 왜냐하면 마지막 행에서 발화하
는 "유령"은 유리창을 매개로 밖에서 안을 보고 있는 또 다른 "나",로 이중
시선의 이행으로 볼 수 있기 때문이다. 이접환유란, 시선이 대상을 향해
무관한 방향으로 흘러가거나 상반된 대상으로 옮겨가는 것인데, 위의 시
에서 보여주는 화자의 시선은 '안에서 밖'으로 혹은 '밖에서 안'으로의 활
동이 유동적이다. 시의 정황은 저물어 가는 저녁의 한 때를 화자가 바라보
고 있는 정경이다. 화자는 몸의 움직임은 동결시킨 채 시선으로 모든 대상
을 대상화 시킨다. 위의 시에서 환유는 여러 형태로 드러난다. 그 중에서
도 "새들이 날기를 멈추고 서 있다"와 "바람도 그들의 머리칼을 날리며"

와 "시간들이 어디로인지 달려가고" 그리고 "그림자들이 글 위에서 사라지는"과 "유령처럼 내가 떠오르고 있다"로 볼 수 있다. 왜냐하면 바람과 시간과 그림자와 유령은 환유의 다의성에 따른 해석에 의해 이쪽에서 저쪽으로 혹은 저쪽에서 이쪽을 오고갈 수 있는 매개의 역할을 하는 존재로 볼 수 있기 때문이다. 그리고 그 모든 상황을 대상화시키는 "나는 너무 멀리 있다"로 발화하는 나의 존재가 있다. 유리창을 매개로 대상을 바라보는 화자의 시선은 "어떤 충격이 없이도 사람의 모습은 아름"다운 것으로 인지한다. 여기서 "사람"으로 언표된 사람의 모습은 시 속에서는 나를 포함시킨 것인지, 아닌지에 관하여서는 알 수 없다. 대상화된 사람에 대하여 아름다움을 발화하는 화자의 시선은 "바람"으로 이동을 하는데, 이때부터 "바람"은 또다시 "소리들은 예까지 오지 않고 중도에서 사라져버린다"로 여기와 저기를 오고가는 매개의 역할을 한다. 그리고 화자가 바라보는 시선 속에서 바람은 "그들식으로 말을 건"네는 시간을 살아가는 또 하나의 존재로 상정한다. 특히 위의 시에서 주목해야 하는 환유의 대상은 시의 첫 행에서 발화하는 "새"다. 새는 일반적으로 하늘을 날아가는 움직이는 존재로 보통 시간을 은유하는 상관물로 대체되기 마련이다. 그러나 위의 시에서 새는 "날기를 멈추고 서있"는 객관적인 대상물이다. 새가 날기를 멈추고 서있는 자리에서부터 화자의 시선은 새를 매개로 삶의 시간과 죽음의 시간을 동일선상에 두고 본다. 그렇게 삶과 죽음을 한 자리에서 바라보는 화자, 즉 나는 "이제 유리창 밖에는 새도 나무도 보이지 않는다"라는 발화로 밤, 혹은 죽음의 시간을 맞이한다. 따라서 위의 시에서 시간 역시 대상을 안과 밖으로 나누는 다의적 해석의 매개로 보아도 무방하다. 이제 유리창을 사이에 두고 안에서 밖을 보는 나와, 밖에서 안을 보는 유령의 정체는 어느 쪽이 삶이고 어느 쪽이 죽음인지 뚜렷하지 않다, 그래서 제목에서 나타내는 '나는 너무 멀리 있다'의 언표는 죽음 쪽에서 삶이 먼 것인지, 삶 쪽에서 죽음이 먼 것 인지가 애매하다. 따라서 위의 시는 제목에서 대상에 대한 이접과 함께 매개의식의 다의적 해석이 가능하다.

시월은 북한강 물이 마르고 등고선을 넘어온 산들이

그늘에 잠기고 하늘과 나무가 흰 머리를 내립니다

시월은 밤이 가고 아침이 옵니다 시월은 털이 덜 난

사람들이 다시금 들녘을 헤매고 바람 많은 실내에서
는

여인들이 이불을 한 채 깁고도 성이 차지 않아 또 한
채 깁습니다

아아 시월은 눈물이 타는 서쪽 창문을 바람이 활짝
활짝 열어젖히고

붉은 자전거를 타고 집배원이 달리고

부고와 청첩장이 날아들고

김우창 선생님의 초대를 받은 시인들이 신발끈을 매
고 서둘러 집을 나섭니다

시월은 모두 바쁘고 모두

충만하고 모두

칩습니다
　　　　　　　　　　　　　　　　—「시월은」 전문
　　　　　　　　　　　　　　　　(『때로는 네가 보이지 않는다』, 40쪽)

雨水라는 말이 그럴듯하다고 생각하면서
무심히 창을 여는데 길 건너편 슬레이트 지붕
아래로 달려들 듯 노을이 흘러가고 가는 바람이 흘러
가고 볼이 붉은 아이가 간다 누가 스위치를 눌렀는지
어두운 창이 밝아지면서 추녀가 높이 솟아오르고
불분명한 시간들이 산허리를 타고
강둑 버드나무숲 쪽으로 휘어져간다
　　　　　　　　　　　　　　　　　—「雨水」 전문
　　　　　　　　　　　　　　　　(『풍경 뒤의 풍경』, 61쪽)

물 흐르는 소리를 따라 넓고 넓은 들을 돌아다니는
가을날에는 요란하게 반응하며 소리하지 않는 것이
없다
예컨대 조심스럽게 옮기는 걸음걸이에도
메뚜기들은 떼지어 날아오르고 벌레들이 울고
마른 풀들이 놀래어 소리한다 소리들은 연쇄반응을
일으키며 시간 속으로 흘러간다 전만큼 나는
걸음을 멈추고 오던 길로 돌아본다 멀리
사과밭에서는 사과 떨어지는 소리 후두둑 후두둑 하고
붉은 황혼이 성큼성큼 내려오는 소리도 들린다
　　　　　　　　　　　　　　　　—「가을날에는」 전문
　　　　　　　　　　　　　　　　(『풍경 뒤의 풍경』, 9쪽)

　위의 시들은 모두 시간에 관한 대상물을 시화한 것들이다. 시간의 지시
성에 따라 상관물들은 시인의 시선 속에서 각각 다의적이고도 우연적인
정경을 표출한다. 따라서 위의 세 편의 시는 모두 시간 자체가 매개가 되

어 시인의 의식을 표상한다. 그리고 시간을 매개로 하는 다의성의 표출에서는 시인이 대상화시킨 세계에 대한 특정한 인식이 깊이 가로놓여 있다.

위의 첫 번째 시 「시월은」에서는 시월에 일어나는 일들을 나열해놓은 병렬의 시처럼 보인다. 그러나 발화에 의해서 표상된 시월의 이미지는 일반적인 시월의 이미지와는 상반된 모습들을 보여준다. 일단 시월에는 "부고와 청첩장이 날아들고"의 발화는 시작과 끝을 함께 보여주는 발화로 시월에 대한 다의적 해석이 가능하다. 또한 의미상으로도 시월에 대한 연접보다는 이접의 경우에 해당하는 환유적 발상이다. 시의 첫 행에서 발화하는 "시월은 북한강 물이 마르고"라는 언표 역시 시인의 시선 속에 포착된 북한강의 모습으로 현실적으로 시간이 연말로 치닫는 것에 대한 환유적 표현으로 읽어도 무방하다. 또한 "시월은 털이 덜 난/사람들이 다시금 들녘을 헤매고"는 가을에 털갈이 하는 동물들을 대상으로 하는 다의적인 환유로 보아야 한다. 다시 "여인들이 이불을 한 채 깁고도 성이 차지 않아 또"라고 발화하는 시월은 겨울로 진입하는 시간을 대비하는 여인들의 모습을 환유한 것이다. 마지막 행에서 "칩습니다"의 발화는 원래 "춥"으로 발화해야 마땅한 것을 "칩"으로 발성하는 것으로 현실적으로 추운 형태를 환유적으로 발성하는 것으로 보아도 된다. 따라서 위의 첫 번째 시는 제목에서 나타낸 「시월」을 매개로 다의적 해석을 행한 시간에 대한 환유의 시다.

다음의 두 번째 시 「雨水」도 시간을 매개로 하는 환유의 시다. 우선 화자가 발화하는 우수는 봄의 길목에 서있는 현실적인 시간을 증명한다. 화자는 첫 행의 발화처럼 "雨水라는 말이 그럴듯하다고" 생각한다. 그 이유는 대상물들이 화자의 시선에 확실하게 보여지기 때문이다. 시간을 매개로 바라보는 세계는 화자의 입장에서는 대상을 향한 다의적 해석이 가능한 변곡점이 되기도 한다. 화자는 "불분명한 시간들이 산허리를 타고"라는 발화를 한다. 화자는 겨울이 지나 비가오고 얼음이 녹는 신비한 시간을 "불분명한 시간"이라고 상상을 하는 것이다. 그리고 그 불분명한 시간들은 "강둑 버드나무숲 쪽으로 휘어"지는 생성의 우연성을 표출하게 된다. 위의 두 번째 시 역시 시간을 매개로 계절에 대한 다의적 해석을 하는 것으로 제목이 나타내는 '우수'에 대한 전체적인 환유의 시로 읽어야 한다.

세 번째 시 역시 시간에 대한 환유의 시로 "가을날에는 요란하게 반응하며 소리하지 않는 것이/없다"라고 발화한다. 그리고 그 소리들은 "시간 속으로 흘러간다"로 발화한다. 보통은 요란하게 반응하는 것들은 삶의 생활 쪽에서 일어나는 일로 묘파가 되는 데, 최하림의 시에서는 죽음 쪽으로 기울어진 시간들도 삶과 대등하게 생성 쪽으로 소리를 동반한다. 화자는 가던 길을 되돌아 보면서 소리에 집중을 한다. "멀리/사과밭에는 사과 떨어지는 소리 후두둑"으로 의성어의 동원은 삶의 편에서 일어나는 일들을 강조하는 기제로 사용이 된다. 그러나 위의 시에서는 사과 떨어지는 소리와 "황혼이 성큼성큼 내려오는 소리"를 나란히 병치 시키면서 삶 쪽의 사과 떨어지는 "후두둑"과 죽음 쪽의 황혼이 내려오는 "성큼성큼"을 사과와 황혼을 매개삼아 환유적으로 처리 한다. 따라서 위의 세 번 째 시 역시 가을을 매개로 시간을 대상화하는 다의적 해석의 환유시다.

　　수만 마리 가창오리들이
　　하늘을 들어올리면서
　　날아가는 남부지방의 겨울은
　　골짜기를 타고 빠르게 내려갑니다
　　아직도 반쯤 남은 이파리들을 달고
　　싸리나무들은 떨리는 소리로
　　시간의 가장자리를 흔들고

저수지 물은 차갑게 얼어붙고
한길에서는 집으로 돌아가는
사람들이 예감에 사로잡혀
어깨를 움츠립니다
둥지가 언덕을 넘어옵니다
별이 한둘 떠오릅니다

―「해남 가는 길」 전문
(『때로는 네가 보이지 않는다』, 57쪽)

　　최하림 시에서 발화하는 "남부지방"은 지도상의 남쪽지방이라는 지명을 언표하는 것과는 의미가 다르다. 최하림의 남부지방은 '광주'라는 역사의 대 사건과 함께 상흔으로 남아있는 상처의 자리로 자리매김한다. 그래서 최하림의 남부지방은 지역의 따뜻한 기온과는 다르게 개인의 상처를 토로할 때 많이 표출되는 매개의 수단으로 쓰이기도 한다. 위의 시에서 발화하는 "남부지방의 겨울은/골짜기를 타고 빠르게 내려갑니다"는 시간을 환유하는 것으로 "둥지가 언덕을 넘어옵니다"를 수식한다. 그것은 빠른 속도로 겨울이 다가오고 있다는 시간의 속성을 환유하는 것으로 "저수지 물은 차갑게 얼어붙고"로 차가운 현실을 표상된다. 지금도 여전히 추운 남부지방은 "사람들이 예감에 사로잡혀/어깨를 움츠립니다"로 제목이 나타내는 「해남 가는 길」이 순조롭지 못하다는 것을 보여준다. 위의 시에서는 왜 사람들이 어깨를 움츠리는지에 대한 설명은 없다. 다만 시의 첫 행에서 발화하는 "수만 마리 가창오리"가 실제적인 오리 떼를 표상하는 것이 아니라 "하늘을 들어올리"고 싶어 하는 사람들의 마음을 환유한 것이라는 것을 10행의 "사람들이 예감에 사로잡혀"로 짐작을 할 뿐이다. 자연의 풍광을 발화하다가 느닷없이 등장하는 "사람들이"의 발화는 위에 언급한 모든 풍경이 기실은 "예감에 사로잡힌" 마음의 심상을 환유한 것이다. 여전히 사람들은 "싸리나무들은 떨리는 소리로/시간의 가장자리를 흔들고"로 가창오리를 매개로 "하늘을 들어올리"고 싶은 사람들의 염원은 "떨리는 소리"로 "시간의 가장자리를 흔들"뿐이다. 그러나 그들은 지금 "어깨를 움츠리"는 존재로 "저수지 물은 차갑게 얼어붙고"처럼 아무것도 행동할 수 없지만, 사람들은 "집" 곧 "하늘을 들어올"려 기어이 가고 싶은 곳이 바로 남부지방의 "집"이라는 것을 증언한다. 그러나 그 길은 "동지"와 "별"을 매개삼아 "차갑게 얼어붙은"의 막막한 "겨울/골짜기"라는 환유로 여전히 춥고도 먼 현실인식을 증명한다.

지금까지 '시간의 지시성에 따른 이접환유'를 살폈다. 은유가 내적으로 내용이 겹치는 수사법에 비해 환유는 대상이 외적으로 인접하는 수사법이다. 그리고 이접환유는 시선이 대상과는 무관한 방향으로 옮겨가기도 한다. 따라서 환유는 기표에 의한 기의의 해석이 일관되지 않거나, 일치를 부정하기도 한다. 최하림의 후기시에서는 대상에 대한 해석이 시간의 층위별로 다의성을 표출하는 경우가 빈번하다. 그것은 그가 병증 이후 대상을 대하는 세계의 인식이 현실에 입각한 태도를 분명하게 보여주기 때문이다. 최하림은 시간의 지시성에 따른 대상에 대한 해석도 은유의 세계에서 보여주는 관념보다는 현실에 입각한 환유의 세계에 천착을 한다.

여기에서는 인접성의 환유에서 나타나는 현실지향의 우연성과 파편성까지도 살펴서 '죽음의식의 의도적 환유'와 '매개의식의 다의적 환유'를 탐구했다.

3) 구원의식과 소멸의식이 드러나는 상징

상징은 "비유에서 원관념을 떼어버리고 보조관념만 남아있는 상태이다."[68] 즉 상징이란, 원관념이 생략된 은유로 정의된다. 상징은 보조관념이 원관념을 대신한다. 그것은 구체적인 사물로 일정 개념을 나타내기도 한다. 은유와 상징이 변별되는 지점은, 은유가 대상의 특징에 관하여 여러 가지로 변형이 가능한 반면, 상징은 거의 한 가지의 고정적인 의미를 부여한다는 것이다. 따라서 상징은 원관념과 보조관념이 완전한 하나의 합일체를 이룬다. 리쾨르에 의하면 "상징은 언술이 지시성의 차원에서 세계의 실질성을 시에 끌고 오는 것과 같이 상징은 원관념을 지움으로써 너머의 세계를 지칭하는 셈이다."[69] 곧 상징은 "감춤의 성질만도 아니고 드러냄의 성질만도 아니다. 상징이 반투명성으로 정의되는 것은 이 때문이다. 상징은 감춤과 드러남의 이중적 성격"[70]으로 인하여 여운을 남긴다. 이 점이 본고가 상징을 은유의 하위개념이 아닌 비유법의 한 범주로 보는 이유이기도 하다. 또한 그것이 상징을 중심으로 최하림의 시를 살피려는 목적이기도 하다. 최하림은 후기에 와서 대상을 향한 세계 인식의 태도가 매우 비가시적인 대상에 경도된다. 이것은 죽음에 관한 성찰과도 맥을 잇지만, 그것보다는 원래 그가 지니고 있는 원형상징과 개인상징의 드러냄으로도 파악이 된다.

여기에서는 최하림 시에 나타난 '서경으로 드러나는 원형상징'과 '서정으로 드러나는 개인상징'을 찾아 논의를 전개한다.

---

68) 김준오, 『시론』, 196쪽.
69) 권혁웅, 앞의 책, 363쪽.
70) 김준오, 『시론』, 200쪽.

(1) 서경으로 드러나는 원형상징

원형상징으로 차용되는 이미지는 "많은 작품에 되풀이 되어 나타나며, 모든 인간에게 유사한 의미와 반응을 환기시키는 심상이다. 그러므로 이것은 어떤 한 작품의 개별적 의미나 정서를 초월한다."[71] 원형상징은 개인을 넘어선 자리에 역사나 인물, 풍습, 종교 같은 인류에게 수없이 되풀이 되는 원형적 습성에 속한다. 최하림의 시에서도 원형상징의 요소들은 여러 곳에서 드러난다. 여기에서는 최하림 시 속에서 드러나는 원형상징을 찾아 살핀다.

> 눈물보다도 맑은
> 細石平田의 가을꽃들
> 날이 선 억새풀들
> 추억들 바람과 구름과
> 산봉오리들 바라보면
> 한없이 푸르고 선명한,
> 하늘에서 시간을 알리는
> 새들의, 길고 긴 행렬과
> 비렁뱅이 같은 사람의
> 죽음보다 깊은 걸음들
> 천년 만년 뿌리내린
> 뼈다귀들의 죽음보다
> 깊은 걸음들
>
> ―「智異山」 전문
> (『속이 보이는 심연으로』, 17쪽)

---

71) 위의 책, 216쪽.

상징은 심상과 관념이 결합되면서 암시하거나 진술하는 표현의 방법이다. 즉, 상징이란 "우리가 알고 있는 물체로 우리가 모르는 무엇인가를 암시하는 것이다. 그것은 표현할 수 없는 대상의 생명과 의미를 표현하는, 우리가 이미 알고 있는 것이다."72) 이는 원관념과 보조관념 중에서 원관념을 지우고 보조관념을 남기는 것으로 심상과 관념의 결합체를 대상화하는 것이다. 여기에서 사용하는 '원형상징'이란, 최하림 시의 풍경 속에서 드러나는 원형상징을 일컫는다. 위의 시는 제목부터 '智異山' 이다. 지리산은 우리 모두의 심상에 빨치산으로, 정치의 소용돌이 속에 휘몰렸던 상징적인 대상물이다. 최하림은 지리산을 제목으로 차용하고 "가을꽃"과 "새"와 "뼈다귀"와 "눈물"을 각 행마다에서 배치시킨다. 시의 내용은 "시간을 알리는/새들"로 보아 시간에 관한 심상을 새로 비유하는 원형상징을 사용한다. 화자는 지리산의 "細石平田"에 올라 "가을꽃들"이 피어있는 가을의 정경을 바라보고 있다. 첫 연에서 발화하는 "눈물"로 표상되는 상징은 지리산의 풍광을 역사의 비극과 대치시키는 역할을 한다. 10행에서 발화하는 "비렁뱅이 같은 사람의"는 9행의 "새들의, 길고 긴 행렬과" 맞짝을 이루면서 6행의 "한없이 푸르고 선명한,"이라는 관념적으로 발화하는 기억을 소환한다. 그것은 마지막 행의 "깊은 걸음들을 수식하는 것이데, 결국 지리산이라는 원형상징은 "천년 만년 뿌리내린/뼈다귀들의 죽음"처럼 최하림의 가슴에 뿌리박힌 슬픔의 원형을 표상하는 상징발화이다.

검은 새들은 지붕으로 곳간으로 담 밑으로
기어들어갔다 검은 새들은 빈집에서
꿈을 꾸었다 검은 새들은 어떤

---

72) 카를 융(Carl (Gustav) Jung), 『인간과 상징』, 김양순 역, 동서문화사, 1987, 430쪽.

시간을 보았다 새들은 시간 속으로
시간의 새가 되어 날개를 들고
들어갔다 새들은 은빛 가지 위에 앉고 하늘을 무한 공간으로
만들며 해빙기 같은 변화의 소리로 울었다

　　　　　　　　　　　　　　　　　　　　　　　―「빈집」 부분
　　　　　　　　　　　　　　　　　　　　　　(『풍경 뒤의 풍경』, 10쪽)

　나는 나도 모르는 새에 제기랄 이민이나 갈까부다 씨부렁거린다.
그러자 갑자기 놀란 일이라도 일어난 듯이 마음의 평화의 새들이 푸
르고 푸른 하늘을 날아 아메리카로 알레스카로 아이슬란드로 날아
가고 새의 그림자만 슬프게 남는다

　날아가버린 새여, 너는 아름답구나, 너의 하늘은, 바다는, 여자들
은, 날아가버린 새여, 너는 아름답고, 나는 슬프지만, 슬픔으로 우리
또한 아름답구나

　　　　　　　　　　　　　　　　　　　　　　　　―「새」 부분
　　　　　　　　　　　　　　　　　　　　　(『속이 보이는 심연으로』, 21쪽)

　지평선이 더욱 멀고 수십만 되새들이 지리산을 넘고 또 넘어간다
십일월에는 모든 것들이 물에도 젖지 않고 흘러내려간다

　　　　　　　　　　　　　　―「지리산 넘어 수십만 되새들이」 부분
　　　　　　　　　　　　　　(『때로는 네가 보이지 않는다』, 16쪽)

　끝을 모르는 시간 속으로 새들이 띄엄띄엄 특별할 것
도 없는

　날갯짓을 하면서 산 밑으로 돌아나간다 강물이 흘러
내려 가고

　　　　　　　　　　　　　　―「수천의 새들이 날갯짓을 하면서」 부분
　　　　　　　　　　　　　　(『풍경 뒤의 풍경』, 32쪽)

새들이 떠올랐다가 사라지고

산 아래 나무들이 느릿느릿 가지를 흔든다

세상 모든 것들 길 가다 말고 멈춰 서서

돌아보는 시간은 멀고 희미할 뿐
　　　　　　　　　—「어디선가 한 소리가」 부분
　　　　　　　　（『때로는 네가 보이지 않는다』, 56쪽）

　　최하림 시에 나타나는 "새"는 "시간"의 생성과 소멸을 표상하는 상징으로 드러난다. 새와 시간의 유추관계를 생각하는 것은 그리 어려운 일은 아니다. 새는 이쪽과 저쪽의 공간을 넘나드는 존재로 시간의 질서를 개방하는 의미로 상징화가 되었다고 볼 수 있다. 성경 설화에서도 새는 노아의 방주 이후 새 땅의 기원을 제일 먼저 알리는 상징의 존재로 등극한다. 또한 원형에 관하여서 카를 융에 의하면 "원형이란, 주제를 표상으로 형성시키는 경향을 말한다. 그 표상은 기본적인 유형을 그대로 유지하면서 세부적으로는 다양하게 변한다. 그런데 동시에 또 공상 속에도 나타나서 상징적인 이미지로만 존재하기도 한다. 바로 이 '나타남'을 나는 '원형'이라 부른다"[73]라고 기술한다. 이에 최하림 시에 나타나는 '새'의 원형은 풍경 속에서 나타나는 시간을 드러내는 상징의 도구로 사용이 된다. 위의 시에서도 새와 시간의 유추관계를 짚어볼 때 "시간은 우리 삶의 진행원리이기도 하지만 결코 헤어날 수 없는 심연이기도 하다. 특히 '죽음'으로 표상되는 측면은 단절의 공포와 그것을 넘어서고자 하는 연속의 욕망을 시간경험의 핵심으로 끌어올린다. 연속의 욕망은 시간의 순환과 가역성을 전제할

---

73) 위의 책, 96쪽.

때라야 실현될 수 있다."74) 그러나 이것은 최하림이 시간의 순환을 믿는다는 전제로만 가능하다. 이는 새를 소멸과 생성을 넘나드는 존재로 상징하며 죽음에 대한 공포를 극복하는 의지로 보아야 하기 때문이다.

위의 첫 번째 시 「빈집」에서 표상하는 상징의 의미는 원관념인 새의 귀소본능에 시간이라는 보조관념을 얹어서 발화한다. 왜냐하면 시에서 발화하는 "검은 새들은 지붕으로 곳간으로 담 밑으로/기어들어갔다"로 새를 죽음으로 치환하여 죽음의 시간들이 삶의 틈새로 무시로 기어드는 것을 시화한 것이다. "새들은 어떤/시간을 보았다"의 새와 시간의 역학관계 역시 순환의 의미를 내재된 채, "날개를 들고/들어갔다 새들은 은빛 가지 위에 앉고"의 발화로 새, 곧 시간은 소멸에서 생성으로 순환한다. 이에 새의 존재는 "하늘을 무한 공간으로/만들며 해빙기 같은 변화의 소리로 울었다"로 시간의 생성 쪽으로 다시 순환하면서 시간의 상징임을 언표한다.

위의 두 번째 시 「새」에서는 '사이'라는 의미상의 '새'와 공간을 넘나드는 존재를 표상하는 '새'의 음운상의 동음을 언어유희처럼 사용하면서 '새'와 '사이'라는 시간의 개념을 상징화한다. 화자는 지금 "나는 나도 모르는 새에 제기랄 이민이나 갈까부다 씨부렁"거리는 존재로 발화한다. 그가 왜 불만을 갖고 "씨부렁" 거리는지에 관하여서는 모르지만 화자는 불만을 욕처럼 "새"로 토로하는 사이 갑자기 "마음의 평화의 새들이 푸르고 푸른 하늘을 날아"로 화자가 발화하는 "새"는 관념의 새라는 것이 표상된다. 그리고 그렇게 조음기관을 통해 발화된 "새"로 인해 마음에 "평화의 새"가 날아들면서 "푸르고 푸른 하늘을 날아" 마음이 멀리 날아가는 편안함을 경험하게 된다. 따라서 위의 시에서 나타난 "새"의 상징은 "마음"이 원관념이고 "새"가 보조관념으로 어딘가로 떠나고 싶은 욕망인 것이다. 새는 결

---

74) 최현식, 「흐르는 풍경의 깊이」, 『풍경 뒤의 풍경, 해설』, 문학과지성사, 2001, 99쪽.

국 "알레스카로 아이슬란드로 날아가고 새의 그림자만 슬프게 남는다"로 어딘가로 떠나가고 싶은 마음이지만, "이민이나 갈까부다"로 정작은 현실을 떠나가지도 못하면서 이러지도 저러지도 못하는 마음의 간격처럼 시간을 살아가는 존재의 원형상징을 표방하는 것으로 읽어야 한다.

세 번째 시「지리산 넘어 수십만 되새들이」에서는 시월을 상징하는 시간의 표상을 "수십만 되새들이 지리산을 넘고 또 넘어간다 십일월에는"으로 상징 발화한다.

네 번째 시「어디선가 한 소리가」는 시간이라는 관념을 새의 비상하는 모습으로 치환하여 발화한다. "새들이 떠올랐다가 사라지고"는 새들이 날아올랐다가 어디론가 사라지는 모습을 묘사하는 것으로 시간으로 상징 발화한다. 그것은 곧 시간을 "세상 모든 것들 길 가다 말고 멈춰 서서"로 발화하는 것이다. 이는 시간이란 "돌아보는 시간은 멀고 희미할 뿐" 이라는 발화로 '시간'에 대한 상징을 '새'로 치환 발화시킨다.

밤에 내 감각은 조용히 살아올라 강물소리를
듣는다 강물소리는 여러 벽을 넘어간다
 　　　　　　　　　　　　　　　　　　　—「섬진강」 전문
 　　　　　　　　　　　　　　　　　　　(『풍경 뒤의 풍경』, 43쪽)

오늘 나는 흐르는 것들의 편에서
손짓하는 양수리를 생각을 거두고 본다
실비처럼 가느다란 어둠이 내리고
도시의 골목골목에서 최루탄이 터져
사람들이 쿨룩거리고 빠른 물살처럼
사람들이 이리로 저리로 흘러가면서
소리친다 시간들이 소리친다
 　　　　　　　　　　　　　　　　　　　—「양수리에서」 부분
 　　　　　　　　　　　　　　　　　　　(『겨울 깊은 물소리』, 38쪽)

강물은 징검다리 아래로…… 다섯시와 일곱시

아홉시 사이로…… 넘쳐 오르다가 흘러내려간다

나그네 발 아래로 개울물이 간다
—「징검다리」부분
(『때로는 네가 보이지 않는다』, 23쪽)

　물은 생명의 근원으로 모든 문학작품 속에서 생성과 소멸의 근원으로 나타난다. 종교에서는 물의 세례를 받아서 영생을 얻는 구원의식의 도구로도 쓰인다. 그것뿐만이 아니라 인간 삶의 근원 속에는 언제나 물이 중심이 되어서 문명이 생성되기도 하고 소멸되기도 한다. 또한 우물을 중심으로 사람들은 작은 단위의 공동체를 구성하기도 한다. 고형진은 "물은 인간과 우주의 세계를 그려내는 문학의 보편적인 동력"[75]으로 보았다. 따라서 인간 존재의 근원 속에는 물의 이미지가 탑재되어 있다. 그것은 영원을 희구하는 유구함과 함께 순식간에 대상을 휩쓸어버리는 단절로 삶과 죽음처럼 양가의 모습을 지닌다. 따라서 물의 운명은 끊임없이 흐르면서 한 곳에 머무르지 않는 생명의 근원이다. 이는 일상적인 사람의 죽음과도 일맥상통한다. "일상적인 죽음은 물의 죽음이다. 물은 항상 흐르며, 물은 항상 떨어지며, 그리고 항상 수평적인 죽음으로 끝난다. 물의 고통은 끝이 없다."[76] 최하림은 자서에서 "내 시의 중심적 이미지는 물인 것 같다. 이 말은 내 시에 물이 자주 등장하고 있다는 뜻이 아니라 모든 시어와 시행들에 물이 빛처럼 공기처럼 스며들이 생성의 작용을 가하고 있다는 뜻이다."[77]

75) 고형진, 「지용시의 '물'이미지와 모성의식」, 『한국시학연구』 제10집, 한국시학회, 2004, 79쪽.
76) 가스똥 바슐라르, 『물과 꿈』, 이가림 역, 문예출판사, 1980, 14쪽.
77) 최하림, 『사랑의 변주곡』, 문학세계사, 1992, 59쪽.

로 기술한다. 또한 최하림은 물에 대하여 "모든 시인의 시에는 물이 깊이 흐르거나 물에 잠기려 한다. 시가 신선하다거나 새롭다거나 윤택하다고 하는 것은 물이 있다는 뜻이 된다"[78]로 인식을 한다. 위의 시에서 발화하는 물의 상징은 일반적으로 흐르는 것을 넘어 존재의 근원에 닿고자 하는 인간 영원의 염원으로까지도 볼 수 있다. '섬진강'에서 발화하는 물의 상징은 소리와 함께 영원을 희구하는 시간의 존재로 표상된다. 최하림 시 속에 나타나는 물의 상징은 "강물소리는 여러 벽을 넘어간다"에서 알 수 있듯 어떤 어려움에도 굴복하지 않고 "조용히 살아" 있는 영원의 존재로 상징 발화한다. 그와 정반대로 최하림의 시 속에는 모든 것을 앗아가는 상징으로 물이 표상되기도 한다. 저항할 수 없는 폭압에 관하여 그는 "사람들이 쿨룩거리고 빠른 물살처럼/사람들이 이리로 저리로 흘러가면서"의 발화로 물의 잔인함을 사람의 입장이 아닌 물의 입장이 되어 발화한다. 이에 "오늘 나는 흐르는 것들의 편에서" 모든 것을 무화시킬 수 있는 물의 힘에 대하여 언표한다. 마지막 세 번째 시에서 표출하는 물의 상징은 '징검다리'처럼 사람은 시간을 반드시 건너가야 하는 존재로 언표한다. 사람은 누구나 물 위를 건너가는 징검다리처럼 시간을 건너가는 존재들로 발화한다. 왜냐하면 최하림 시쓰기는 "근원적인 곳에 이르고자 하는 여정이기도 하며 온전한 세계에 대한 동경으로 내면 상처를 치유하고자"[79]하는 염원이기 때문이다. 따라서 최하림 시에서 발화하는 물의 상징은 구원의식과 소멸의식이 함께 드러나는 원형상징으로 읽어야 한다.

　최하림이 사용하는 원형상징은 구원의식과 소멸의식의 내재되어 있는 그의 상징적 표출 어사이다. 본고는 최하림 시 속에 서경으로 나타나는 물

---

78) 최하림, 『멀리 보이는 마을』, 109쪽.
79) 김제욱, 「최하림 시의 이미지 연구」, 23쪽.

과 시간과 산의 상징을 그가 근원으로 돌아가고자 하는 염원이자 온전한 세계에 대한 동경을 표상하는 것으로 보았다. 여기에서는 최하림 시에서 서경으로 드러나는 원형상징을 구원의식과 소멸의식을 확장하여 탐구했다.

2) 서정으로 드러나는 개인상징

상징을 가장 넓은 의미로 정의한다면, 하나의 대상을 또 다른 대상으로 대신하는 것으로 보아도 무방하다. "문학적 상징은 전후 문맥 속에서 필연적으로 어떤 의미를 암시하게 되고 또 그 의미는 개인의 수용 각도에 따라 다양하게 해석될 수 있는 모호성을 지닌다."[80] 이영광은 "무의식의 상징적 심층들은 강한 정동을 지닌 심리체험이기에 의식으로써 쉽게 파악할 수 없는 속성을 띠고"[81]있는 것으로 보았다. 최하림도 가장 개인적인 체험을 바탕으로 자신의 서정을 상징발화의 방식으로 표출한다. 특히 최하림은 후기시에 와서 사물에 관한 개인적인 심상을 빈번하게 드러내 보여준다. 그것은 최하림이 병중으로 인하여 겪었던 개인의 경험 속에서 다른 사람과 함께 공유할 수 없는 사물에 대한 독특한 이해의 방식이다. 여기에서는 서정으로 발화하는 최하림 후기시의 개인상징을 살펴서 그의 내면의 의식까지도 논구의 대상으로 한다.

> 어둠과 함께 온 기억들에 싸여 나는
> 나를 밝혀주지 못하는 불빛을 본다
> 빛이 멀면 편안하다 죄가 많은
> 우리는 죄들이 두렵고 어둠이 내려서
> 아름다우니 어둠에 몸 섞는다

---

80) 카를 융, 앞의 책, 211쪽.
81) 이영광, 「서정주 시의 형성 원리와 시의식의 구조」, 고려대학교 박사논문, 2005, 203쪽.

어린 밤 새들은 얼마나 조심스레

그들의 하늘을 날았던지

내 영혼은 어디를 방황했던지

검은 유리 같은 공기 속에서 길들은

보이지 않게 밤으로 이동하고

새로운 추억의 짐짝처럼 마른 나무 밑에 쌓인다

시간이 별다를 것 없는 모습으로 흘러간다

시간을 따라서 광목도로 어디쯤 걸음을 멈추고 쉴 곳이 있

을 것이다

잠시 유숙할 집이 있을 것이다

우리에게 범한 죄를 우리가 사할 때가 있을 것이다

한 사람에게만은 사랑이었고 배반이었던 여자도 어디쯤 있

을 것이다

그러나 세상은 결국 너를 버리고 달려간다

세상은 고통스럽고 일어서는 자는 숨을 수 없어서 불행하

다

―「光木道路」 전문
(『속이 보이는 심연으로』, 13쪽)

번쩍이고 거리가 숨막히도록 밝아온다

새들이 돌멩이처럼 떨어졌다 광목도로변

―「부식동판화」 부분
(『굴참나무 숲에서 아이들이 온다』, 61쪽)

　　최하림의 죄의식은 전기부터 시작하여 후기에 이르기까지 연속적으로
변함없이 이어진다. 그가 병중처럼 몸에 각인시킨 그의 죄의식은 "광주"
라는 학살의 현장 속에서 직접적으로 행동하지 못했다는 죄의식이다. 그
리고 그것은 오래도록 지워지지 않는 상흔으로 원형의 심상처럼 그에게
고통의 상징이 되었다. 위의 시 「光木道路」는 5·18 광주민중항쟁 당시인

1980년 5월 24일, 계엄군간의 오인사격으로 무고한 양민이 무참히 희생 당한 곳이다. 실제적으로 이곳은 "5월 24일 오후 1시경 광주시내에서 조 선대학교 뒷산을 넘어 퇴각한 계엄군과 이곳에 잠복해 있던 다른 계엄군 사이에 오인 사격전이 벌어져 계엄군 다수가 죽거나 부상당했다. 이때 계 엄군은 총소리에 놀라 몸을 피하던 이웃 원제, 진월부락 주민들과 심지어 는 저수지에서 목욕하던 어린이들에게까지 무차별 총격을 가해 많은 사 상자가 발생했다. 또한 계엄군은 오인사격 화풀이로 '光木道路' 주택을 수 색하여 무고한 주민들을 살상하였으며, 항쟁기간 중 이곳을 지나던 민간 차량들에게 무차별 사격을 가해 이곳에서도 많은 사상자가 발생했다."[82]

따라서 위의 시 '光木道路'는 최하림이 겪었던 비극의 현장이자 죄의식으 로, 그에게는 가장 고통스러운 개인상징이 된다. 시의 첫 행에서 발화하는 "어둠과 함께 온 기억들에 싸여"는 시간이 아무리 많이 흘러갔어도 지워 지지 않는 참사의 현장에서 "나는/나를 밝혀주지 못하는 불빛을 본다"로, 나로 간주되는 화자는 그때나 지금이나 행동하지 못한 채 수동의 입장에 서 고스란히 당해야 하거나 혹은 보는 자이다. "빛이 멀면 편안하다 죄가 많은/우리는 죄들이 두렵고" 두려운 생각에 먼 불빛처럼 희미하게 외면하 고 싶었던 죄 많은 존재였음을 고백한다. 그러나 "시간이 별다를 것 없는 모습으로 흘러간다"처럼 시간이 많이 흘렀어도 화자는 "시간을 따라서 광 목도로 어디쯤 걸음을 멈추고 쉴 곳이 있/을 것이다"와 함께 간절하게 "잠 시 유숙할 집이 있을 것이다"로 죄의식에서 도망치고자 하면 할수록 그날 '光木道路'에서 벌어졌던 사건들은 "우리에게 범한 죄를 우리가 사할 때가 있을 것"을 외면한다. 오히려 기억은 불빛처럼 선명하게 화자를 고통스럽 게 한다. 그것은 지켜야 할 사람을 지켜주지 못했다는 죄의식으로 "한 사

82) 5·18 기념재단 자료, http://www.518.org/main.php.

람에게만은 사랑이었고 배반이었던 여자도 어디쯤 있/었을 것이다"처럼 광목도로에서 죽임을 당한 죄 없는 사람들에 대한 지워지지 않는 죄의식이다. 이는 최하림의 씻을 수 없는 개인상징이 되어 "세상은 결국 너를 버리고 달려간다"로 발화한다. 그것은 다시 스스로를 징벌하게 하는 "세상은 고통스럽고 일어서는 자는 숨을 수 없어서 불행하/다"로 자기 처벌을 자행하게 한다. 즉, '光木道路'는 최하림 시에 나타난 죄의식의 개인상징으로 표상된다.

자정이 넘어 언제 올지도 모르는 새벽을
여럿이서 기다리고 있는 동안 희미하게
죽어가는 김종삼(金宗三)이 생각이 떠올랐다
그는 불치의 시인이었다 시를 찾아서
시장통으로 병원으로 벙거지를
쓰고 다녔다
그런 그의 뒤로 바람이 세차게 내리쳐서
등허리를 적시고 가로수 잎들이
우수수 져내렸다 좁쌀만한 빛에
'주의(主義)'도 '순수(純粹)'도 아닌 그늘이 드리웠다가
사라져갔다 아무도 그늘을 보지 못했으나
그늘은 따뜻하였다 사랑이라고들
그랬다

—「따뜻한 그늘」, 전문
(『겨울 깊은 물소리』, 87쪽)

시인 김혜겸이 서상(書床)을 하나 선물로 가지고 왔다 헐어낸 고가에서 나온 구멍 숭숭 뚫린 널빤지를 정성스레 다듬고 네 귀에 나무못을 박고 가운데 서랍을 단 것이었다 도예가 이동욱이 만든 것이라고 했다 마루의 서쪽 벽면에 어울릴 것 같아 그 아래 두고 모시천

을 깔고 작은 사발을 가만히 올려놓았다 흰 그늘 같은 것이 흐르는
듯했다 다음날 아침에 보니 어디로 갔는지 사발이 보이지 않았다 다
시 검붉은 기가 도는 갈색꽃병을 올려놓았다 그것 역시 보이지 않았
다 이번에는 시집을 한 권 올려놓았다 시집도 행방을 감추고 보이지
않았다 서상(書床)은 저 홀로 제시간에 흘러가는 어둠을 보고 싶은
듯했다 그리고 여러 날들이 지나갔다 우수도 지나가고 청명도 지나
갔다 한식이 내일모레라 는 날 나는 시를 쓰려고 이층 서재에서 파지
를 수십 장 버리다가 작파하고 한밤에 충계로 한 걸음 한 걸음 내려
갔다 나는 마루로 내려갔다 놀랍게도 마루에는 물과 같은 시간이 넘
실거리면서 가고 있었다 서상(書床)은 시간 위에 둥둥 떠가고 있었다
— 「서상(書床)」 전문
(『때로는 네가 보이지 않는다』, 13쪽)

최하림의 시 속에 나타난 그늘은 시간과 함께 조응한다. 그리고 시간은
최하림의 관념 속에서 잊혀지지 않는 기억과 함께 상징화된 진실이라는
그늘을 만들어 낸다. 이에 그의 시 속에 나타나는 그늘은 불투명한 사건이
나 인물, 혹은 시간 속에 가려서 빛이 닿지 않는 현재의 상태를 발화한다.
위의 두 시는 모두 그늘에 관한 최하림 개인의 서정적인 내면을 보여준다.
시간의 간격을 두고 쓰여진 위의 두 시는 그늘에 관한 상징발화처럼 보이
지만, 막막한 시간 앞에 놓여진 현실에 관한 깊은 내면의 통찰로 읽어야
한다. 위의 첫 번째 시에서 "자정이 넘어 언제 올지도 모르는 새벽"이라는
발화는 내일을 기대할 수 없는 오늘의 현실을 환유적으로 드러낸다. 느닷
없이 행려병자로 죽은 김종삼에 관한 "희미하게/죽어가는 김종삼(金宗三)
이 생각이 떠올랐다"는 발화 역시 '희미하게' 와 '그늘'의 조응으로 확실하
게 내다볼 수 없는 불투명한 내일에 관한 상징이다, "시를 찾아서/시장통
으로 병원으로 벙거지를/쓰고 다녔"다는 김종삼에 대한 발화는 밝은 빛을
찾아 헤매는 최하림의 내면과 별반 다를 것이 없다. 시의 제목은 「따뜻한

그늘」이지만 그것은 반어법으로 최하림 시 속에 나타나는 "그늘"의 이란 "'주의(主義)'도 '순수(純粹)'도 아닌 그늘"처럼 "드리웠다가/사라져갔다 아무도 그늘을 보지 못"하는 암담한 현실을 상징적으로 발화한다.

　다음의 시「서상(書床)」역시 시간의 층위별로 나타났다가 사라지는 그늘에 관한 상징적 발화이다. 화자는 "시인 김혜겸이 서상(書床)을 하나 선물로 가지고"온 서상(書床) 위에 "모시천을 깔고 작은 사발을 가만히 올려놓"기도 하고 "시집을 한 권 올려놓"기도 한다. 그러나 시집도 사발도 현상적으로는 눈에 보이지 않았다. 이에 화자는 "서상(書床)은 시간 위에 둥둥 떠가고 있었다"의 발화로 그늘이 만들어진 이유로 "흰 그늘 같은 것이 흐르는 듯했다"처럼 보이지 않는 것들도 시간이 흘러감에 따라 그늘 속에 감춰진 명백한 현상이라는 것을 말한다. 즉, 진실이란 보이지 않는다고 없는 것이 아니라 어둠에 가려 잠시 보이지 않을 뿐이라는 것을 "그늘"이라는 개인상징을 통해 구체적으로 발현한다.

> 바람이 상처를 쓰다듬고 가는 비탈마다 새들은
> 날아오르며 완만하게 계곡을 빠져나간다 저녁은
> 예나 없이 부유스름하다 여인들은 바구니를 들고
> 시간이 얼비치는 극락강 길을 돌아간다
> 　　　　　　　　　　　　　　　—「저녁 무렵」부분
> 　　　　　　　　　　　(『굴참나무 숲에서 아이들이 온다』, 86쪽)

> 마른풀들이 놀래어 소리한다 소리들은 연쇄반응을
> 일으키며 시간 속으로 흘러간다 저만큼 나는
> 걸음을 멈추고 오던 길을 돌아본다 멀리
> 사과밭에서 사과 떨어지는 소리 후두둑 후두둑
> 　　　　　　　　　　　　　　　—「가을날에는」부분
> 　　　　　　　　　　　　　(『풍경 뒤의 풍경』, 9쪽)

그림자도 없이 시간들이 소리를 내며
물과 같은 하늘로 저렇듯
눈부시게 흘러간다

—「버들가지들이 얼어 은빛으로」 부분
(『풍경 뒤의 풍경』, 16쪽)

시간들이 구멍으로 빠져나가는 소리 꿈결처럼 들립
니다

—「오늘밤에도 당신은~잠석남에게」 부분
(『풍경 뒤의 풍경』, 24쪽)

끝을 모르는 시간 속으로 새들이 띄엄띄엄 특별할 것
도 없는

—「수천의 새들이 날갯짓을 하면서」 부분
(『풍경 뒤의 풍경』, 32쪽)

공기는 말라 바스락거렸다 나는 무어라고 외치고 싶었
으나(하다못해 어머니!라고도 외치고 싶었으나) 소리가
나오지 않았다 한꺼번에 시간들이 쏟아질 것 같은 예감

—「햇빛 한 그릇」 부분
(『풍경 뒤의 풍경』, 70쪽)

소리의 물결 속으로 방울새들이 날아오
르고 색색의 종달이도 오른다 소리와 시간들이 용수철
처럼 튀어오른다

—「강이 흐르는 것만으로도」 부분
(『풍경 뒤의 풍경』, 81쪽)

검은 시간들이 물을 타고 신탄진쪽으로
산탄진 쪽으로 밤내 소리치며 흘러간다

—「비루먹은 말처럼」 부분
(『풍경 뒤의 풍경』, 83쪽)

세상 모든 것들 길 가다 서서 멈춰 서서

돌아보는 시간은 멀고 희미할 뿐

검은 산도 물그림자도 저물녘에는 징검다리를 소리
없이 건너고

—「어디선지 한 소리가」 전문
(『때로는 네가 보이지 않는다』, 56쪽)

나는 시간이 부서지고 부서지던 날의 굉음을 들으며
사구를 넘어가는 해를 오늘도 하염없이 본다

—「외몽고」 전문
(『때로는 네가 보이지 않는다』, 81쪽)

　최하림의 후기시 속에 나타난 시간과 소리는 서로 맞짝을 이루면서 함께 조응한다. 몸으로 행동하지 못하는 현재의 상황 속에서 시간과 소리는 슬픈 역사에 관한 기억을 불러오는 기제로도 쓰이고, 드물지만 더러는 미래를 열고 나가는 출구로도 사용이 된다. 이런 현상은 병증 발발 이후 최하림에게 나타난 현상이기도 하다. 행동이 자유롭지 못한 상태에서 그는 행동을 하는 것보다는 시각으로 풍경을 차용하거나 청각으로 외부세계와 조응하게 된다, 그것으로 인하여 그는 시 속에 시각과 청각의 감각적인 요소를 매우 풍부하게 발화시킨다. 따라서 그에게 시간과 소리는 자연스럽게 개인상징의 요소로 표출이 된다. 위에 제시한 여러 편의 시에서도 시간과 소리는 맞짝을 이루면서 함께 발화하는데, 시간과 소리들은 대부분 현실을 비껴가거나, 가만히 바라보는 자리에서 활용이 된다. 따라서 최하림의 시 속에서 발화하는 시간과 소리들은 행동을 허용하지 않는 시간이거나, 시간은 이미 과거에 존재했으나 지금은 비실제적인 무엇으로 언표가 된다. 또는 시간조차도 실체가 없거나 화자와는 무관한 미지의 영역에 속하는 것들을 증명하는 것에 사용이 된다. 더러는 공포로도 발화가 되고 아예 처음부터 존재를 부정하는 캄캄한 혼돈의 무엇을 표출하는 것으로 발화한다. 또는 이쪽에서 저쪽으로 건너가는 징검다리의 역할로 시간과 소리가 활용되거나, 새로운 나라를 꿈꾸었으나 좌절되고 마는 지점에서 발생하는 소멸의 도구로 사용이 된다. 이에 최하림의 후기시 속에서 빈번하게 표출되었던 시간과 소리는 대부분 행동하지 못하는 현재의 상황을 증명하는 최하림의 개인상징으로 볼 수 있다.

> 날이 흐리고 가랑비 내리자 북쪽으로 가려던 새들이 날기를 멈추고 서 있다 오리나무 숲 새로 저녁은 죽음보다 조금 길게 내리고 산 밑으로는 사람들이 두엇 두런두런 얘기하며 가고 있다 어떤 충격이 없이도 사람의 모습은 아름답다 바람도 그들의 머리칼을 날리며 그들식으로 말을 건넨다 바람의 친화력은 놀랍다 나는 바람의 말을 들으려고 귀를 모으지만 소리들은 예까지 오지 않고 중도에서 사라져버린다 나는 그것으로 됐다 나는 너무 멀리 있다 나는 유리창 너머로 마른 나무들이 일어서고 반향하며 골짜기를 이루어 흘러가는 것을 보고 있다 나는 모두를 알 수 없다 나는 너무 멀리 있다 새들이 다시 날기를 멈추고 시간들이 어디로인지 달려가고 그림자들이 길 위에서 사라지는 것을 나는 보고 있다 이제 유리창 밖에는 새도 나무도 보이지 않는다 유리창 밖에는 유령처럼 내가 떠오르고 있다
> ─「나는 너무 멀리 있다」 전문
> (『굴참나무 숲에서 아이들이 온다』, 37쪽)

유리창 앞에
의자가 하나 있고
서너권의 책들이 있고
난로가 바알갛게 불을 켜고

있다 벽시계도 있다
거실에는 겨울 햇빛이 들어와
의자 위에서 흘러내리고
벽시계에서는 똑. 딱. 똑. 딱.
초침 돌아가는 소리 간단없이 울린다
나는 책들과 일정한 거리를 두고 있다

　　　　　　　　　　　　　　　—「의자」부분
　　　　　　　　　　　　（『풍경 뒤의 풍경』, 43~35쪽）

나는 유리창에 얼굴을 대고 귀 기울인다
이제 경운기는 없다 개 한 마리도 없다

　　　　　　　　　　　　　　—「호탄리 詩篇」부분
　　　　　　　　　　　　（『풍경 뒤의 풍경』, 36쪽）

유리창으로 넘어온 햇살이 사기그릇에 찰랑찰랑 넘칩
니다

　　　　　　　　　—「손~박제삼 시인을 위하여」부분
　　　　　　　　　　　　（『풍경 뒤의 풍경』, 40쪽）

광주로 갔다 일하러 갔다 바람이
소리치며 창밖으로 달리고 반고비
나그네길이라고 했던 네 책표지가
유리창에 나타났다 사라졌다

　　　　　　　　　　　　　　—「김현을 보내고」부분
　　　　　　　　　　（『굴참나무 숲에서 아이들이 온다』, 72쪽）

바람이 조금 센 듯해서 커튼을 치려고
유리창 앞으로 가자 나무들이 흔들리는
소리와 함께 희끄무레한 얼굴이

　　　　　　　　　　　　　　—「바람이 센 듯해서」부분
　　　　　　　　　　　（『때로는 네가 보이지 않았다』, 14쪽）

쪼코렛 기브미 쪼코렛 소리질렀다 때때로 미군들은 유리창 밖으
로 얼굴을 밀고 초콜릿을 종이처럼 뿌렸다

—「촛불을 들고」부분
(『때로는 네가 보이지 않았다』, 94쪽)

시간이 유리창을 치면서 거울처럼
번쩍이고 거리가 숨막히도록 밝아온다
새들이 돌멩이처럼 떨어졌다 광목도로변

—「부식동판화」부분
(『굴참나무 숲에서 아이들이 온다』, 61쪽)

　　최하림의 후기시 속에 나타난 '유리창'은 화자의 내면과 외면을 잇게 하
는 수단이면서 현상의 세계에서도 안과 밖을 소통하게 하는 매개의 역할
을 한다. 최하림은 뇌졸중으로 거동이 불편하게 되는 때부터 행동보다는
시각과 청각, 그리고 매개의 수단인 유리창을 통하여 세계와의 소통을 도
모한다. 그 무렵부터 유리창은 최하림의 개인상징으로 자리 잡으며 시 속
에 매개의 역할을 하는 도구로 활용이 된다. 맨 위의 시 「나는 너무 멀리
있다」에서 화자는 바람의 말을 들으려고 "귀를 모으"는 사람이다. 그러나
안과 밖의 거리는 화자의 병 이전과 병중 발발 이후처럼 거리가 멀다. 그
는 "나는 너무 멀리 있다"고 발화하면서 "유리창 너머로 마른 나무들이 일
어서고"의 정경을 자신의 시각 안으로 끌고 들어온다. 그는 이제 더 이상
세상과의 조우에 있어서 직접 가담을 포기한 채 다만 유리창을 통해 "그림
자들이 글 위에서 사라지는 것을" 보고 있는 수동형의 대상이다. "유리창
밖에는 새도 나무도 보이지 않는다"의 발화는 밤이 되어 유리창 밖의 캄캄
한 세상이 곧 화자의 내면이라는 것을 보여준다. "유리창 밖에는 유령처럼
내가 떠오르고 있다"의 발화는 이미 화자가 유령이 되어 안의 나를 바라보
는 것으로 색계와 무색계의 자유 왕래를 유리창을 통해 구현해 보인다. 이

어서 보여주는 '유리창'에 관한 시들 역시 유리창은 화자의 내면과 외연을 차단하거나, 소통하게 하는 수단으로 상징 발화한다. 최하림의 시 속에 나타나는 유리창은 추억과 우정도 함께 조우하게 하는 매개의 수단이자, 소통의 도구이다.「김현을 보내고」에 나타난 유리창은 산자와 죽은 자가 유일하게 만날 수 있는 경계의 처소로 사용되기도 한다. 또한 최하림 시 속에 나타난 유리창은 역사 속에서 치욕의 장면들이 문을 열고 "유리창 밖으로 얼굴을 밀고 초콜릿을 종이처럼" 뿌리는 잊지 못할 장면을 각인시키는 것으로도 활용된다. 또한 역사 속에서라기보다는 한 개인으로서 행동하지 못했던 광주항쟁에 대한 죄의식은 유리창을 통하여 더욱 더 거울처럼 선명하게 각인이 된다. 따라서 최하림이 후기에 와서 빈번하게 사용했던 '유리창'은 최하림의 행동이 사라진 자리에 대신 자리매김하게 되는 최하림의 상징발화의 표현수단이다. 이에 유리창은 최하림이 세계와 조응하는 발화의 수단이자 매개의 역할로 개인상징화 되었다고 볼 수 있다.

최하림이 사용하는 개인상징은 역사 속에서 행동하지 못했다는 죄의식과 병증의발발로 인하여 자유롭지 못했던 행동의 제약에 대한 차단의식의 표현이다. 최하림은 시 속에 유리창과 시간과 소리들을 발화하는 것으로 행동하지 못했던, 혹은 못하는 내면의 개인을 상징적으로 표출시킨다. 여기에서는 최하림 시에서 서정으로 드러나는 개인상징을 탐구했다.

구원의식과 소멸의식이 드러나는 상징 속에는 최하림이 근원으로 돌아가고자 하는 염원과 죄의식이 사라진 물과 같은 온전한 세계에 대한 구원의식이 내재되어 있다. 초월이 아닌 현실 속에서의 구원을 염두에 두었던 최하림은 시간과 소리와 유리창을 통한 개인상징과 물과 시간과 자연의 표상으로 드러난 원형 상징을 통해 가장 구체적인 현실의 삶을 시 속에서 구현하고자 했다.

본고에서 최하림의 후기시를 환유와 상징으로 논의한 이유는 병증의 발발로 인한 그의 시세계는 오히려 현실을 직시하게 되는 삶의 근원으로 회귀했다고 보았기 때문이다. 죽음조차도 삶의 연장선으로 인식하게 된 최하림의 후기시에서는 보이지 않는 세계를 현실적으로 드러내고자 하는 작업에 몰두한다. 이에 본고에서는 최하림이 후기시에 와서 비가시성의 세계를 가시화하기 위하여 환유의 수사법을 사용했으며, 원관념을 지우면서 보조관념을 내세우는 상징의 수사법 또한 보이지 않는 세계를 드러내고자 했던 시작방법의 일환으로 사용되었다고 보았다. 이는 최하림의 시가 함의하고 있는 정신세계와 그가 끝까지 고수하였던 역사의식에 관한 시사적 가치를 읽어내는 방법으로도 유의미하다고 보았다.

본고는 최하림(1939~2010) 시에 나타난 화자와 비유법의 특징을 살피고, 그의 시세계가 지니는 예술적 가치와 미학적 의의를 밝히는 연구이다. 최하림은 1962년 조선일보 신춘문예에 「灰色手記」가 입선하고, 1964년에 다시 조선일보에 시 「貧弱한 올페의 回想」가 당선된다. 그 후 2010년 4월 22일 영면에 들 때까지 왕성하게 시작활동을 한다. 최하림은 1962년 김현, 김승옥, 김치수와 함께 동인지 『산문시대』를 발간하는 등, 의욕적인 문학 활동을 전개한다.

제4장

결론

본고는 최하림의 시에 나타난 화자와 비유법의 특징을 살피고, 그의 시세계가 지니는 예술적 가치와 미학적 의의를 밝힌 연구이다. 또한 최하림의 시를 전기와 후기로 나누어서 분석하면서, 그의 시에 드러난 화자와 비유법을 통해 정신세계와 역사의식까지도 연계하여 살폈다. 본고에서 탐구한 화자와 비유법의 두 잣대는 최하림 시의 예술적 가치와 미학적 특징을 밝힐 수 있을 뿐더러, 시인이 갖고 있는 내면의 의식구조와도 긴밀하게 맞물려 있다. 최하림은 말할 수 있는 것과 말할 수 없는 것에 관하여 고민했던 시인이다. 특히 최하림이 시작활동을 했던 1960~70년대는 말이 통제되던 시절이었다. 그가 정확한 언어로 시대를 표출할 수 없었던 시기에 선택한 말들은 뚜렷하게 감별할 수 없는 대상에 대한 예민한 반응이었다. 최하림이 천착했던 언어에 대한 고민은 결국 내적으로 반응하는 인간에 대한 근원적인 질문과 상통한다. 그는 혼란한 시기에 순수와 참여 어느 쪽에도 가담하지 않았으며, 병중 발발 이후에는 비가시적인 대상의 세계를 가시화하는 것에 주력한다.

이 논문에서는 최하림 시에 나타나는 화자와 비유법을 전기와 후기로 나누어서 작품에 따라 유형화하고, 각 유형에 따른 성격을 분석하였다. 화자와 비유법이라는 시의 고유한 형식이 시인의 시의식과 역사의식에 어떻게 연계되었고, 본질적이고 근원적인 세계 인식 태도와는 어떻게 관련을 맺는 것인지에 관심을 기울였다. 특히 주목하는 것은 최하림의 시를 전반적으로 놓고 보았을 때 병증 발발 이전과 이후를 경계로 시의 발화법에 많은 변화를 보였다는 점이다. 등단 초기의 최하림은 언어와 시의 본질에 각별한 문제의식을 갖고 있었다. 그의 시는 역사와 사회의 변화에 예민하게 반응했다. 병증의 발발 이후에는 비가시적인 세계에서 가시적인 세계를 드러내는 작업에 몰두한다. 그리고 그 핵심에는 '광주'라는 역사의 현장에서 행동하지 못했다는 죄의식이 시인의 내면에 깊이 각인되었다.

제2장 화자의 특징에서는 최하림 시에 나타난 화자의 특징을 검토하여 그것이 지니고 있는 시적 기능과 미학적 가치를 살폈다. 이 장에서는 시 속의 주인공이 누구인가가 아니고, 화자의 역할은 시 속에서 어떤 영향을 미쳤는가에 주목했다. 화자의 유형은 크게 화자가 작품 현상에 드러나는 현상적 화자와 화자가 작품 뒤에 숨어 드러나지 않는 함축적 화자로 성격을 분리했다. 이에 각각의 유형에 대해 현상적 화자의 유형은 전기로, 함축적 화자의 유형은 후기로 나누어서 살폈다. 시의 열린 해석을 위하여 현상적 화자이든, 함축적 화자이든 시의 본질에 입각하여 시인과 화자는 변별되는 존재로 인식했다. 즉, 시인이 시 속에서 내세우는 화자의 위치란, 인위적이면서도 반항적으로 존재한다는 것을 간과하지 않았다.

2.1. 현상적 화자의 유형에서는 시대의 고통과 역사의식에 예민하게 반응했던 최하림 시의 전기에 해당하는 현상적 화자의 유형을 탐구했다.

2.1.1. 역사에 저항하는 비주류적 화자에서는 정치의 혼란시기였던 1970년대와 80년대의 군사정권을 체험하면서 최하림이 시대의 고통과 함께 공동체 의식을 형성하게 되는 것을 살펴보았다. 이런 사회적 현상은 최하림이 시 속에서 사실상의 청자를 상정하게 한다. 그것은 최하림이 말을 통제받던 시기에 대상을 잠재적으로 상정하는 것으로 사실상 역사에 저항했던 모습이기도 하다. 여기에서는 역사에 저항했던 현상적 화자의 모습을 살폈다.

2.1.2. 소명의식이 불러오는 반항적 화자에서는 죄의식의 화자와 부정의 화자를 분석의 대상으로 삼았다. 최하림은 4·19 혁명과 5·16 군사정변이라는 역사적으로 각인이 되는 시대의 대 사건을 몸소 겪으면서 역사에 대한 소명의식을 갖는다. 그러나 소명의식은 행동으로 이어지지 못했다는 자괴감으로 죄의식과 함께 시대를 부정하는 반항의 정신을 배태하게 된다. 이 논문에서는 이런 시대적 배경 속에서 출몰했던 소명의식이 반항적 화자의 모습으로 표출되었다고 보았다. 이런 현상은 시대를 부정하는 면모와 함께 최하림 자신도 자신을 부정하게 하는 부정의 정신을 낳은 것으로 보았다. 여기에서는 소명의식이 불러오는 반항적 화자를 탐구했다.

2.1.3. 자유를 추구하는 복합적 화자에서는 1인칭 복수의 '우리' 화자와 중립적 화자를 살폈다. 폭압적인 정치상황 속에서 최하림이 자유를 추구하는 방법이란, 시 속에 다양한 목소리를 포함하면서, 점진주의적인 면모를 지닌 복합적 화자를 내세워서 시대의 정신과 집단적인 의지를 관철시키고자 하는 것이었다. 이 논문에서는 다수의 정신을 지향하는 복수개념의 우리화자와 대치와 충돌의 어느 한 축으로도 기울어지지 않았던 중립적 화자를 탐구하는 것으로 그가 지향했던 자유에 관한 시대적 내용을 탐구했다. 이에 본고에서는 최하림이 억압의 시대를 살면서 중립적인 자세

를 취하는 것으로 참여와 순수 어느 한 쪽에 가담하지 않았으며, 그것으로 정신의 자유의지를 표명한 것으로 보았다.

2.2. 함축적 화자의 유형에서는 근원으로 돌아가고자 하는 최하림의 내면의식을 살폈다. 이때 최하림은 병증의 발발로 인하여 현실의 의미망을 언어를 통해 새롭게 발현하고자 했다. 여기에서는 최하림이 비가시적 세계를 가시화하고 싶었던 근원회기의 문제의식을 함축적 화자를 통해 논구했다. 또한 불안의식이 투영된 제시적 화자를 살폈다.

2.2.1. 세계 내면으로 향한 인식과 관찰자적 화자에서는 기표가 기의를 정확하게 설명할 수 없는 비가시적 세계에 대한 근원적인 문제의식을 드러낸다. 이 논문에서는 병증의 발발로 세계 인식의 변화를 보였던 최하림의 후기시에서 물활론의 존재론과 죽음 의식의 성찰적 의미를 관찰자적 화자를 통해 논구했다.

2.2.2. 방외인적 현실인식과 확산적 화자에서는 최하림이 그의 전체 시를 통해 어느 한 곳에 가담하지 않는 방식으로 방외인적인 자유를 추구했던 내면의 의식에 관심을 두었다. 특히 병증의 발발로 비가시적인 세계를 가시화하게 되는 후기에 이르러 화자의 시선은 확산된 인지구성으로 확장된 정보를 수렴한다. 이 논문에서는 최하림의 방외인적인 현실인식을 바탕으로 몽상적 화자와 주변인적 화자를 통해 그의 시에 나타난 확산 인식을 살폈다.

2.2.3. 불안의식이 투영된 제시적 화자에서는 최하림의 시에서 빈번하게 등장하는 시행엇붙임과 불연속 장면의 바탕에 최하림의 역사에 대한 소임과 병증으로 인한 불안의식이 투영되어 있다고 보았다. 이 논문에서는 최하림 시에 나타난 메시지 중심의 제시적 화자를 통해 연민의 화자와 관조의 화자를 논구의 대상으로 삼았다.

위와 같이 최하림의 전기시와 후기시에 해당하는 현상적 화자와 함축적 화자의 성격을 유형별로 살폈다. 최하림은 전기를 지나 후기를 거치면서 역사에 대한 저항의식과 '광주'라는 특정 지역에서의 역사적인 대 사건에 대하여서는 여전히 문제의식을 갖는다. 그럼에도 불구하고 그는 방법적으로 전기와는 변별되는 말하기의 방법을 택하게 된다. 이때부터 그는 가시적 세계의 비가시화와 비가시적 세계의 가시화를 통합하는 현실적인 작업에 몰두한다. 그는 전기에서 도입했던 현상적 화자의 모습을 후기에는 화자가 시의 뒤에 숨어있는 함축적 화자의 모습으로 변환한다. 그러나 그의 이러한 작업은 시인 자신이 품고 있는 근본적인 내면의 의식이 변화한 것은 아니라는 것이 이 논문의 판단이다. 왜냐하면 그의 시는 말하기의 방법을 현상적 화자에서 함축적 화자의 모습으로 이동을 했을 뿐, 그가 역사를 대하는 세계관은 '우리' 속에서 '나'를 표명했던 전기시처럼 후기시에서도 '비가시적인 세계' 속에서 '가시적인 세계'를 찾아내려는 모습이 역력하다. 즉, 그것은 '나'에서 '우리'로 회기하려는 모습으로 전기시와 동일하게 묘파가 된다. 이 논문에서는 말하는 방법의 변별점을 기준으로 현상적 화자와 함축적 화자의 유형을 전기와 후기로 나누어서 살폈다.

제3장 비유법의 특징에서는 로만야콥슨의 이론에 기대어서 최하림 시가 갖고 있는 비유의 특징을 살폈다. 그리고 그 속에 내재하고 있는 미학적인 면을 구조적으로 밝히고자 했다. 따라서 여기에서는 유사성과 인접성의 사유방식의 차이점에 따라 관계망 속에서 주체의 자리와 관련이 깊은 전기시를 유사성의 은유로, 고립된 삶 속에서 자아의 자리와 연관성이 높은 후기시를 인접성의 환유로 나누어서 탐구했다. 또한 이 논문에서 기준점으로 잡는 시기에 관하여서도 기표가 일정한 기의를 상정하면서 기표와 기의의 관계가 일치를 보여주었던 전기시와는 달리 병중으로 인하

여 기표와 기의의 불일치로 작용하는 후기시를 최하림 시의 변곡점으로 보았다. 여기에서는 비유법의 유형에 따라 시기별로 나누어서 살폈다.

3.1. 세계 구성 방식으로서의 은유와 인유에서는 최하림의 시세계 이해를 돕는 하나의 수사법으로 은유와 인유를 사용했다. 여기에서 사용되는 은유는 명칭의 전이라는 협소한 단위에서 벗어나서 시인의 사고운용방식과 관련이 된 것이다. 또한 인유는 시인과 청자, 혹은 독자가 모두 함께 텍스트를 공유하게 할 뿐만 아니라, 그것의 가치를 쉽고도 유용하게 이해하게 하는 역할을 한다. 여기에서는 최하림 시에 나타난 세계 구성 방식으로서의 내밀한 내면의 의식을 은유와 인유를 통해 살폈다.

3.1.1. 의미 재생으로서의 존재론적 은유에서는 순수와 참여, 어느 한 곳에도 가담하지 않았던 최하림이 오히려 초월의 세계를 향하여 자신의 욕망을 구현했던 점을 밝혀보았다. 최하림이 그의 시에서 의미를 재화하는 존재론적 은유를 사용했던 이유는 문학을 통하여 새롭게 세상을 조명하고자 했던 자연스러운 욕망의 표출이기도 했다. 이를 토대로 형성된 존재론은 최하림의 사고체계 속에 자연스럽게 물활론의 의미로도 용해되어서 그의 시 속에서 다양하게 형상화되곤 했다. 여기에서는 최하림 시에 나타난 의미를 새롭게 창출하는 의미 재생으로서의 존재론을 초월적 은유와 삶의 은유로 나누어서 탐구했다.

3.1.2. 세계 인식으로서의 구조적 은유에서는 최하림 시에 나타난 병치와 병렬의 은유를 살폈다. 이 시기에 최하림의 시에서는 암울한 시대에 항거하는 반항적 요소와 함께 현실에서 도피하고 싶은 유목민적인 유랑의식이 특히 두드러져 보인다. 이에 세계인식으로서의 구조적 은유에서는 다시 반항적 사유의 병치은유와 유목적 유랑의 병렬은유로 나누어서 세계 인식으로서 구조적 은유를 탐구했다.

3.1.3. 세계를 형성하는 비유적 인유에서는 직접적인 명칭의 활용을 통해 현재를 가시화시켰던 점에 주목을 했다. 이런 방법은 무엇보다 시인이 강조하고 싶은 것들을 예증하는 데 탁월한 역할을 한 것으로 파악된다. 여기에서는 인물의 성격에 따른 인유와 공간의 특성에 따른 인유를 통해 최하림 시에 나타났던 1970년대와 80년대의 암울했던 시기의 세계구성 인식을 살폈다.

3.2. 의미 확장 방식으로서의 환유와 상징에서는 최하림 후기시에 나타난 환유와 상징을 통하여 공간과 시간에 따른 연접환유와 이접환유와 함께 구원과 소멸의식이 드러난 상징을 살폈다. 연접환유는 자동화된 연상 작용에 따라 생각이나 시선이 옮겨가지만, 이접환유는 대상에 대한 시선이나 생각이 순차적이지 않고 상반된 방향으로 옮겨가는 것으로 간주했다. 여기에서는 최하림 후기시에 나타난 환유를 공간의 인접성에 따른 연접환유와 시간의 지시성에 따른 이접환유로 나누어 살폈다.

3.2.1. 공간의 인접성에 따른 연접환유에서는 공간의 인접성에 따라 시선이 이동하거나, 자연스러운 연상 작용에 따라 의미를 확장시키는 연접환유를 살폈다. 최하림은 병중의 발발 이후 기표에 의한 기의의 원리를 명확하게 초점화하지는 않았다. 그런 현상은 불확실한 내일에 대한 현실의 부정 정신이 촉발된 것으로 볼 수 있다. 그것이 본고가 최하림 시를 전기와 후기로 나누는 계기이기도 하다. 여기에서는 최하림 후기시에 나타나는 공간의 인접성에 따라 자연스럽게 전개되는 연접환유를 자기 징벌의식의 환원적 환유와 의미강조로서의 연상적 환유로 나누어서 탐구했다.

3.2.2. 시간의 지시성에 따른 이접환유에서는 대상이 외적으로 인접하게 되는 환유의 수사법을 살폈다. 이접환유에서는 시선이 대상을 향하여 전혀 무관한 방향이거나, 상반된 대상으로 시상이 옮겨간다. 최하림은 병

증의 발발 이후 비가시적인 세계에 관하여 가시화하는 일에 몰두하면서, 시간의 지시성에 따른 환유의 방식으로 죽음의 세계를 현상적으로 가시화한다. 여기에서는 최하림 시에 나타난 시간의 지시성에 따른 이접환유를 죽음의식의 의도적 환유와 매개의식의 다의적 환유를 나누어서 탐구했다.

3.2.3. 구원의식과 소멸의식이 드러나는 상징에서는 최하림이 후기에 와서 대상을 향한 세계 인식의 태도는 근원으로 돌아가고자 하는 내면의 의식과 매우 긴밀한 관계를 맺는다. 그는 이 무렵부터 비가시적인 대상의 가시화에 경도된다. 이것은 죽음에 관한 성찰과도 맥을 잇지만, 그것보다는 원래 그가 지니고 있는 원형상징과 개인상징의 드러냄으로도 파악이 된다. 여기에서는 최하림 시에 나타난 서경으로 드러나는 원형상징과 서정으로 드러나는 개인상징을 찾아 논의를 전개했다.

이 논문에서는 내용과 형식을 통합적으로 살펴 최하림 시에 나타난 미학적 의미를 구조적으로 파악해보려고 했다. 여기에서 최하림 시의 구조와 형식을 파악하기 위하여 사용한 화자와 비유법은 문장의 구성이 화자와 청자가 구체적으로 갖고 있는 내면을 표상한 것이며, 인간 심리에 관련된 표현이라는 관점에 근거한 것이다. 시기별 구별에 관하여서 최하림은 부정적 현실 인식의 발로였던 전기에 해당하는 역사저항의 시기와, 병증의 발발 이후 내면의 존재론적인 인식의 태도가 시쓰기 방식에도 영향을 끼치게 된다. 그는 1991년 발병으로 시대적 현실을 노래하던 시쓰기의 전략에서 시학의 확립이라는 미학적 의미의 대 명제로 이동한다. 최하림 시에서 형상화된 화자와 비유법의 수사적 특징에는 시대를 고찰하는 그의 개인사적 고뇌와 병증으로 인해서 오는 허무주의적인 세계관이 자리를 잡는다. 여기서 말하는 화자와 비유법의 특징은 단순한 기법 차원의 전통

적 차원을 넘어, 그의 시에 나타나는 본질적이고 근원적인 세계 인식 태도
와 관련이 된다. 이 논문에서 최하림 시의 개성과 특이성을 밝히기 위하여
화자, 즉 말하는 방법에 주목한 까닭도 그의 시를 구조적인 방법으로 살핌
으로서 그것이 단순한 표현 기법에 그치는 것이 아니라, 그가 표현하는 언
어의 본질적인 양상을 파악하기 위함이었다.

최하림은 한평생을 말할 수 있는 것과, 말할 수 없는 것에 관하여 고민
했던 시인이다. 또한 그는 '광주'라는 역사의 현장 속에서 행동하지 못했
다는 죄의식으로 평생을 고통스럽게 살았던 시인이다. 그러나 최하림은
시인의 사명이면서 책무였던 자기만의 문체로 시대의 변화를 통섭하려는
각고의 노력을 기울인다. 그는 순수와 참여, 혹은 가시적인 세계와 비가시
적인 세계 어디에도 가담하지 않는 것으로 자발적인 고독과 허무적인 미
의식을 발현했다. 이에 이 논문에서는 존재의 근원을 찾아가려고 애썼던
한 시인의 아름다운 내면의식을 화자의 성격과 비유의 방식을 동원하여
구조적으로 살펴봄으로써 최하림 시의 시사적 가치를 새롭게 조명해보았
다. 이 논문을 통해 밝혀낸 최하림 시의 시사적 가치는 다음과 같다.

첫째, 최하림은 시대가 요구했던 양대 구도, 즉 순수와 참여라는 정치구
도의 어느 한곳에 가담하거나 매몰되지 않는 것으로 자기만의 고유한 문
체와 시의 정신을 끝까지 지켜냈다.

둘째, 최하림은 순수와 참여라는 정치구도가 와해되는 자리에 개인의
서정을 확립하는 것으로, 후대 시인들에게 새로운 서정시의 길을 모색하
게 하는 귀감이 되었다.

셋째, 최하림은 비가시적인 세계를 가시화하는 방법적인 면에서 색다
른 시의 형식을 개진했다. 그것은 서정시를 여러 방법으로 읽게 하는 새로

운 방편을 제시했다.

넷째, 최하림은 자기성찰과 죄의식을 끝까지 놓지 않음으로써, 시의 미학적인 면을 승화시켰다. 즉, 그는 개인 종교를 떠나서 인간의 근원적인 종교성과 존엄성을 추구하면서 시의 높은 정신을 보여주었다.

다섯째, 최하림은 삶과 시를 분리시키지 않고, 개인사적인 것과 시적인 것을 같은 맥락에서 동시에 일치되게 개진했다.

본고에서는 시대의식과 미의식을 이원화하지 않으면서도 자신의 독자적인 시세계를 구축함과 동시에 삶과 시를 일치시켰던 최하림의 시세계를 살펴보았다. 최하림은 삶의 외압으로부터 굳건하게 자기의 삶과 시정신을 지켜냈던 시인이다. 그는 정치적인 노선과는 무관하게 자기만의 문체로 시작방법을 모색했다는 점에서 후대의 많은 시인들에게 귀감이 된 것과 동시에, 서정시를 새롭게 읽는 방법적인 면을 열어놓았다. 본고에서는 시대의식과 미의식의 합일을 실천했던 최하림 시의 전모를 살펴봄으로써 그의 시가 이루어낸 독자적인 성취를 확인할 수 있었다.

참고문헌

1. 기본 자료

1) 시집
최하림, 『우리들을 위하여』, 창작과 비평사, 1976.
_____, 『작은 마을에서』, 문학과지성사, 1982.
_____, 『겨울 깊은 물소리』, 열음사, 1987: 문학동네, 1999.
_____, 『속이 보이는 심연으로』, 문학과지성사, 1991.
_____, 『굴참나무숲에서 아이들이 온다』, 문학과지성사, 1998.
_____, 『풍경 뒤의 풍경』, 문학과지성사, 2001.
_____, 『때로는 네가 보이지않는다』, 랜덤하우스 중앙, 2005.
_____, 『최하림 시 전집』, 문학과지성사, 2010.

2) 시선집
염무웅·이시영 편, 『(13인 신작 시집) 우리들의 그리움은』, 창작과비평사, 1981.
최하림, 『목요시』, 실천문학사, 1983.
_____, 『겨울꽃』(판화시선집), 풀빛, 1985.
_____, 『침묵의 빛』, 문학사상사, 1988.
_____, 『사랑의 변주곡』, 문학세계사, 1990.
_____, 『햇볕 사이로 한 의자가』, 생각의나무, 2006.

3) 산문
최하림, 『(미술산문집) 한국인의 멋』, 지식산업사, 1974.
_____, 『붓꽃으로 그린 시』, 문학사상사, 1988.
_____, 『(문단기행)시인들의 무도회』, 진화, 1992.
_____, 『우리가 죽고 죽은 다음 누가 우리를 사랑해 줄 것인가』, 열린세상, 1993.
_____, 『시인을 찾아서: 최하림 문학 산책』, 프레스 21, 1999.
_____, 『멀리 보이는 마을』, 작가, 2002.

_____, 『최하림의 러시아 예술 기행』, 랜덤하우스, 2010.

4) 시론집 · 평전
최하림, 『시와 부정의 정신』, 문학과지성사, 1984.
_____, 『김수영 평전~자유인의 초상』, 문학세계사, 1981.
_____, 『김수영 평전』, 실천문학사, 2001(개정판)

2. 논문 · 평론

고형진, 「백석시 연구」, 고려대학교 석사논문, 1983.
_____, 「김종삼의 시 연구」, 『상허학보』 제12집, 상허학회, 2004.
_____, 「지용시의 '물' 이미지와 모성의식」, 『한국시학연구』 제10집, 한국시학회, 2004.
구자황, 「은유와 환유에 대하여~개념의 수용 양상 및 확장적 이해를 위한 시론(試論)」, 『한국문학이론과비평』 제19집, 한국문학이론과비평학회, 2015.
권혁웅, 「백석시의 비유적 구조」, 『한국문학이론과비평』 제14집, 한국문학이론과비평학회, 2002.
금동철, 「1950~60년대 한국 모더니즘시의 수사학적 연구」, 서울대학교 박사논문, 1999.
_____, 「현대시에 나타난 수사학적 세계관 연구」, 『국제언어문학』 (10~2), 국제언어문학회, 2004.
김명인, 「한 시인의 뜨거웠던 삶에 바치는 각고의 헌정~최하림」, 『김수영 평전』, 『실천문학』 11, 실천문학사, 2001,
김명인, 「시간 속을 소용돌이치는 말들의 풍경」, 『한국학연구』 제15집, 고려대학교 한국학연구소, 2004.
김미미, 「최하림 시세계 연구」, 전남대학교 석사논문, 2003.
김수이, 「눈과 빛의 상상체계~최하림의 시세계」, 『시작』 1, 천년의시작, 2002.
김신정, 「시인, 바라보는 자의 운명~최하림 시의 시선에 대하여」, 『시작』 1, 천년의시작, 2002.

김정순, 「최하림 시의 변화 양상 연구」, 목포대학교 석사논문, 2017.

김제욱, 「최하림 시의 이미지 연구」, 고려대학교 인문정보대학원 석사논문, 2005.

_____, 「최하림 후기시의 공간의식 연구」, 『우리문학연구』 제49집, 우리문학회, 2016.

김춘식, 「시대의 숲과 풍경의 고요~최하림론: 시적 자의식의 변화를 중심으로」, 『작가 세계』 18, 작가, 2006.

김화순, 「김종삼 시 연구 ~언술구조와 수사법을 중심으로」, 고려대학교 박사논문, 2010년.

김현수, 「시의 화자와 거리에 관한 연구~서정주 시를 중심으로」, 『한국시학연구』 제22 집, 한국시학회, 2008.

남진우, 「한국 현대시에 나타난 '시간성의 수사학' 연구」, 『상허학보』 제20집, 상허 학회, 2007.

노창수, 「한국 현대시의 화자 유형 연구」, 조선대학교 석사논문, 1989.

_____, 「한국 현대시의 화자 연구」, 조선대학교 박사논문, 1993.

문혜원, 「'가다'에서 '흐르다'로」, 『시작』 1, 천년의시작, 2002.

박상옥, 「최하림의 시세계 연구」, 고려대학교 인문정보 대학원 석사논문, 2003.

박시영, 「최하림 후기시 풍경의 양상과 현실인식 연구」, 『현대문학이론연구』 제63집, 현대문학회, 2015.

박현수, 「수사학의 3분법적 범주: 은유, 환유, 제유」, 『한국근대문학연구』 제17집, 한국 근대문학회, 2008.

박형준, 「최하림 시의 겨울나무 이미지」, 『한국문예비평연구』 제46집, 한국문예비평학 회, 2015.

백지연, 「고요의 시간 정적의 언어」, 『창작과비평』 26, 창작과비평사, 1998.

성민엽, 「겨울의 삶과 상상력」, 『문학과사회』 1, 문학과지성사, 1988.

손진은, 「우리시의 한 경지」, 『오늘의문예비평』 3, 산지니, 1999.

손현숙, 「최하림 시 연구~화자의 특징을 중심으로」, 『한국문예창작』 제42호, 한국문예 창작학회, 2018.

송기한, 「정현종 초기시의 환유적 성격과 그 의미 구조 연구」, 『한국문학이론과 비평』 제34집, 한국문학이론과비평학회, 2007.

송성헌, 「현대시 화자 태도 분석 연구」, 『한국시학연구』 제29집, 한국시학회, 2010.

신익호, 「최하림 시의 '시행 엇붙임' 양상 고찰」, 『한국언어문학』 제82집, 한국언어
    문학회, 2012.

오형엽, 「시학으로서의 지평구조~미쉘 콜로의 『현대시와 지평구조』를 읽고」, 『Journal
    of Korean Culture』 제6집, 한국어문학국제학술포럼, 2004.

_____, 「김수영 시의 언술과 구조화 원리 연구」, 『한국시학연구』 제43집, 한국시학회,
    2015.

윤의섭, 「1960년대 초기 모더니즘 시의 수사학적 인식」, 『한국시학연구』, 한국시학회
    학술대회 논문집, 2006.

_____, 「한국현대시의 종결구조 연구~정지용 · 백석 · 이용악 시를 중심으로」, 『한국
    시학연구』 제15집, 한국시학회, 2006.

이문재, 「칼의 시대, 물의 시간~최하림 시전집(문학과지성사, 2010)의 한 읽기」, 『문학
    과지성사』, 23, 2010.

이송희, 「최하림 시의 미적 구성과 존재 인식」, 『현대문학이론연구』 제33집, 현대문학
    회, 2008.

이숭원, 「백석시의 화자와 어조 연구」, 『한국시학연구』 제1집, 한국시학회, 1998.

이영광, 「서정주 시의 형성 원리와 시의식의 구조」, 고려대학교 박사논문, 2005.

이현승, 「백석 시의 언술구조 연구」, 『한국시학연구』 제29집, 한국시학회, 2010.

이혜원, 「윤동주 시의 운율 연구」, 『한국학연구』 제15집, 고려대학교 한국학연구소,
    2001.

임상훈, 「현대 언어학에 기여한 야콥슨의 은유와 환유에 관한 연구, 그리고 문제점」,
    『수사학』 제1집, 한국수사학회, 2004.

임영봉, 「동인지 『산문시대』 연구」, 『우리문학 연구』 제1집, 우리문학회, 2007.

정과리, 「어떤 시인의 매우 오래된 과거의 깜박임」, 『문학과사회』 23, 문학과지성사,
    2010.

전병준, 「역사적 상상력과 존재론적 탐구의 의미 연구」, 『한민족문학연구』 제43집, 한
    민족문화학회, 2013.

정병철, 「의미 확장 기제로서의 환유」, 『담화와인지』 제24집, 담화 · 인지언어학회,
    2017.

정끝별, 「현대시에 나타난 시적 구조로서의 병렬법」, 『한국시학연구』 제9집, 한국시학
　　　회, 2003.
_____, 「21세기 현대시 화자 유형에 관한 사례 분석 연구」, 『현대문학의 연구』 제46
　　　집, 현대문학이론학회, 2012.
조별, 「이형기 시에 나타난 자기 인식적 언술의 특징~중기시를 중심으로」, 『돈어문학』
　　　제25집, 돈암어문학회, 2012.
최하림, 「작가특집(최하림) 신작산문」, 『작가세계』 18, 작가, 2006.
황정산, 「한국 현대시의 운율론적 연구」, 고려대학교 박사논문, 1997.

3. 국·내외 논저

고형진, 『또 하나의 실재』, 새미, 2005.
곽광수, 『가스통 바슐라르』, 민음사, 1995.
권택영, 『소설을 어떻게 볼 것인가』, 문예출판사, 1995.
권혁웅, 『시론』, 문학동네, 2010.
_____, 『한국현대시의 시작방법 연구』, 깊은샘, 2001.
김경란, 『프랑스 상징주의』, 연세대학교출판부, 2005.
김명인, 『시어의 풍경』, 고려대학교출판부, 2000.
김보현, 『자크 데리다』, 문예출판부, 2004.
김상봉, 『자기 의식과 존재 사유』, 한길사, 1998.
김용직, 『현대시론』, 한국방송통신대학출판부, 1982.
김인환, 『현대시란 무엇인가』, 현대문학, 2006.
김준오, 『시론』, 삼지원, 1982.
_____, 『가면의 해석학』, 이우, 1984.
마광수, 『시학』, 철학과현실사, 1997.
박상륭, 『죽음의 한 연구』, 문학과지성사, 1986.
소광희, 『시간의 철학적 성찰』, 문예출판사, 2004.

장부일, 『시창작론』, 한국방송통신대학교출판부, 1992.

장영우, 『한국근대시 100년을 읽는다』, 실천문학사, 2000.

오규원, 『현대시작법』, 문학과지성사, 1990.

유종호, 『시란 무엇인가』, 민음사, 1995.

양운덕, 『문학과 철학의 향연』, 문학과지성사, 2011.

이승훈, 『시론』, 고려원, 1979.

이선영, 『문학비평론』, 한국방송대학교출판부, 1993.

이영광, 『시름과 경이』, 천년의 시작, 2012.

_____, 『홀림 떨림 울림』, 나남, 2013.

이혜원, 『현대시의 방법연구』, 월인, 2001.

_____, 『생명의 거미줄』, 소명출판사, 2007.

_____, 『지상의 천사』, 천년의 시작, 2015.

_____, 『현대시 운율과 형식의 미학』, 서정시학, 2015.

_____, 『현대시의 윤리와 생명의식』, 소명출판사, 2015.

이희중, 『현대시의 방법연구』, 월인, 2001.

임진수, 『상상계~실재계~상상계』, 파워북, 2012.

오형엽, 『한국 근대시와 시론의 구조적 연구』, 태학사, 1999.

_____, 『문학과 수사학』, 소명출판사, 2011.

윤의섭, 『시간의 수사학』, 한국학술정보, 2005.

장영우, 『한국근대시 100년을 읽는다』, 실천문학사, 2000.

최하림, 『詩와 否定의 정신』, 문학과지성사, 1984.

_____, 『멀리 보이는 마을』, 작가, 2002.

최현식, 「흐르는 풍경의 깊이」, 『풍경 뒤의 풍경 해설』, 문학과지성사, 2001.

황동규, 「殘像의 美學」, 『김종삼 전집』, 청하출판사, 1988.

홍창수, 『오늘 나는 개를 낳았다』, 연극과 인간, 2013.

_____, 『동시대의 연극과 현실』, 연극과 인간, 2013.

가스똥 바슐라르, 『물과 꿈』, 이가림 역, 문예출판사, 1980.

_____, 『촛불의 미학』, 이가림 역, 문예출판사, 1975.

_____,『공간의 시학』, 곽광수 역, 민음사, 1990.

노암 촘스키,『촘스키의 통사구조』, 장영준 역, 알마출판사, 2016.

다이앤 애커먼,『감각의 박물관』, 류승도 역, 작가정신, 2004.

데이빗 크리스탈,『언어혁명』, 김기영 역, 울력, 2009.

로만 야콥슨,『문학속의 언어학』, 신문수 역, 문학과지성사, 1989.

로만 야콥슨·모리스 할레,『언어의 토대』, 박여성 역, 문학과지성사, 2009.

롤랑 바르트,『글쓰기의 영도』, 김웅권 역, 동문선, 2007.

_____,『텍스트의 즐거움』, 김화영 역, 동문선, 19977.

르네웰렉·오스틴 워렌,『문학의 이론』, 이경수 역, 문예출판사, 2014.

마르틴 하이데거,『형이상학 입문』, 박휘근 역, 문예출판사, 1994.

막스 피카르드,『침묵의 세계』, 최승자 역, 까치, 1985.

메를로 퐁티,『지각의 현상학』, 류의근 역, 문학과지성사, 2002.

모리스 블랑쇼,『문학의 공간』, 이달승 역, 그린비, 2010.

볼프강 하이네만, 디터, 파이베거,『텍스트 언어학 입문』, 백설자 역, 그린비, 2010.

소걀 린포체,『티베트의 지혜』, 오진탁 역, 민음사, 1999.

아니카 르메르,『자크 라캉』, 이미선 역, 문예출판사, 2004.

아리스토텔레스,『시학』, 천병희 역, 문예출판사, 1976.

올리하 하세,『모리스 블랑쇼 침묵에 다가가기』, 최영석 역, 앨피, 2008.

장폴 사르트르,『문학이란 무엇인가』, 정명환 역, 민음사, 1998.

G. 레이코프·M. 존슨,『몸의 철학』, 임지룡·윤희수·노양진·나익주 옮김, 박이정, 2002.

_____,『삶으로서의 은유』, 노양진·나익주 옮김, 박이정, 2006.

질 들뢰즈,『차이와 반복』, 김상환 역, 민음사, 2004.

촬스 체드윅,『상징주의』, 박희진 역, 서울대학교출판부, 1979.

츠베팅 토도로프,『바흐찐: 문학사회학과 대화이론』, 최현무 역, 끼치글방, 1987.

카를 융,『인간과 상징』, 김양순 역, 동서문화사, 1987.

크리언드 브룩스,『잘 빚어진 항아리』, 이경수 역, 홍성사, 1983.

필립 윌라이트,『은유와 실재』, 金泰玉 역, 문학과지성사, 1982,

화이트 헤드,『상징작용』, 전연홍 역, 서광사, 1977.

│ 지은이 **손현숙**

　서울에서 출생. 1999년 ≪현대시학≫에 <꽃터진다, 도망가자> 외 9편으
로 등단. 저서로는 시집으로 『너를 훔친다』(문학사상사, 2002)와 『손』(문학
세계사, 2011)와 『경계의 도시·공저』. (실천문학사, 2015), 『일부의 사생활』
(시인동네, 2018), 『언어의 모색·공저』(테오리오, 2018),이 있다. 사진 산문집
『시인박물관』(현암사, 2005)과 『나는 사랑입니다』(넥서스, 2012)가 있음.
2002년과 2005년 문화예술위원회 진흥기금 수혜. 2010년 서울문화재단 기
금 수혜. 2015년과 2018년 경기문화재단 기금 수혜. 2006년 문화체육관광부
우수도서 선정. 2018 문학나눔 우수도서 선정. 2018 고려대학교 우수논문상
수상. 공무원 인재개발원 강사역임. 현재 한서대학교 출강. 고려대학교 대학
원 문학박사.

발화의 힘, 최하림

| 초판 1쇄 인쇄일 | | 2018년 12월 24일 |
| 초판 1쇄 발행일 | | 2018년 12월 29일 |

지은이		손현숙
펴낸이		정진이
편집장		김효은
편집/디자인		우정민 박재원
마케팅		정찬용 정구형
영업관리		한선희 이성국
책임편집		우민지
인쇄처		국학인쇄사
펴낸곳		국학자료원 새미(주)

등록일 2005 03 15 제25100-2005-000008호
경기도 파주시 소라지로 228-2 (송촌동 579-4 단독)
Tel 442-4623 Fax 6499-3082
www.kookhak.co.kr
kookhak2001@hanmail.net

| ISBN | | 979-11-88499-45-8 *93800 |
| 가격 | | 19,000원 |

* 저자와의 협의하에 인지는 생략합니다.
  잘못된 책은 구입하신 곳에서 교환하여 드립니다.
  국학자료원·새미·북치는마을·LIE는 국학자료원 새미(주)의 브랜드입니다.
  이 도서의 국립중앙도서관 출판예정도서목록(CIP)은 서지정보유통지원시스템 홈페이지(http://seoji.nl.go.kr)와 국가자료공동목록시스템
  (http://www.nl.go.kr/kolisnet)에서 이용하실 수 있습니다.(CIP제어번호: CIP2018042158